朝花夕拾·呐喊

鲁迅◎著

毛平◎主编

青岛出版集团 | 青岛出版社

图书在版编目（CIP）数据

朝花夕拾·呐喊 / 鲁迅著；毛平主编. — 青岛：青岛出版社，2021.9
（名著点读）
ISBN 978-7-5552-3517-0

Ⅰ.①朝… Ⅱ.①鲁… ②毛… Ⅲ.①鲁迅散文 – 散文集 ②鲁迅小说 – 小说集 Ⅳ.①I210.2

中国版本图书馆CIP数据核字（2021）第172400号

MINGZHU DIANDU·ZHAOHUA XISHI·NAHAN

书　　名	名著点读·朝花夕拾·呐喊
著　者	鲁　迅
主　编	毛　平
出版发行	青岛出版社（青岛市崂山区海尔路182号，266061）
本社网址	http://www.qdpub.com
邮购电话	0532-68068091
责任编辑	刘　冰
封面设计	戊戌同文
排　版	青岛乐喜力科技发展有限公司
印　刷	青岛国彩印刷股份有限公司
出版日期	2021年9月第1版　2023年9月第2版第5次印刷
开　本	16开（787mm×1092mm）
印　张	13.75
字　数	250千
书　号	ISBN 978-7-5552-3517-0
定　价	45.00元

编校质量、盗版监督免费服务电话　4006532017　0532-68068050

目录

朝花夕拾

3	小引
5	狗·猫·鼠
13	阿长与《山海经》
19	《二十四孝图》
25	五猖会
29	无常
36	从百草园到三味书屋
41	父亲的病
47	琐记
54	藤野先生
60	范爱农
68	后记

呐喊

81	自序
87	一件小事
90	狂人日记
101	鸭的喜剧
104	端午节
112	故乡
122	孔乙己
127	药
136	阿Q正传
175	兔和猫
180	社戏
190	风波
198	头发的故事
203	明天
210	白光

朝花夕拾

小引

  我常想在纷扰中寻出一点闲静来，然而委实不容易。目前是这么离奇，心里是这么芜杂。一个人做到只剩了回忆的时候，生涯大概总要算是无聊了罢，但有时竟会连回忆也没有。中国的做文章有轨范，世事也仍然是螺旋。前几天我离开中山大学的时候，便想起四个月以前的离开厦门大学；听到飞机在头上鸣叫，竟记得了一年前在北京城上日日旋绕的飞机。我那时还做了一篇短文，叫做《一觉》。现在是，连这"一觉"也没有了。

  广州的天气热得真早，夕阳从西窗射入，逼得人只能勉强穿一件单衣。书桌上的一盆"水横枝"，是我先前没有见过的：就是一段树，只要浸在水中，枝叶便青葱得可爱。看看绿叶，编编旧稿，总算也在做一点事。做着这等事，真是虽生之日，犹死之年，很可以驱除炎热的。[1]

  前天，已将《野草》编定了；这回便轮到陆续载在《莽原》上的《旧事重提》，我还替他改了一个名称：《朝花夕拾》。带露折花，色香自然要好得多，但是我不能够。便是现在心目中的离奇和芜杂，我也还不能使他即刻幻化，转成离奇和芜杂的文章。或者，他日仰看流云时，会在我的眼前一闪烁罢。

  我有一时，曾经屡次忆起儿时在故乡所吃的蔬果：菱角、罗汉豆、茭白、香瓜。凡这些，都是极其鲜美可口的；都曾是使我思乡的蛊惑。后来，我在久别之后尝到了，也不过

[1] 体现出作者对自身状况的无奈和自嘲。

如此;惟独在记忆上,还有旧来的意味留存。他们也许要哄骗我一生,使我时时反顾。

这十篇就是从记忆中抄出来的,与实际内容或有些不同,然而我现在只记得是这样。文体大概很杂乱,因为是或作或辍,经了九个月之多。环境也不一:前两篇写于北京寓所的东壁下;中三篇是流离中所作,地方是医院和木匠房;后五篇却在厦门大学的图书馆的楼上,已经是被学者们挤出集团之后了。

一九二七年五月一日,鲁迅于广州白云楼记。

狗·猫·鼠

从去年起，仿佛听得有人说我是仇猫的。那根据自然是在我的那一篇《兔和猫》；这是自画招供，当然无话可说，——但倒也毫不介意。一到今年，我可很有点担心了。我是常不免于弄弄笔墨的，写了下来，印了出去，对于有些人似乎总是搔着痒处的时候少，碰着痛处的时候多。万一不谨，甚而至于得罪了名人或名教授，或者更甚而至于得罪了"负有指导青年责任的前辈"①之流，可就危险已极。为什么呢？因为这些大脚色是"不好惹"的。[1] 怎地"不好惹"呢？就是怕要浑身发热②之后，做一封信登在报纸上，广告道："看哪！狗不是仇猫的么？鲁迅先生却自己承认是仇猫的，而他还说要打'落水狗'！"这"逻辑"的奥义，即在用我的话，来证明我倒是狗，于是而凡有言说，全都根本推翻，即使我说二二得四，三三见九，也没有一字不错。这些既然都错，则绅士口头的二二得七，三三见千等等，自然就不错了。

我于是就间或留心着查考它们成仇的"动机"。这也并非敢妄学现下的学者以动机来褒贬作品的那些时髦，不过想给自己预先洗刷洗刷。[2] 据我想，这在动物心理学家，是用不着费什么力气的，可惜我没有这学问。后来，在覃哈特博士（Dr. O. Dahmhardt）的《自然史底国民童话》里，总算发

[1] 体现出鲁迅的文章非常具有战斗力，一针见血。

[2] 鲁迅借考查"动机"之名，形象地讽刺了那些为赶时髦而写作的人。

---

① "名人或名教授""负有指导青年责任的前辈"指徐志摩、陈西滢等。当时作者和现代评论派的斗争正在继续，徐志摩在1926年2月3日《晨报副刊》发表《结束闲话，结束废话》一文，其中有双方都是"负有指导青年责任的前辈"之类的话。

② 浑身发热：这是讥讽陈西滢的话。陈在1926年1月30日《晨报副刊》发表的《致志摩》中说，"昨晚因为写另一篇文章，睡迟了，今天似乎有些发热。今天写了这封信，已经疲倦了"。

现了那原因了。据说,是这么一回事:动物们因为要商议要事,开了一个会议,鸟、鱼、兽都齐集了,单是缺了象。大会议定,派伙计去迎接它,拈到了当这差使的阄的就是狗。"我怎么找到那象呢?我没有见过它,也和它不认识。"它问。"那容易,"大众说,"它是驼背的。"狗去了,遇见一匹猫,立刻弓起脊梁来,它便招待,同行,将弓着脊梁的猫介绍给大家道:"象在这里!"但是大家都嗤笑它了。从此以后,狗和猫便成了仇家。[3]

日耳曼人走出森林虽然还不很久,学术文艺却已经很可观,便是书籍的装潢,玩具的工致,也无不令人心爱。独有这一篇童话却实在不漂亮;结怨也结得没有意思。猫的弓起脊梁,并不是希图冒充,故意摆架子的,其咎却在狗的自己没眼力。然而原因也总可以算作一个原因。我的仇猫,是和这大大两样的。

其实人禽之辨,本不必这样严。在动物界,虽然并不如古人所幻想的那样舒适自由,可是噜苏做作的事总比人间少。它们适性任情,对就对,错就错,不说一句分辩话。虫蛆也许是不干净的,但它们并没有自鸣清高;鸷禽猛兽以较弱的动物为饵,不妨说是凶残的罢,但它们从来就没有竖过"公理""正义"③的旗子,使牺牲者直到被吃的时候为止,还是一味佩服赞叹它们。[4]人呢,能直立了,自然是一大进步;能说话了,自然又是一大进步;能写字作文了,自然又是一大进步。然而也就堕落,因为那时也开始了说空话。[5]说空话尚无不可,甚至于连自己也不知道说着违心之论,则对于只能嗥叫的动物,实在免不得"颜厚有忸怩④"。假使真有一

[3] 引用童话故事说明狗、猫结仇的缘由,描写了狗的憨直、猫的狡猾,两者形成了鲜明的对比,讽刺当时社会上那些无中生有的言谈。

[4] 将人与虫蛆、鸷禽猛兽作对比,借动物讥讽了正人君子的虚伪做作。

[5] 本句用排比的句式,循序渐进,条理清楚,以"然而"作为转折,由"进步"转入"堕落",接着阐明缘由,引人深思。

③ "公理""正义":陈西滢等人常用的字眼。鲁迅颇为反感。
④ 颜厚有忸怩:语见《书·五子之歌》,意思是脸皮虽厚,内心也感到惭愧。

位一视同仁的造物主,高高在上,那么,对于人类的这些小聪明,也许倒以为多事,正如我们在万生园里,看见猴子翻筋斗,母象请安,虽然往往破颜一笑,但同时也觉得不舒服,甚至于感到悲哀,以为这些多余的聪明,倒不如没有的好罢。然而,既经为人,便也只好"党同伐异",学着人们的说话,随俗来谈一谈,——辩一辩了。

现在说起我仇猫的原因来,自己觉得是理由充足,而且光明正大的。一,它的性情就和别的猛兽不同,凡捕食雀、鼠,总不肯一口咬死,定要尽情玩弄,放走,又捉住,捉住,又放走,直待自己玩厌了,这才吃下去,颇与人们的幸灾乐祸,慢慢地折磨弱者的坏脾气相同。[6]二,它不是和狮虎同族的么?可是有这么一副媚态!但这也许是限于天分之故罢,假使它的身材比现在大十倍,那就真不知道它所取的是怎么一种态度。[7]然而,这些口实,仿佛又是现在提起笔来的时候添出来的,虽然也像是当时涌上心来的理由。要说得可靠一点,或者倒不如说不过因为它们配合时候的嗥叫,手续竟有这么繁重,闹得别人心烦,尤其是夜间要看书,睡觉的时候。当这些时候,我便要用长竹竿去攻击它们。狗们在大道上配合时,常有闲汉拿了木棍痛打;我曾见大勃吕该尔⑤(P. Bruegel d. Ä)的一张铜版画 Allegorie der Wollust 上,也画着这回事,可见这样的举动,是中外古今一致的。自从那执拗的奥国学者弗罗特(S. Freud)提倡了精神分析说——Psychoanalysis,听说章士钊⑥先生是译作"心解"的,虽然简古,可是实在难解得很——以来,我们的名人名教授也颇有隐隐约约,检来应用的了,这些事便不免又要归宿到

[6] 此处运用类比的手法,表面说猫,暗中讽人。

[7] 运用隐喻的手法讥讽反动文人的残暴和媚态。

---

⑤大勃吕该尔:通译勃鲁盖尔,欧洲文艺复兴时期的讽刺画家。
⑥章士钊(1881—1973):字行严,湖南长沙人,爱国人士,曾为上海《苏报》主笔。

性欲上去。打狗的事我不管,至于我的打猫,却只因为它们嚷嚷,此外并无恶意,我自信我的嫉妒心还没有这么博大,当现下"动辄获咎"之秋,这是不可不预先声明的。[8]例如人们当配合之前,也很有些手续,新的是写情书,少则一束,多则一捆;旧的是什么"问名""纳采"⑦,磕头作揖,去年海昌蒋氏在北京举行婚礼,拜来拜去,就十足拜了三天,还印有一本红面子的《婚礼节文》,《序论》里大发议论道:"平心论之,既名为礼,当必繁重。专图简易,何用礼为?……然则世之有志于礼者,可以兴矣!不可退居于礼所不下之庶人矣!"然而我毫不生气,这是因为无须我到场;因此也可见我的仇猫,理由实在简简单单,只为了它们在我的耳朵边尽嚷的缘故。人们的各种礼式,局外人可以不见不闻,我就满不管,但如果当我正要看书或睡觉的时候,有人来勒令朗诵情书,奉陪作揖,那是为自卫起见,还要用长竹竿来抵御的。[9]还有,平素不大交往的人,忽而寄给我一个红帖子,上面印着"为舍妹出阁""小儿完姻""敬请观礼"或"阖第光临"这些含有"阴险的暗示"的句子,使我不化钱便总觉得有些过意不去的,我也不十分高兴。

但是,这都是近时的话。再一回忆,我的仇猫却远在能够说出这些理由之前,也许是还在十岁上下的时候了。至今还分明记得,那原因是极其简单的:只因为它吃老鼠,——吃了我饲养着的可爱的小小的隐鼠。[10]

听说西洋是不很喜欢黑猫的,不知道可确;但 Edgar Allan Poe 的小说里的黑猫,却实在有点骇人。日本的猫善于

[8]"动辄获咎"形象地暗示了当时社会形势的险恶。

[9]作者用"长竹竿""打猫"引申到用文章抨击社会上的繁文缛节。

[10]文章列举了仇猫的四个原因,逻辑清晰:猫的性情颇与人们幸灾乐祸、不断折磨弱者的坏脾气相同;它总有一副媚态;它的嗥叫闹得人心烦;它吃了"我饲养着的可爱的小小的隐鼠"。论点、论据俱全,立场明确,一目了然。

---

⑦"问名""纳采":旧时议婚中的仪式。"问名"是男方通过媒人问女方的名字和出生年月日;"纳采"是男方通过媒人向女方家提亲,女方家里答应议婚后,男方备礼前去求婚。

成精,传说中的"猫婆"⑧,那食人的惨酷确是更可怕。中国古时候虽然曾有"猫鬼",近来却很少听到猫的兴妖作怪,似乎古法已经失传,老实起来了。[11]只是我在童年,总觉得它有点妖气,没有什么好感。那是一个我的幼时的夏夜,我躺在一株大桂树下的小板桌上乘凉,祖母摇着芭蕉扇坐在桌旁,给我猜谜,讲故事。忽然,桂树上沙沙地有趾爪的爬搔声,一对闪闪的眼睛在暗中随声而下,使我吃惊,也将祖母讲着的话打断,另讲猫的故事了——

"你知道么?猫是老虎的先生。"她说,"小孩子怎么会知道呢,猫是老虎的师父。老虎本来是什么也不会的,就投到猫的门下来。猫就教给它扑的方法,捉的方法,吃的方法,像自己的捉老鼠一样。这些教完了,老虎想,本领都学到了,谁也比不过它了,只有老师的猫还比自己强,要是杀掉猫,自己便是最强的脚色了。它打定主意,就上前去扑猫。猫是早知道它的来意的,一跳,便上了树,老虎却只能眼睁睁地在树下蹲着。它还没有将一切本领传授完,还没有教给它上树。"

这是侥幸的,我想,幸而老虎很性急,否则从桂树上就会爬下一匹老虎来。然而究竟很怕人,我要进屋子里睡觉去了。夜色更加黯然;桂叶瑟瑟地作响,微风也吹动了,想来草席定已微凉,躺着也不至于烦得翻来复去了。

几百年的老屋中的豆油灯的微光下,[12]是老鼠跳梁的世界,飘忽地走着,吱吱地叫着,那态度往往比"名人名教授"还轩昂[13]。猫是饲养着的,然而吃饭不管事。祖母她们虽然常恨鼠子们啮破了箱柜,偷吃了东西,我却以为这也算

[11]进一步描写了猫的吓人。使猫的形象更加可怕,深化文章主题。

[12]环境描写揭示社会背景,北洋政府的执政者是跳梁的老鼠,对民众有害无益。

[13]寥寥数字,写出了当时的社会背景,写出了北洋政府统治下社会的黑暗。

---

⑧"猫婆":日本民间传说中的精怪。日本民间传说,有个老太婆养的一只猫年久成了精怪,它把老太婆吃掉,又变成她的样子去害人。

不得什么大罪,也和我不相干,况且这类坏事大概是大个子的老鼠做的,决不能诬陷到我所爱的小鼠身上去。这类小鼠大抵在地上走动,只有拇指那么大,也不很畏惧人,我们那里叫它"隐鼠",与专住在屋上的伟大者是两种。

我的床前就帖着两张花纸,一是"八戒招赘",满纸长嘴大耳,我以为不甚雅观;别的一张"老鼠成亲"却可爱,自新郎新妇以至傧相、宾客、执事,没有一个不是尖腮细腿,像煞读书人的,但穿的都是红衫绿裤。[14]我想,能举办这样大仪式的,一定只有我所喜欢的那些隐鼠。现在是粗俗了,在路上遇见人类的迎娶仪仗,也不过当作性交的广告看,不甚留心;但那时的想看"老鼠成亲"的仪式,却极其神往,即使像海昌蒋氏似的连拜三夜,怕也未必会看得心烦。正月十四的夜,是我不肯轻易便睡,等候它们的仪仗从床下出来的夜。然而仍然只看见几个光着身子的隐鼠在地面游行,不像正在办着喜事。直到我熬不住了,快快睡去,一睁眼却已经天明,到了灯节了。也许鼠族的婚仪,不但不分请帖,来收罗贺礼,虽是真的"观礼",也绝对不欢迎的罢,我想,这是它们向来的习惯,无法抗议的。

老鼠的大敌其实并不是猫。春后,你听到它"咋!咋咋咋咋!"地叫着,大家称为"老鼠数铜钱"的,便知道它的可怕的屠伯已经光降了。这声音是表现绝望的惊恐的,虽然遇见猫,还不至于这样叫。猫自然也可怕,但老鼠只要窜进一个小洞去,它也就奈何不得,逃命的机会还很多。独有那可怕的屠伯——蛇,身体是细长的,圆径和鼠子差不多,凡鼠子能到的地方,它也能到,追逐的时间也格外长,而且万难幸免,当"数钱"的时候,大概是已经没有第二步办法的了。

有一回,我就听得一间空屋里有着这种"数钱"的声音,

[14] 暗含了作者对读书人之虚伪的讽刺。

推门进去,一条蛇伏在横梁上,看地上,躺着一匹隐鼠,口角流血,但两胁还是一起一落的。取来给躺在一个纸盒子里,大半天,竟醒过来了,渐渐地能够饮食,行走,到第二日,似乎就复了原,但是不逃走。放在地上,也时时跑到人面前来,而且缘腿而上,一直爬到膝髁。给放在饭桌上,便检吃些菜渣,舐舐碗沿;放在我的书桌上,则从容地游行,看见砚台便舐吃了研着的墨汁。这使我非常惊喜了。[15]我听父亲说过的,中国有一种墨猴,只有拇指一般大,全身的毛是漆黑而且发亮的。它睡在笔筒里,一听到磨墨,便跳出来,等着,等到人写完字,套上笔,就舐尽了砚上的余墨,仍旧跳进笔筒里去了。[16]我就极愿意有这样的一个墨猴,可是得不到;问那里有,那里买的呢,谁也不知道。"慰情聊胜无",这隐鼠总可以算是我的墨猴了罢,虽然它舐吃墨汁,并不一定肯等到我写完字。

　　现在已经记不分明,这样地大约有一两月;有一天,我忽然感到寂寞了,真所谓"若有所失"。我的隐鼠,是常在眼前游行的,或桌上,或地上。而这一日却大半天没有见,大家吃午饭了,也不见它走出来,平时,是一定出现的。我再等着,再等它一半天,然而仍然没有见。[17]

　　长妈妈,一个一向带领着我的女工,也许是以为我等得太苦了罢,轻轻地来告诉我一句话。这即刻使我愤怒而且悲哀,决心和猫们为敌。她说:隐鼠是昨天晚上被猫吃去了!

　　当我失掉了所爱的,心中有着空虚时,我要充填以报仇的恶念![18]

　　我的报仇,就从家里饲养着的一匹花猫起手,逐渐推广,至于凡所遇见的诸猫。最先不过是追赶,袭击;后来却

[15] 表现了隐鼠的机灵、可爱,为下文鲁迅得知它被猫吃掉的"愤怒而且悲哀"埋下伏笔。

[16] 这段描写生动诙谐,文笔简练,墨猴的动态尽显。

[17] 作者与隐鼠形影相伴,它的突然消失牵动作者的心思。

[18] 词语"空虚""充填"把抽象的情绪具体化了,写出了"我"的愤怒之情。作者童年对猫的厌恶源于自己喜爱的隐鼠被害,照应了前文。

愈加巧妙了,能飞石击中它们的头,或诱入空屋里面,打得它垂头丧气。这作战继续得颇长久,此后似乎猫都不来近我了。但对于它们纵使怎样战胜,大约也算不得一个英雄;况且中国毕生和猫打仗的人也未必多,所以一切韬略,战绩,还是全都省略了罢。

但许多天之后,也许是已经经过了大半年,我竟偶然得到一个意外的消息:那隐鼠其实并非被猫所害,倒是它缘着长妈妈的腿要爬上去,被她一脚踏死了。

这确是先前所没有料想到的。现在我已经记不清当时是怎样一个感想,但和猫的感情却终于没有融和;到了北京,还因为它伤害了兔的儿女们,便旧隙夹新嫌,使出更辣的辣手。"仇猫"的话柄,也从此传扬开来。然而在现在,这些早已是过去的事了,我已经改变态度,对猫颇为客气,倘其万不得已,则赶走而已,决不打伤它们,更何况杀害。这是我近几年的进步。[19]经验既多,一旦大悟,知道猫的偷鱼肉,拖小鸡,深夜大叫,人们自然十之九是憎恶的,而这憎恶是在猫身上。假如我出而为人们驱除这憎恶,打伤或杀害了它,它便立刻变为可怜,那憎恶倒移在我身上了。所以,目下的办法,是凡遇猫们捣乱,至于有人讨厌时,我便站出去,在门口大声叱曰:"嘘!滚!"小小平静,即回书房,这样,就长保着御侮保家的资格。其实这方法,中国的官兵就常在实做的,他们总不肯扫清土匪或扑灭敌人,因为这么一来,就要不被重视,甚至于因失其用处而被裁汰。我想,如果能将这方法推广应用,我大概也总可望成为所谓"指导青年"的"前辈"的罢,但现下也还未决心实践,正在研究而且推敲。[20]

一九二六年二月二十一日

[19] 此处作者运用了双关,既指猫,也说人,暗示作者对伪君子态度的缓和。

[20] "指导青年"的"前辈"指的是现代评论派的文人们,作者在文章结尾再次不着痕迹地嘲讽了他们。

阿长与《山海经》

长妈妈,已经说过,是一个一向带领着我的女工,说得阔气一点,就是我的保姆。[1]我的母亲和许多别的人都这样称呼她,似乎略带些客气的意思。只有祖母叫她阿长。我平时叫她"阿妈",连"长"字也不带;但到憎恶她的时候——例如知道了谋死我那隐鼠的却是她的时候,就叫她阿长。[2]

我们那里没有姓长的;她生得黄胖而矮,"长"也不是形容词。又不是她的名字,记得她自己说过,她的名字是叫作什么姑娘的。什么姑娘,我现在已经忘却了,总之不是长姑娘;也终于不知道她姓什么。记得她也曾告诉过我这个名称的来历:先前的先前,我家有一个女工,身材生得很高大,这就是真阿长。后来她回去了,我那什么姑娘才来补她的缺,然而大家因为叫惯了,没有再改口,于是她从此也就成为长妈妈了。[3]

虽然背地里说人长短不是好事情,但倘使要我说句真心话,我可只得说:我实在不大佩服她。最讨厌的是常喜欢切切察察,向人们低声絮说些什么事,还竖起第二个手指,在空中上下摇动,或者点着对手或自己的鼻尖。[4]我的家里一有些小风波,不知怎的我总疑心和这"切切察察"有些关系。又不许我走动,拔一株草,翻一块石头,就说我顽皮,要告诉我的母亲去了。一到夏天,睡觉时她又伸开两脚两手,在床中间摆成一个"大"字,挤得我没有余地翻身,久睡在一角的席子上,又已经烤得那么热。推她呢,不动;叫她呢,也

---

[1] 此句体现出鲁迅语言的诙谐。

[2] 通过对长妈妈称呼的变化来表现"我"的爱、恶,为后文做铺垫。

[3] 介绍了长妈妈名字的由来,点出了阿长的悲剧。

[4] 动作细节刻画到位,体现了人物的粗俗、没文化。

不闻。

"长妈妈生得那么胖,一定很怕热罢?晚上的睡相,怕不见得很好罢?……"

母亲听到我多回诉苦之后,曾经这样地问过她。我也知道这意思是要她多给我一些空席。她不开口。但到夜里,我热得醒来的时候,却仍然看见满床摆着一个"大"字,一条臂膊还搁在我的颈子上。我想,这实在是无法可想了。

但是她懂得许多规矩;这些规矩,也大概是我所不耐烦的。一年中最高兴的时节,自然要数除夕了。辞岁之后,从长辈得到压岁钱,红纸包着,放在枕边,只要过一宵,便可以随意使用。睡在枕上,看着红包,想到明天买来的小鼓,刀枪,泥人,糖菩萨……。然而她进来,又将一个福橘放在床头了。

"哥儿,你牢牢记住!"她极其郑重地说,"明天是正月初一,清早一睁开眼睛,第一句话就得对我说:'阿妈,恭喜恭喜!'记得么?你要记着,这是一年的运气的事情。不许说别的话!说过之后,还得吃一点福橘。"她又拿起那橘子来在我的眼前摇了两摇,"那么,一年到头,顺顺流流……。"[5]

梦里也记得元旦的,第二天醒得特别早,一醒,就要坐起来。她却立刻伸出臂膊,一把将我按住。我惊异地看她时,只见她惶急地看着我。[6]

她又有所要求似的,摇着我的肩。我忽而记得了——

"阿妈,恭喜……。"

"恭喜恭喜!大家恭喜!真聪明!恭喜恭喜!"她于是十分喜欢似的,笑将起来,同时将一点冰冷的东西,塞在我的嘴里。[7]我大吃一惊之后,也就忽而记得,这就是所谓福橘,元旦辟头的磨难,总算已经受完,可以下床玩耍去了。

---

[5]"极其郑重"说明长妈妈迷信。普通人都有美好的愿望,阿长这个不幸的寡妇只求平平安安,作者回忆起来,对她充满怜悯。此处对民风民俗的描写使作品有了独特的魅力。

[6]精彩的神态与动作描写,生动地写出了长妈妈的焦急。

[7]此处对长妈妈的动作描写属于细节描写,语言和动作都体现出她对"我"的关心和祝福,也表现出她的欢喜之情。

她教给我的道理还很多,例如说人死了,不该说死掉,必须说"老掉了";死了人,生了孩子的屋子里,不应该走进去;饭粒落在地上,必须拣起来,最好是吃下去;晒裤子用的竹竿底下,是万不可钻过去的……。此外,现在大抵忘却了,只有元旦的古怪仪式记得最清楚。总之:都是些烦琐之至,至今想起来还觉得非常麻烦的事情。[8]

[8] 繁琐的习俗背后是长妈妈对我深深的关爱之情。

　　然而我有一时也对她发生过空前的敬意。她常常对我讲"长毛"。她之所谓"长毛"者,不但洪秀全军,似乎连后来一切土匪强盗都在内,但除却革命党,因为那时还没有。她说得长毛非常可怕,他们的话就听不懂。她说先前长毛进城的时候,我家全都逃到海边去了,只留一个门房和年老的煮饭老妈子看家。后来长毛果然进门来了,那老妈子便叫他们"大王",——据说对长毛就应该这样叫,——诉说自己的饥饿。长毛笑道:"那么,这东西就给你吃了罢!"将一个圆圆的东西掷了过来,还带着一条小辫子,正是那门房的头。煮饭老妈子从此就骇破了胆,后来一提起,还是立刻面如土色,自己轻轻地拍着胸脯道:"阿呀,骇死我了,骇死我了……。"

　　我那时似乎倒并不怕,因为我觉得这些事和我毫不相干的,我不是一个门房。但她大概也即觉到了,说道:"像你似的小孩子,长毛也要掳的,掳去做小长毛。还有好看的姑娘,也要掳。"

　　"那么,你是不要紧的。"我以为她一定最安全了,既不做门房,又不是小孩子,也生得不好看,况且颈子上还有许多灸疮疤。

　　"那里的话?!"她严肃地说。"我们就没有用么?我们也要被掳去。城外有兵来攻的时候,长毛就叫我们脱下裤子,一排一排地站在城墙上,外面的大炮就放不出来;再要放,就炸了!^[9]"

这实在是出于我意想之外的,不能不惊异。我一向只以为她满肚子是麻烦的礼节罢了,却不料她还有这样伟大的神力。从此对于她就有了特别的敬意,似乎实在深不可测;夜间的伸开手脚,占领全床,那当然是情有可原的了,倒应该我退让。

这种敬意,虽然也逐渐淡薄起来,但完全消失,大概是在知道她谋害了我的隐鼠之后。那时就极严重地诘问,而且当面叫她阿长。我想我又不真做小长毛,不去攻城,也不放炮,更不怕炮炸,我惧惮她什么呢!

但当我哀悼隐鼠,给它复仇的时候,一面又在渴慕着绘图的《山海经》了。^[10]这渴慕是从一个远房的叔祖惹起来的。他是一个胖胖的,和蔼的老人,爱种一点花木,如珠兰、茉莉之类,还有极其少见的,据说从北边带回去的马缨花。他的太太却正相反,什么也莫名其妙,曾将晒衣服的竹竿搁在珠兰的枝条上,枝折了,还要愤愤地咒骂道:"死尸!"这老人是个寂寞者,因为无人可谈,就很爱和孩子们往来,有时简直称我们为"小友"。在我们聚族而居的宅子里,只有他书多,而且特别。制艺和试帖诗,自然也是有的;但我却只在他的书斋里,看见过陆玑的《毛诗草木鸟兽虫鱼疏》,还有许多名目很生的书籍。我那时最爱看的是《花镜》,上面有许多图。他说给我听,曾经有过一部绘图的《山海经》,画着人面的兽,九头的蛇,三脚的鸟,生着翅膀的人,没有头而以两乳当作眼睛的怪物,……可惜现在不知道放在那里了。

我很愿意看看这样的图画,但不好意思力逼他去寻找,他是很疏懒的。问别人呢,谁也不肯真实地回答我。压岁

---

[9] 语言的细节描写表现出长妈妈的愚昧无知,也反映出太平军对人们造成的伤害。

[10] 此处作者笔锋一转,引出《山海经》的故事,承上启下,自然过渡。

钱还有几百文，买罢，又没有好机会。有书买的大街离我家远得很，我一年中只能在正月间去玩一趟，那时候，两家书店都紧紧地关着门。[11]

玩的时候倒是没有什么的，但一坐下，我就记得绘图的《山海经》。

大概是太过于念念不忘了，连阿长也来问《山海经》是怎么一回事。这是我向来没有和她说过的，我知道她并非学者，说了也无益；但既然来问，也就都对她说了。

过了十多天，或者一个月罢，我还很记得，是她告假回家以后的四五天，她穿着新的蓝布衫回来了，一见面，就将一包书递给我，高兴地说道：

"哥儿，有画儿的'三哼经'，我给你买来了[12]！"

我似乎遇着了一个霹雳，全体都震悚[13]起来；赶紧去接过来，打开纸包，是四本小小的书，略略一翻，人面的兽，九头的蛇，……果然都在内。

这又使我发生新的敬意了，别人不肯做，或不能做的事，她却能够做成功。她确有伟大的神力。谋害隐鼠的怨恨，从此完全消灭了。

这四本书，乃是我最初得到，最为心爱的宝书。

书的模样，到现在还在眼前。可是从还在眼前的模样来说，却是一部刻印都十分粗拙的本子。纸张很黄；图像也很坏，甚至于几乎全用直线凑合，连动物的眼睛也都是长方形的。但那是我最为心爱的宝书，看起来，确是人面的兽；九头的蛇；一脚的牛；袋子似的帝江；没有头而"以乳为目，以脐为口"，还要"执干戚而舞"的刑天。[14]

此后我就更其搜集绘图的书，于是有了石印的《尔雅音图》和《毛诗品物图考》，又有了《点石斋丛画》和《诗画舫》。

---

[11] 这是为下文长妈妈替"我"去找《山海经》做铺垫，突出了我想得到《山海经》的迫切心情。

[12] 这句话充分说明她对孩子的心思观察得非常细致，对孩子非常体贴，为了满足孩子的愿望又是那样认真，那样郑重其事。

[13] "我"眼中粗俗、市井的长妈妈却帮"我"买到了渴望已久的《山海经》，"我"的感激之情自然流露。

[14] 虽然图书质量很差，但它在"我"眼中却十分珍贵。突出了作者对书的喜爱和对长妈妈的珍视。

《山海经》也另买了一部石印的,每卷都有图赞,绿色的画,字是红的,比那木刻的精致得多了。这一部直到前年还在,是缩印的郝懿行疏。木刻的却已经记不清是什么时候失掉了。

我的保姆,长妈妈即阿长,辞了这人世,大概也有了三十年了罢。我终于不知道她的姓名,她的经历;仅知道有一个过继的儿子,她大约是青年守寡的孤孀。

仁厚黑暗的地母呵,愿在你怀里永安她的魂灵![15]

三月十日

[15]文章结尾处,作者以祝愿的形式表达了对长妈妈的深切思念之情。

《二十四孝图》

  我总要上下四方寻求,得到一种最黑,最黑,最黑的咒文,先来诅咒一切反对白话,妨害白话者。即使人死了真有灵魂,因这最恶的心,应该堕入地狱,也将决不改悔,总要先来诅咒一切反对白话,妨害白话者。[1]

  自从所谓"文学革命"以来,供给孩子的书籍,和欧、美、日本的一比较,虽然很可怜,但总算有图有说,只要能读下去,就可以懂得的了。可是一班别有心肠的人们,便竭力来阻遏它,要使孩子的世界中,没有一丝乐趣。北京现在常用"马虎子"这一句话来恐吓孩子们。或者说,那就是《开河记》上所载的,给隋炀帝开河,蒸死小儿的麻叔谋;正确地写起来,须是"麻胡子"。那么,这麻叔谋乃是胡人了。但无论他是甚么人,他的吃小孩究竟也还有限,不过尽他的一生。妨害白话者的流毒却甚于洪水猛兽,非常广大,也非常长久,能使全中国化成一个麻胡,凡有孩子都死在他肚子里。[2]

  只要对于白话来加以谋害者,都应该灭亡![3]

  这些话,绅士们自然难免要掩住耳朵的,因为就是所谓"跳到半天空,骂得体无完肤,——还不肯罢休。"而且文士们一定也要骂,以为大悖于"文格",亦即大损于"人格"。岂不是"言者心声也"么?"文"和"人"当然是相关的,虽然人间世本来千奇百怪,教授们中也有"不尊敬"作者的人格而不能"不说他的小说好"的特别种族。但这些我都不管,因

---

[1] 作者运用"上下四方"如此夸张的笔调并连用三个"最黑",表达了自己对"反对白话,妨害白话者"的痛恨,开篇即奠定文章的基调,引出下文。

[2] 将"妨害白话者"与传说中吃人的"麻胡子"相对比,使人具体深刻地认识前者"流毒"范围之广,历时之长。

[3] 坚决的语言,对当时反对白话文、提倡复古的倾向予以尖锐的抨击。

[4]"象牙之塔"比喻脱离现实生活的知识分子的小天地。

[5]似乎不经意间的对比,却揭示了作者对儿童教育现状的不满。

[6]此处作者用衬托的手法将儿童对新形式的书籍的渴望表现得淋漓尽致。

[7]举例写自己小时候在私塾之外的悠闲的阅读,从反面揭露了封建礼教的虚伪和残暴。

为我幸而还没有爬上"象牙之塔"[4]去,正无须怎样小心。倘若无意中竟已撞上了,那就即刻跌下来罢。然而在跌下来的中途,当还未到地之前,还要说一遍:只要对于白话来加以谋害者,都应该灭亡!

每看见小学生欢天喜地地看着一本粗拙的《儿童世界》之类,另想到别国的儿童用书的精美,自然要觉得中国儿童的可怜。[5]但回忆起我和我的同窗小友的童年,却不能不以为他幸福,给我们的永逝的韶光一个悲哀的吊唁。我们那时有什么可看呢,只要略有图画的本子,就要被塾师,就是当时的"引导青年的前辈"禁止,呵斥,甚而至于打手心。我的小同学因为专读"人之初性本善"读得要枯燥而死了,只好偷偷地翻开第一页,看那题着"文星高照"四个字的恶鬼一般的魁星像,来满足他幼稚的爱美的天性。昨天看这个,今天也看这个,然而他们的眼睛里还闪出苏醒和欢喜的光辉来。[6]

在书塾以外,禁令可比较的宽了,但这是说自己的事,各人大概不一样。我能在大众面前,冠冕堂皇地阅看的,是《文昌帝君阴骘文图说》和《玉历钞传》,都画着冥冥之中赏善罚恶的故事,雷公电母站在云中,牛头马面布满地下,不但"跳到半天空"是触犯天条的,即使半语不合,一念偶差,也都得受相当的报应。这所报的也并非"睚眦之怨",因为那地方是鬼神为君,"公理"作宰,请酒下跪,全都无功,简直是无法可想。在中国的天地间,不但做人,便是做鬼,也艰难极了。然而究竟很有比阳间更好的处所:无所谓"绅士",也没有"流言"。[7]

阴间,倘要稳妥,是颂扬不得的。尤其是常常好弄笔墨的人,在现在的中国,流言的治下,而又大谈"言行一致"的时候。前车可鉴,听说阿尔志跋绥夫曾答一个少女的质问说,"惟有在人生的事实这本身中寻出欢喜者,可以活下去。倘若在那里什么也不见,他们其实倒不如死。"于是乎有一个叫作密哈罗夫的,寄信嘲骂他道,"……所以我完全诚实地劝你自杀来祸福你自己的生命,因为这第一是合于逻辑,第二是你的言语和行为不至于背驰。"

其实这论法就是谋杀,他就这样地在他的人生中寻出欢喜来。阿尔志跋绥夫只发了一大通牢骚,没有自杀。密哈罗夫先生后来不知道怎样,这一个欢喜失掉了,或者另外又寻到了"什么"了罢。诚然,"这些时候,勇敢,是安稳的;情热,是毫无危险的。"

然而,对于阴间,我终于已经颂扬过了,无法追改;虽有"言行不符"之嫌,但确没有受过阎王或小鬼的半文津贴,则差可以自解。[8] 总而言之,还是仍然写下去罢:

我所看的那些阴间的图画,都是家藏的老书,并非我所专有。我所收得的最先的画图本子,是一位长辈的赠品:《二十四孝图》。这虽然不过薄薄的一本书,但是下图上说,鬼少人多,又为我一人所独有,使我高兴极了。那里面的故事,似乎是谁都知道的;便是不识字的人,例如阿长,也只要一看图画便能够滔滔地讲出这一段的事迹。[9] 但是,我于高兴之余,接着就是扫兴,因为我请人讲完了二十四个故事之后,才知道"孝"有如此之难,对于先前痴心妄想,想做孝子的计划,完全绝望了。

"人之初,性本善"么?这并非现在要加研究的问题。但我还依稀记得,我幼小时候实未尝蓄意忤逆,对于父母,倒是极愿意孝顺的。不过年幼无知,只用了私见来解释"孝顺"的做法,以为无非是"听话""从命",以及长大之后,给

[8] 作者用调侃戏谑的语气揭开了某些人的虚假面具。

[9] 此处作者引用阿长的实例来反映封建孝道的毒害之深。

年老的父母好好地吃饭罢了。自从得了这一本孝子的教科书以后，才知道并不然，而且还要难到几十几百倍。其中自然也有可以勉力仿效的，如"子路负米""黄香扇枕"之类。"陆绩怀橘"也并不难，只要有阔人请我吃饭。"鲁迅先生作宾客而怀橘乎？"我便跪答云："吾母性之所爱，欲归以遗母。"阔人大佩服，于是孝子就做稳了，也非常省事。"哭竹生笋"就可疑，怕我的精诚未必会这样感动天地。但是哭不出笋来，还不过抛脸而已，一到"卧冰求鲤"，可就有性命之虞了。我乡的天气是温和的，严冬中，水面也只结一层薄冰，即使孩子的重量怎样小，躺上去，也一定哗喇一声，冰破落水，鲤鱼还不及游过来。自然，必须不顾性命，这才孝感神明，会有出乎意料之外的奇迹，但那时我还小，实在不明白这些。[10]

其中最使我不解，甚至于发生反感的，是"老莱娱亲"和"郭巨埋儿"两件事。

我至今还记得，一个躺在父母跟前的老头子，一个抱在母亲手上的小孩子，是怎样地使我发生不同的感想呵。他们一手都拿着"摇咕咚"。这玩意儿确是可爱的，北京称为小鼓，盖即鞀也，朱熹曰："鞀，小鼓，两旁有耳；持其柄而摇之，则旁耳还自击"，咕咚咕咚地响起来。然而这东西是不该拿在老莱子手里的，他应该扶一枝拐杖。现在这模样，简直是装佯，侮辱了孩子。我没有再看第二回，一到这一页，便急速地翻过去了。

那时的《二十四孝图》，早已不知去向了，目下所有的只是一本日本小田海僊所画的本子，叙老莱子事云，"行年七十，言不称老，常著五色斑斓之衣，为婴儿戏于亲侧。又常取水上堂，诈跌仆地，作婴儿啼，以娱亲意。"大约旧本也差不多，

[10] 作者用调侃的语气对封建孝道的虚伪进行了无情的嘲讽。

而招我反感的便是"诈跌"。无论忤逆,无论孝顺,小孩子多不愿意"诈"作,听故事也不喜欢是谣言,这是凡有稍稍留心儿童心理的都知道的。[11]

然而在较古的书上一查,却还不至于如此虚伪。师觉授①《孝子传》云,"老莱子……常著斑斓之衣,为亲取饮,上堂脚跌,恐伤父母之心,僵仆为婴儿啼。"(《太平御览》四百十三引)较之今说,似稍近于人情。不知怎地,后之君子却一定要改得他"诈"起来,心里才能舒服。邓伯道弃子救侄,想来也不过"弃"而已矣,昏妄人也必须说他将儿子捆在树上,使他追不上来才肯歇手。正如将"肉麻当作有趣"一般,以不情为伦纪,诬蔑了古人,教坏了后人。老莱子即是一例,道学先生②以为他白璧无瑕时,他却已在孩子的心中死掉了。

至于玩着"摇咕咚"的郭巨的儿子,却实在值得同情。他被抱在他母亲的臂膊上,高高兴兴地笑着;他的父亲却正在掘窟窿,要将他埋掉了。说明云,"汉郭巨家贫,有子三岁,母尝减食与之。巨谓妻曰,贫乏不能供母,子又分母之食。盍埋此子?[12]"但是刘向《孝子传》所说,却又有些不同:巨家是富的,他都给了两弟;孩子是才生的,并没有到三岁。结末又大略相像了,"及掘坑二尺,得黄金一釜,上云:天赐郭巨,官不得取,民不得夺!"

我最初实在替这孩子捏一把汗,待到掘出黄金一釜,这才觉得轻松。然而我已经不但自己不敢再想做孝子,并且怕我父亲去做孝子了。家景正在坏下去,常听到父母愁柴米;祖母又老了,倘使我的父亲竟学了郭巨,那么,该埋的不正是我么?如果一丝不走样,也掘出一釜黄金来,那自然是如天之福,但

[11] 反对一味愚孝、荒谬虚伪的行为,指出应去伪存真,抒发真性情。

[12] 看似大孝,实则是残忍,揭示了封建孝道的残酷。在今日看来,实为违反人性之举。

---

①师觉授:南朝涅阳人,生卒年不详,著有《孝子传》八卷,已散佚。
②道学先生:此处的道学又称理学,即宋代程颢、程颐、朱熹等人阐释儒家学说而形成的唯心主义思想体系。道学先生,即信奉和宣扬这种学说的人。

是,那时我虽然年纪小,似乎也明白天下未必有这样的巧事。

　　现在想起来,实在很觉得傻气。这是因为现在已经知道了这些老玩意,本来谁也不实行。整饬伦纪的文电是常有的,却很少见绅士赤条条地躺在冰上面,将军跳下汽车去负米。何况现在早长大了,看过几部古书,买过几本新书,什么《太平御览》咧,《古孝子传》咧,《人口问题》咧,《节制生育》咧,《二十世纪是儿童的世界》咧,可以抵抗被埋的理由多得很。不过彼一时,此一时,彼时我委实有点害怕:掘好深坑,不见黄金,连"摇咕咚"一同埋下去,盖上土,踏得实实的,又有什么法子可想呢。我想,事情虽然未必实现,但我从此总怕听到我的父母愁穷,怕看见我的白发的祖母,总觉得她是和我不两立,至少,也是一个和我的生命有些妨碍的人。后来这印象日见其淡了,但总有一些留遗,一直到她去世——这大概是送给《二十四孝图》的儒者所万料不到的罢。[13]

[13] 把回忆和对时弊的议论相结合,语言诙谐,比喻生动,正话反说,反话正说,犀利幽默,耐人寻味。

　　　　　　　　　　　　　五月十日

五猖会

孩子们所盼望的,过年过节之外,大概要数迎神赛会①的时候了。但我家的所在很偏僻,待到赛会的行列经过时,一定已在下午,仪仗之类,也减而又减,所剩的极其寥寥。往往伸着颈子等候多时[1],却只见十几个人抬着一个金脸或蓝脸红脸的神像匆匆地跑过去。于是,完了。[2]

我常存着这样的一个希望:这一次所见的赛会,比前一次繁盛些。可是结果总是一个"差不多";也总是只留下一个纪念品,就是当神像还未抬过之前,化一文钱买下的,用一点烂泥,一点颜色纸,一枝竹签和两三枝鸡毛所做的,吹起来会发出一种刺耳的声音的哨子,叫作"吹都都"的,吡吡地吹它两三天。[3]

现在看看《陶庵梦忆》,觉得那时的赛会,真是豪奢极了,虽然明人的文章,怕难免有些夸大。因为祷雨而迎龙王,现在也还有的,但办法却已经很简单,不过是十多人盘旋着一条龙,以及村童们扮些海鬼。那时却还要扮故事,而且实在奇拔得可观。他记扮《水浒传》中人物云:"⋯⋯于是分头四出,寻黑矮汉,寻梢长大汉,寻头陀,寻胖大和尚,寻茁壮妇人,寻姣长妇人,寻青面,寻歪头,寻赤须,寻美髯,寻黑大汉,寻赤脸长须。大索城中;无,则之郭,之村,之山僻,之邻府州县。用重价聘之,得三十六人,梁山泊好汉,个个

---

[1] "伸着颈子等候多时"表现出"我"对迎神赛会的企盼。

[2] "于是,完了"短短四字将作者的遗憾与失望展露无遗。

[3] 这里写出了孩子的童心、童趣,为后文写看东关五猖会埋下伏笔。

---

①迎神赛会:旧时的一种迷信习俗,用仪仗鼓乐和杂戏迎神出庙,周游街巷,以酬神祈福。

呵活,臻臻至至,人马称娖②(chuò)而行。……"这样的白描的活古人,谁能不动一看的雅兴呢?可惜这种盛举,早已和明社一同消灭了。

赛会虽然不像现在上海的旗袍③,北京的谈国事④,为当局所禁止,然而妇孺们是不许看的[4],读书人即所谓士子,也大抵不肯赶去看。只有游手好闲的闲人,这才跑到庙前或衙门前去看热闹;我关于赛会的知识,多半是从他们的叙述上得来的,并非考据家所贵重的"眼学⑤"。然而记得有一回,也亲见过较盛的赛会。开首是一个孩子骑马先来,称为"塘报";过了许久,"高照"到了,长竹竿揭起一条很长的旗,一个汗流浃背的胖大汉用两手托着;他高兴的时候,就肯将竿头放在头顶或牙齿上,甚而至于鼻尖。其次是所谓"高跷""抬阁""马头"了;还有扮犯人的,红衣枷锁,内中也有孩子。[5]我那时觉得这些都是有光荣的事业,与闻其事的即全是大有运气的人,——大概羡慕他们的出风头罢。我想,我为什么不生一场重病,使我的母亲也好到庙里去许下一个"扮犯人"的心愿的呢?[6]……然而我到现在终于没有和赛会发生关系过。

要到东关看五猖会去了。这是我儿时所罕逢的一件盛事。因为那会是全县中最盛的会,东关又是离我家很远的地方,出城还有六十多里水路,在那里有两座特别的庙。一是梅姑庙,就是《聊斋志异》所记,室女守节,死后成神,却篡取别人的丈夫的;现在神座上确塑着一对少年男女,眉开眼笑,殊

[4] 鲁迅常用的杂文笔法,即使是写往事,也不忘针砭时弊,平静的文字下是澎湃的内心。

[5] 用一系列表示时间先后的词语使内容有条理,有条不紊地将赛会流程表达出来,简明清晰。

[6] 由此可以看出"我"对赛会的渴慕之深。

---

② 称娖:行列整齐的样子。
③ 上海的旗袍:当时盘踞江浙等地的军阀孙传芳认为妇女穿旗袍与男子没有多大区别(那时男子通行穿长袍),是伤风败俗的,曾下令禁止。
④ 北京的谈国事:统治北京的北洋军阀为了防止革命活动,实行恐怖政策,密探四布,饭铺茶馆等多贴有"莫谈国事"的字条。
⑤ 眼学:亲自阅读研习。语出北齐颜之推《颜氏家训·勉学》,"谈说制文,援引古昔,必须眼学,勿信耳受"。

与"礼教"有妨。其一便是五猖庙了,名目就奇特。据有考据癖的人说:这就是五通神。然而也并无确据。神像是五个男人,也不见有什么猖獗之状;后面列坐着五位太太,却并不"分坐",远不及北京戏园里界限之谨严。其实呢,这也是殊与"礼教"有妨的,——但他们既然是五猖,便也无法可想,而且自然也就"又作别论"了。

因为东关离城远,大清早大家就起来。昨夜预定好的三道明瓦窗的大船,已经泊在河埠头,船椅,饭菜,茶炊,点心盒子,都在陆续搬下去了。我笑着跳着,催他们要搬得快。忽然,工人的脸色很谨肃了,我知道有些蹊跷,四面一看,父亲就站在我背后。[7]

"去拿你的书来。"他慢慢地说。

这所谓"书",是指我开蒙时候所读的《鉴略》。因为我再没有第二本了。我们那里上学的岁数是多拣单数的,所以这使我记住我其时是七岁。

我忐忑着,拿了书来了。他使我同坐在堂中央的桌子前,教我一句一句地读下去。我担着心,一句一句地读下去。

两句一行,大约读了二三十行罢,他说:

"给我读熟。背不出,就不准去看会。"

他说完,便站起来,走进房里去了。

我似乎从头上浇了一盆冷水。但是,有什么法子呢?自然是读着,读着,强记着,——而且要背出来。[8]

> 粤自盘古,生于太荒,
> 首出御世,肇开混茫。

[7] 封建专制的家庭教育和社会现状把儿童的玩性、天真的稚气都扼杀了。

[8] 充分展现了作者沮丧的心情以及在父亲面前的局促和压迫感。

就是这样的书,我现在只记得前四句,别的都忘却了;那时所强记的二三十行,自然也一齐忘却在里面了。记得那时听人说,读《鉴略》比读《千字文》《百家姓》有用得多,因为可以知道从古到今的大概。知道从古到今的大概,那当然是很好的,然而我一字也不懂。"粤自盘古"就是"粤自盘古",读下去,记住它,"粤自盘古"呵!"生于太荒"呵!……[9]

[9] 此处的语言描写再现了"我"背诵文章"生吞活剥"、不求甚解的场景。

应用的物件已经搬完,家中由忙乱转成静肃了。朝阳照着西墙,天气很清朗。母亲,工人,长妈妈即阿长,都无法营救,只默默地静候着我读熟,而且背出来。在百静中,我似乎头里要伸出许多铁钳,将什么"生于太荒"之流夹住;也听到自己急急诵读的声音发着抖,仿佛深秋的蟋蟀,在夜中鸣叫似的。[10]

[10] 运用比喻的修辞手法写出了自己背书时的紧张与急切。

他们都等候着;太阳也升得更高了。

我忽然似乎已经很有把握,便即站了起来,拿书走进父亲的书房,一气背将下去,梦似的就背完了。

"不错。去罢。"父亲点着头,说。

大家同时活动起来,脸上都露出笑容,向河埠走去。工人将我高高地抱起,仿佛在祝贺我的成功一般,快步走在最前头。

我却并没有他们那么高兴。开船以后,水路中的风景,盒子里的点心,以及到了东关的五猖会的热闹,对于我似乎都没有什么大意思。[11]

[11] "我"由万分期待到感觉非常乏味,这种对比不动声色地批判了封建教育对儿童天性的压制和摧残。

直到现在,别的完全忘却,不留一点痕迹了,只有背诵《鉴略》这一段,却还分明如昨日事。

我至今一想起,还诧异我的父亲何以要在那时候叫我来背书。

五月二十五日

无常

　　迎神赛会这一天出巡的神,如果是掌握生杀之权的,——不,这生杀之权四个字不大妥,凡是神,在中国仿佛都有些随意杀人的权柄似的,倒不如说是职掌人民的生死大事的罢,就如城隍和东岳大帝之类,那么,他的卤簿中间就另有一群特别的脚色:鬼卒,鬼王,还有活无常。[1]

　　这些鬼物们,大概都是由粗人和乡下人扮演的。鬼卒和鬼王是红红绿绿的衣裳,赤着脚;蓝脸,上面又画些鱼鳞,也许是龙鳞或别的什么鳞罢,我不大清楚。鬼卒拿着钢叉,叉环振得琅琅地响,鬼王拿的是一块小小的虎头牌。[2] 据传说,鬼王是只用一只脚走路的;但他究竟是乡下人,虽然脸上已经画上些鱼鳞或者别的什么鳞,却仍然只得用了两只脚走路。所以看客对于他们不很敬畏,也不大留心,除了念佛老妪和她的孙子们为面面圆到起见,也照例给他们一个"不胜屏营待命之至①"的仪节。

　　至于我们——我相信:我和许多人——所最愿意看的,却在活无常。他不但活泼而诙谐,单是那浑身雪白这一点,在红红绿绿中就有"鹤立鸡群"之概。只要望见一顶白纸的高帽子和他手里的破芭蕉扇的影子,大家就都有些紧张,而且高兴起来了。[3]

　　人民之于鬼物,惟独与他最为稔熟,也最为亲密,平时也常常可以遇见他。譬如城隍庙或东岳庙中,大殿后面就

----
①不胜屏营待命之至:这里是肃立、敬畏的意思。

[1] 通过写鬼神的角色分类,引出下文中的无常。

[2] 此处为细节描写。对鬼物的描写细致传神,显示了作者细致入微的洞察力和深厚的写作功底。

[3] 人们最喜欢看活无常,原因主要有两个:一是活无常"活泼而诙谐",二是形象奇特。

有一间暗室,叫作"阴司间",在才可辨色的昏暗中,塑着各种鬼:吊死鬼,跌死鬼,虎伤鬼,科场鬼……而一进门口所看见的长而白的东西就是他。我虽然也曾瞻仰过一回这"阴司间",但那时胆子小,没有看明白。听说他一手还拿着铁索,因为他是勾摄生魂的使者。相传樊江东岳庙的"阴司间"的构造,本来是极其特别的:门口是一块活板,人一进门,踏着活板的这一端,塑在那一端的他便扑过来,铁索正套在你脖子上。后来吓死了一个人,钉实了,所以在我幼小的时候,这就已不能动。[4]

倘使要看个分明,那么,《玉历钞传》上就画着他的像,不过《玉历钞传》也有繁简不同的本子的,倘是繁本,就一定有。身上穿的是斩衰凶服②,腰间束的是草绳,脚穿草鞋,项挂纸锭;手上是破芭蕉扇,铁索,算盘;肩膀是耸起的,头发却披下来;眉眼的外梢都向下,像一个"八"字。头上一顶长方帽,下大顶小,按比例一算,该有二尺来高罢;在正面,就是遗老遗少们所戴瓜皮小帽的缀一粒珠子或一块宝石的地方,直写着四个字道:"一见有喜。"[5] 有一种本子上,却写的是"你也来了"。这四个字,是有时也见于包公殿的扁额上的,至于他的帽上是何人所写,他自己还是阎罗王,我可没有研究出。

《玉历钞传》上还有一种和活无常相对的鬼物,装束也相仿,叫作"死有分"。这在迎神时候也有的,但名称却讹作死无常了,黑脸,黑衣,谁也不爱看。[6] 在"阴司间"里也有的,胸口靠着墙壁,阴森森地站着;那才真真是"碰壁③"。凡有进去烧香的人们,必须摩一摩他的脊梁,据说可以摆脱了

[4] 无常是"勾摄生魂的使者",面孔当然不可能是慈祥、温和的。少年鲁迅对于"死"还不能够像晚年那么坦然。

[5] 表现了"活无常"的滑稽和可爱。

[6] "死无常"的形象与"活无常"形成鲜明的对比。

---

② 斩衰凶服:封建丧制中规定的重孝丧服,用粗麻布裁制,不缝下边。
③ 碰壁:在女师大学生反对校长杨荫榆的事件中,有教员阻挠学生,说"你们做事不要碰壁"。作者这里用这个词含有讽刺的意味。

晦气;我小时也曾摩过这脊梁来,然而晦气似乎终于没有脱,——也许那时不摩,现在的晦气还要重罢,这一节也还是没有研究出。

我也没有研究过小乘佛教的经典,但据耳食之谈,则在印度的佛经里,焰摩天是有的,牛首阿旁也有的,都在地狱里做主任。至于勾摄生魂的使者的这无常先生,却似乎于古无征,耳所习闻的只有什么"人生无常"之类的话。大概这意思传到中国之后,人们便将他具象化了。这实在是我们中国人的创作。

然而人们一见他,为什么就都有些紧张,而且高兴起来呢?

凡有一处地方,如果出了文士学者或名流,他将笔头一扭,就很容易变成"模范县"。我的故乡,在汉末虽曾经虞仲翔先生揄扬过,但是那究竟太早了,后来到底免不了产生所谓"绍兴师爷",不过也并非男女老小全是"绍兴师爷",别的"下等人"也不少。[7]这些"下等人",要他们发什么"我们现在走的是一条狭窄险阻的小路,左面是一个广漠无际的泥潭,右面也是一片广漠无际的浮沙,前面是遥遥茫茫荫在薄雾的里面的目的地"那样热昏似的妙语,是办不到的,可是在无意中,看得往这"荫在薄雾的里面的目的地"的道路很明白:求婚,结婚,养孩子,死亡。但这自然是专就我的故乡而言,若是"模范县"里的人民,那当然又作别论。他们——敝同乡"下等人"——的许多,活着,苦着,被流言,被反噬,因了积久的经验,知道阳间维持"公理"的只有一个会,而且这会的本身就是"遥遥茫茫",于是乎势不得不发生对于阴间的神往。人是大抵自以为衔些冤抑的;活的"正人君子"们只能骗鸟,若问愚民,他就可以不假思索地回答你:公正

[7] 当时文人陈西滢曾在《致志摩》文中攻击鲁迅有绍兴刑名师爷的脾气,作者在此处反戈一击。

的裁判是在阴间![8]

　　想到生的乐趣,生固然可以留恋;但想到生的苦趣,无常也不一定是恶客。[9]无论贵贱,无论贫富,其时都是"一双空手见阎王",有冤的得伸,有罪的就得罚。然而虽说是"下等人",也何尝没有反省?自己做了一世人,又怎么样呢?未曾"跳到半天空"么?没有"放冷箭"么?无常的手里就拿着大算盘,你摆尽臭架子也无益。对付别人要滴水不羼的公理,对自己总还不如虽在阴司里也还能够寻到一点私情。然而那又究竟是阴间,阎罗天子、牛首阿旁,还有中国人自己想出来的马面,都是并不兼差,真正主持公理的脚色,虽然他们并没有在报上发表过什么大文章。当还未做鬼之前,有时先不欺心的人们,遥想着将来,就又不能不想在整块的公理中,来寻一点情面的末屑,这时候,我们的活无常先生便见得可亲爱了,利中取大,害中取小,我们的古哲墨翟④先生谓之"小取"云。[10]

　　在庙里泥塑的,在书上墨印的模样上,是看不出他那可爱来的。最好是去看戏。但看普通的戏也不行,必须看"大戏"或者"目连戏"。目连戏的热闹,张岱⑤在《陶庵梦忆》上也曾夸张过,说是要连演两三天。在我幼小时候可已经不然了,也如大戏一样,始于黄昏,到次日的天明便完结。[11]这都是敬神禳灾的演剧,全本里一定有一个恶人,次日的将近天明便是这恶人的收场的时候,"恶贯满盈",阎王出票来勾摄了,于是乎这活的活无常便在戏台上出现。

　　我还记得自己坐在这一种戏台下的船上的情形,看客的心情和普通是两样的。平常愈夜深愈懒散,这时却愈起

[8]作者对现实的批判一针见血,沉痛心情不动声色地隐藏其中,象征着黑暗的阴间被看作光明的所在,耐人寻味。

[9]作者用质朴、形象的语言揭示了生活中苦乐相融的道理。

[10]通过对比的手法深刻地揭示了现实生活中某些"人格"不如"鬼格"的人的邪恶面目。

[11]此处一系列的铺陈都是在为"活无常"的出现做铺垫。

---

④墨翟(约公元前468—公元前376):春秋战国之际的思想家、政治家,墨家学派的创始人。
⑤张岱(1597—1689):字宗子、石公,号陶庵、蝶庵,浙江绍兴人,明末清初文学家。

劲。他所戴的纸糊的高帽子,本来是挂在台角上的,这时预先拿进去了;一种特别乐器,也准备使劲地吹。这乐器好像喇叭,细而长,可有七八尺,大约是鬼物所爱听的罢,和鬼无关的时候就不用;吹起来,Nhatu, nhatu, nhatututuu 地响,所以我们叫它"目连嗐头⑥"。

在许多人期待着恶人的没落的凝望中,他出来了,服饰比画上还简单,不拿铁索,也不带算盘,就是雪白的一条莽汉,粉面朱唇,眉黑如漆,蹙着,不知道是在笑还是在哭。[12] 但他一出台就须打一百零八个嚏,同时也放一百零八个屁,这才自述他的履历。可惜我记不清楚了,其中有一段大概是这样:

[12] 形象鲜明,使人过目不忘。

　　……
　　大王出了牌票,叫我去拿隔壁的癞子。
　　问了起来呢,原来是我堂房的阿侄。
　　生的是什么病?伤寒,还带痢疾。
　　看的是什么郎中?下方桥的陈念义 la 儿子。
　　开的是怎样的药方?附子,肉桂,外加牛膝。
　　第一煎吃下去,冷汗发出;
　　第二煎吃下去,两脚笔直。
　　我道 nga 阿嫂哭得悲伤,暂放他还阳半刻。
　　大王道我是得钱买放,就将我捆打四十!

这叙述里的"子"字都读作入声。陈念义是越中的名医,俞仲华曾将他写入《荡寇志》里,拟为神仙;可是一到他的令郎,似乎便不大高明了。la 者"的"也;"儿"读若"倪",

---

⑥目连嗐头:嗐头,绍兴方言,即号筒。"目连嗐头"是一种特别加长的号筒。

倒是古音罢；nga者，"我的"或"我们的"之意也。[13]

他口里的阎罗天子仿佛也不大高明，竟会误解他的人格，——不，鬼格。但连"还阳半刻"都知道，究竟还不失其"聪明正直之谓神"。不过这惩罚，却给了我们的活无常以不可磨灭的冤苦的印象，一提起，就使他更加蹙紧双眉，捏定破芭蕉扇，脸向着地，鸭子浮水似的跳舞起来。

Nhatu, nhatu, nhatu-nhatu-nhatutututuu！目连嗐头也冤苦不堪似的吹着。他因此决定了：

> 难是弗放者个！
> 那怕你，铜墙铁壁！
> 那怕你，皇亲国戚！
> …………

"难"者，"今"也；"者个"者，"的了"之意，词之决也。"虽有忮心，不怨飘瓦⑦"，他现在毫不留情了，然而这是受了阎罗老子的督责之故，不得已也。一切鬼众中，就是他有点人情；我们不变鬼则已，如果要变鬼，自然就只有他可以比较的相亲近。

我至今还确凿记得，在故乡时候，和"下等人"一同，常常这样高兴地正视过这鬼而人，理而情，可怖而可爱的无常，而且欣赏他脸上的哭或笑，口头的硬语与谐谈……。

迎神时候的无常，可和演剧上的又有些不同了。他只有动作，没有言语，跟定了一个捧着一盘饭菜的小丑似的脚色走，他要去吃；他却不给他。另外还加添了两名脚色，就是"正人君子"之所谓"老婆儿女"。凡"下等人"，都有一种

[13] 作者解释唱词，方便读者理解，也体现了作者深厚的文学功底。

---

⑦虽有忮心，不怨飘瓦：心里虽有愤恨，却也不好怨谁了。

通病:常喜欢以己之所欲,施之于人。虽是对于鬼,也不肯给他孤寂,凡有鬼神,大概总要给他们一对一对地配起来。无常也不在例外。所以,一个是漂亮的女人,只是很有些村妇样,大家都称她无常嫂;这样看来,无常是和我们平辈的,无怪他不摆教授先生的架子。[14]一个是小孩子,小高帽,小白衣;虽然小,两肩却已经耸起了,眉目的外梢也向下。这分明是无常少爷了,大家却叫他阿领,对于他似乎都不很表敬意;猜起来,仿佛是无常嫂的前夫之子似的。但不知何以相貌又和无常有这么像?吁!鬼神之事,难言之矣,只得姑且置之弗论。至于无常何以没有亲儿女,到今年可很容易解释了;鬼神能前知,他怕儿女一多,爱说闲话的就要旁敲侧击地锻成他拿卢布,所以不但研究,还早已实行了"节育"了。[15]

这捧着饭菜的一幕,就是"送无常"。因为他是勾魂使者,所以民间凡有一个人死掉之后,就得用酒饭恭送他。至于不给他吃,那是赛会时候的开玩笑,实际上并不然。但是,和无常开玩笑,是大家都有此意的,因为他爽直,爱发议论,有人情,——要寻真实的朋友,倒还是他妥当。

有人说,他是生人走阴,就是原是人,梦中却入冥去当差的,所以很有些人情。我还记得住在离我家不远的小屋子里的一个男人,便自称是"走无常",门外常常燃着香烛。但我看他脸上的鬼气反而多。莫非人冥做了鬼,倒会增加人气的么?吁!鬼神之事,难言之矣,这也只得姑且置之弗论了。[16]

六月二十三日

[14] 讥讽了虚伪、摆架子、所谓"正人君子"的陈西滢之流。

[15] 这是作者的神来之笔,将鬼神之事引到现实斗争中,借此来鞭答现实生活中爱说闲话的人。

[16] 作者在文中一再强调"鬼神之事,难言之矣",但文章一直在描述鬼神,其实是因为鬼神之事易言,文人雅士之事难言,作者是借无常这个形象讽刺世人的虚伪、奸诈、缺少人情味。

从百草园到三味书屋

我家的后面有一个很大的园,相传叫作百草园。现在是早已并屋子一起卖给朱文公①的子孙了,连那最末次的相见也已经隔了七八年,其中似乎确凿只有一些野草;但那时却是我的乐园。

不必说碧绿的菜畦,光滑的石井栏,高大的皂荚树,紫红的桑椹;也不必说鸣蝉在树叶里长吟,肥胖的黄蜂伏在菜花上,轻捷的叫天子(云雀)忽然从草间直窜向云霄里去了。单是周围的短短的泥墙根一带,就有无限趣味。[1] 油蛉在这里低唱,蟋蟀们在这里弹琴。翻开断砖来,有时会遇见蜈蚣;还有斑蝥,倘若用手指按住它的脊梁,便会拍的一声,从后窍喷出一阵烟雾。何首乌藤和木莲藤缠络着,木莲有莲房一般的果实,何首乌有拥肿的根。有人说,何首乌根是有像人形的,吃了便可以成仙,我于是常常拔它起来,牵连不断地拔起来,也曾因此弄坏了泥墙,却从来没有见过有一块根像人样。如果不怕刺,还可以摘到覆盆子,像小珊瑚珠攒成的小球,又酸又甜,色味都比桑椹要好得远。

长的草里是不去的,因为相传这园里有一条很大的赤练蛇。[2]

长妈妈曾经讲给我一个故事听:先前,有一个读书人住在古庙里用功,晚间,在院子里纳凉的时候,突然听到有人在叫他。答应着,四面看时,却见一个美女的脸露在墙头

---

[1] 作者用"不必说……也不必说……单……"的结构把自然的景物联系起来,读来如身临其境。此段的形容词运用得十分巧妙,表现了童年生活中的无限乐趣。

[2] 承上启下的过渡段,上承百草园,下启赤练蛇的故事。

---

①朱文公:即朱熹。作者绍兴的老屋被卖给了一个姓朱的人,所以这里戏称为"卖给朱文公的子孙"。

上,向他一笑,隐去了。他很高兴;但竟给那走来夜谈的老和尚识破了机关。说他脸上有些妖气,一定遇见"美女蛇"[3]了;这是人首蛇身的怪物,能唤人名,倘一答应,夜间便要来吃这人的肉的。他自然吓得要死,而那老和尚却道无妨,给他一个小盒子,说只要放在枕边,便可高枕而卧。他虽然照样办,却总是睡不着,——当然睡不着的。到半夜,果然来了,沙沙沙!门外像是风雨声,他正抖作一团时,却听得豁的一声,一道金光从枕边飞出,外面便什么声音也没有了,那金光也就飞回来,敛在盒子里。后来呢?后来,老和尚说,这是飞蜈蚣,它能吸蛇的脑髓,美女蛇就被它治死了。

结末的教训是:所以倘有陌生的声音叫你的名字,你万不可答应他。[4]

这故事很使我觉得做人之险,夏夜乘凉,往往有些担心,不敢去看墙上,而且极想得到一盒老和尚那样的飞蜈蚣。走到百草园的草丛旁边时,也常常这样想。但直到现在,总还是没有得到,但也没有遇见过赤练蛇和美女蛇。叫我名字的陌生声音自然是常有的,然而都不是美女蛇。

冬天的百草园比较的无味;雪一下,可就两样了。拍雪人(将自己的全形印在雪上)和塑雪罗汉需要人们鉴赏,这是荒园,人迹罕至,所以不相宜,只好来捕鸟。[5]薄薄的雪,是不行的;总须积雪盖了地面一两天,鸟雀们久已无处觅食的时候才好。扫开一块雪,露出地面,用一枝短棒支起一面大的竹筛来,下面撒些秕谷,棒上系一条长绳,人远远地牵着,看鸟雀下来啄食,走到竹筛底下的时候,将绳子一拉,便罩住了。[6]但所得的是麻雀居多,也有白颊的"张飞鸟",性子很躁,养不过夜的。

[3]"美女蛇"的传说给百草园增添了更多神秘色彩。

[4]作者惜字如金,这里却大段描写"美女蛇",侧面表明鲁迅对形形色色敌人的清醒认识,批判的锋芒不言而喻。

[5]作者在这里欲扬先抑,写出了百草园下雪之后趣味无穷。

[6]一连串精准动词的运用,形象生动地描绘出雪地捕鸟的过程,衬托出捕鸟时兴奋的心情。

这是闰土的父亲所传授的方法,我却不大能用。明明见它们进去了,拉了绳,跑去一看,却什么都没有,费了半天力,捉住的不过三四只。闰土的父亲是小半天便能捕获几十只,装在叉袋里叫着撞着的。我曾经问他得失的缘由,他只静静地笑道:你太性急,来不及等它走到中间去。

　　我不知道为什么家里的人要将我送进书塾里去了,而且还是全城中称为最严厉的书塾。也许是因为拔何首乌毁了泥墙罢,也许是因为将砖头抛到间壁的梁家去了罢,也许是因为站在石井栏上跳了下来罢……都无从知道。总而言之:我将不能常到百草园了。Ade②,我的蟋蟀们! Ade,我的覆盆子们和木莲们!……

　　出门向东,不上半里,走过一道石桥,便是我的先生③的家了。从一扇黑油的竹门进去,第三间是书房。中间挂着一块匾道:三味书屋;匾下面是一幅画,画着一只很肥大的梅花鹿伏在古树下。没有孔子牌位,我们便对着那匾和鹿行礼。第一次算是拜孔子,第二次算是拜先生。

　　第二次行礼时,先生便和蔼地在一旁答礼。他是一个高而瘦的老人,须发都花白了,还戴着大眼镜。[7]我对他很恭敬,因为我早听到,他是本城中极方正,质朴,博学的人。

　　不知从那里听来的,东方朔④也很渊博,他认识一种虫,名曰"怪哉",冤气所化,用酒一浇,就消释了。我很想详细地知道这故事,但阿长是不知道的,因为她毕竟不渊博。现在得到机会了,可以问先生。

　　"先生,'怪哉'这虫,是怎么一回事?……"我上了生

[7] 对先生的外貌描写到位,用词准确,抓住了人物的外貌特征来。

---

②Ade:德语,"再见"的意思。
③我的先生:指寿怀鉴(1849—1930),字镜吾,清末秀才。
④东方朔(公元前154—公元前93):字曼倩,西汉文学家。他是汉武帝的侍臣,善讽谏,喜诙谐,旧时关于他的传说很多。

书,将要退下来的时候,赶忙问。

"不知道!"他似乎很不高兴,脸上还有怒色了。[8]

我才知道做学生是不应该问这些事的,只要读书,因为他是渊博的宿儒,决不至于不知道,所谓不知道者,乃是不愿意说。年纪比我大的人,往往如此,我遇见过好几回了。

我就只读书,正午习字,晚上对课⑤。先生最初这几天对我很严厉,后来却好起来了,不过给我读的书渐渐加多,对课也渐渐地加上字去,从三言到五言,终于到七言。

三味书屋后面也有一个园,虽然小,但在那里也可以爬上花坛去折蜡梅花,在地上或桂花树上寻蝉蜕。最好的工作是捉了苍蝇喂蚂蚁,静悄悄地没有声音。[9]然而同窗们到园里的太多,太久,可就不行了,先生在书房里便大叫起来:

"人都到那里去了?!"

人们便一个一个陆续走回去;一同回去,也不行的。他有一条戒尺,但是不常用,也有罚跪的规则,但也不常用,普通总不过瞪几眼,大声道:

"读书!"

于是大家放开喉咙读一阵书,真是人声鼎沸。有念"仁远乎哉我欲仁斯仁至矣"的,有念"笑人齿缺曰狗窦大开"的,有念"上九潜龙勿用"的,有念"厥土下上上错厥贡苞茅橘柚"的……[10]先生自己也念书。后来,我们的声音便低下去,静下去了,只有他还大声朗读着:

"铁如意,指挥倜傥,一座皆惊呢～～;金叵罗,颠倒淋漓噫,千杯未醉嗬～～……。"

我疑心这是极好的文章,因为读到这里,他总是微笑起

---

⑤对课:旧时学塾教学生练习对仗的一种功课,用虚实平仄的字相对,如"桃红"对"柳绿"之类。

[8] 精练的语言表现出旧时先生的权威。

[9] 作者在读书之余会偷偷去园中调皮玩耍,体现了孩子贪玩的天性。

[10] 作者对读书场面的描写充满童趣,令人有身临其境之感,仿佛听到了读书的声音。

[11]动词准确传神，先生读书时入迷的神态给作者留下了极深的印象。

来，而且将头仰起，摇着，向后面拗过去，拗过去。[11]

先生读书入神的时候，于我们是很相宜的。有几个便用纸糊的盔甲套在指甲上做戏。我是画画儿，用一种叫作"荆川纸"的，蒙在小说的绣像上一个个描下来，像习字时候的影写一样。读的书多起来，画的画也多起来；书没有读成，画的成绩却不少了，最成片段的是《荡寇志》和《西游记》的绣像，都有一大本。后来，因为要钱用，卖给一个有钱的同窗了。他的父亲是开锡箔店的；听说现在自己已经做了店主，而且快要升到绅士的地位了。这东西早已没有了罢。[12]

[12]文末一句感叹一语双关，既是感叹画本可能没了，也是感叹美好童年一去不回。

九月十八日

父亲的病

大约十多年前罢，S城①中曾经盛传过一个名医的故事：

他出诊原来是一元四角，特拔十元，深夜加倍，出城又加倍。有一夜，一家城外人家的闺女生急病，来请他了，因为他其时已经阔得不耐烦[1]，便非一百元不去。他们只得都依他。待去时，却只是草草地一看，说道"不要紧的"，开一张方，拿了一百元就走。那病家似乎很有钱，第二天又来请了。他一到门，只见主人笑面承迎，道，"昨晚服了先生的药，好得多了，所以再请你来复诊一回。"仍旧引到房里，老妈子便将病人的手拉出帐外来。他一按，冷冰冰的，也没脉，于是点点头道，"唔，这病我明白了。"从从容容走到桌前，取了药方纸，提笔写道：

"凭票付英洋②壹百元正。"下面是署名，画押。

"先生，这病看来很不轻了，用药怕还得重一点罢。"主人在背后说。

"可以，"他说。于是另开了一张方：

"凭票付英洋贰百元正。"下面仍是署名，画押。

这样，主人就收了药方，很客气地送他出来了[2]。

我曾经和这名医周旋过两整年，因为他隔日一回，来诊我的父亲的病。那时虽然已经很有名，但还不至于阔得这

[1] 各种"加倍"的诊金是对"名医"最大的讽刺。

[2] 庸医开药方，竟然根据病人家属的要求开，实在缺少医德。

---

①S城：这里指绍兴城。
②英洋：即"鹰洋"，指墨西哥银圆，币面铸有鹰的图案。

样不耐烦;可是诊金却已经是一元四角。现在的都市上,诊金一次十元并不算奇,可是那时是一元四角已是巨款,很不容易张罗的了;又何况是隔日一次。他大概的确有些特别,据舆论说,用药就与众不同。我不知道药品,所觉得的,就是"药引"的难得,新方一换,就得忙一大场。先买药,再寻药引。"生姜"两片,竹叶十片去尖,他是不用的了。起码是芦根,须到河边去掘;一到经霜三年的甘蔗,便至少也得搜寻两三天。可是说也奇怪,大约后来总没有购求不到的。

据舆论说,神妙就在这地方。先前有一个病人,百药无效;待到遇见了什么叶天士③先生,只在旧方上加了一味药引:梧桐叶。只一服,便霍然而愈了。"医者,意也。"其时是秋天,而梧桐先知秋气。其先百药不投,今以秋气动之,以气感气,所以……。我虽然并不了然,但也十分佩服,知道凡有灵药,一定是很不容易得到的,求仙的人,甚至于还要拼了性命,跑进深山里去采呢。[3]

[3] 灵药不易得,而"我"却没有购求不到的,真是一种讽刺。

这样有两年,渐渐地熟识,几乎是朋友了。父亲的水肿是逐日利害,将要不能起床;我对于经霜三年的甘蔗之流也逐渐失了信仰,采办药引似乎再没有先前一般踊跃了。正在这时候,他有一天来诊,问过病状,便极其诚恳地说:

"我所有的学问,都用尽了。这里还有一位陈莲河先生,本领比我高。我荐他来看一看,我可以写一封信。可是,病是不要紧的,不过经他的手,可以格外好得快……[4]。"

[4] 庸医始终不肯承认无法治好父亲,甚至连推脱都说得如此冠冕堂皇。

这一天似乎大家都有些不欢,仍然由我恭敬地送他上轿。进来时,看见父亲的脸色很异样,和大家谈论,大意是

---

③叶天士(1667—1746):名桂,字香岩,清代医学家。

说自己的病大概没有希望的了;他因为看了两年,毫无效验,脸又太熟了,未免有些难以为情,所以等到危急时候,便荐一个生手自代,和自己完全脱了干系。但另外有什么法子呢?本城的名医,除他之外,实在也只有一个陈莲河了。明天就请陈莲河。

陈莲河的诊金也是一元四角。但前回的名医的脸是圆而胖的,他却长而胖了:这一点颇不同。[5]还有用药也不同。前回的名医是一个人还可以办的,这一回却是一个人有些办不妥帖了,因为他一张药方上,总兼有一种特别的丸散和一种奇特的药引。

芦根和经霜三年的甘蔗,他就从来没有用过。最平常的是"蟋蟀一对",旁注小字道:"要原配,即本在一窠中者。"似乎昆虫也要贞节,续弦或再醮,连做药资格也丧失了。但这差使在我并不为难,走进百草园,十对也容易得,将它们用线一缚,活活地掷入沸汤中完事。然而还有"平地木十株"呢,这可谁也不知道是什么东西了,问药店,问乡下人,问卖草药的,问老年人,问读书人,问木匠,都只是摇摇头,临末才记起了那远房的叔祖,爱种一点花木的老人,跑去一问,他果然知道,是生在山中树下的一种小树,能结红子如小珊瑚珠的,普通都称为"老弗大"。[6]

"踏破铁鞋无觅处,得来全不费工夫。"药引寻到了,然而还有一种特别的丸药:败鼓皮丸。这"败鼓皮丸"就是用打破的旧鼓皮做成;水肿一名鼓胀,一用打破的鼓皮自然就可以克伏他。清朝的刚毅因为憎恨"洋鬼子",预备打他们,练了些兵称作"虎神营",取虎能食羊,神能伏鬼的意思,也就是这道理。可惜这一种神药,全城中只有一家出售的,离我家就有五里,但这却不像平地木那样,必须暗中摸索了,

[5] 两个庸医的共同点:胖。作者用讽刺的手法指出庸医因欺骗民众而生活富足,同时也表达了作者对封建礼教的嘲讽。

[6] 将一味普通的药材说成众人都不明所以的名字,"名医"故弄玄虚。

43

陈莲河先生开方之后,就恳切详细地给我们说明。

"我有一种丹,"有一回陈莲河先生说,"点在舌上,我想一定可以见效。因为舌乃心之灵苗……。价钱也并不贵,只要两块钱一盒……。"

我父亲沉思了一会,摇摇头。

"我这样用药还会不大见效,"有一回陈莲河先生又说,"我想,可以请人看一看,可有什么冤愆……。医能医病,不能医命,对不对?自然,这也许是前世的事……。[7]"

我的父亲沉思了一会,摇摇头。

凡国手,都能够起死回生的,我们走过医生的门前,常可以看见这样的匾额。现在是让步一点了,连医生自己也说道:"西医长于外科,中医长于内科。"但是S城那时不但没有西医,并且谁也还没有想到天下有所谓西医,因此无论什么,都只能由轩辕岐伯的嫡派门徒包办。轩辕时候是巫医不分的,所以直到现在,他的门徒就还见鬼,而且觉得"舌乃心之灵苗"。这就是中国人的"命",连名医也无从医治的。

不肯用灵丹点在舌头上,又想不出"冤愆"来,自然,单吃了一百多天的"败鼓皮丸"有什么用呢?依然打不破水肿,父亲终于躺在床上喘气了。还请一回陈莲河先生,这回是特拔,大洋十元。他仍旧泰然的开了一张方,但已停止"败鼓皮丸"不用,药引也不很神妙了,所以只消半天,药就煎好,灌下去,却从口角上回了出来。

从此我便不再和陈莲河先生周旋,只在街上有时看见他坐在三名轿夫的快轿里飞一般抬过;听说他现在还康健,一面行医,一面还做中医什么学报,正在和只长于外科的西医奋斗哩。[8]

[7] 语言描写生动地表现出"名医"的无能。庸医的本质一目了然。

[8] 如此不学无术的庸医,竟然还能身体健康地去行医,做学报,简直讽刺。

中西的思想确乎有一点不同。听说中国的孝子们,一到将要"罪孽深重祸延父母"的时候,就买几斤人参,煎汤灌下去,希望父母多喘几天气,即使半天也好。我的一位教医学的先生却教给我医生的职务道:可医的应该给他医治,不可医的应该给他死得没有痛苦。——但这先生自然是西医。

父亲的喘气颇长久,连我也听得很吃力,然而谁也不能帮助他。我有时竟至于电光一闪似的想道:"还是快一点喘完了罢……。"立刻觉得这思想就不该,就是犯了罪;但同时又觉得这思想实在是正当的,我很爱我的父亲。便是现在,也还是这样想。[9]

早晨,住在一门里的衍太太④进来了。她是一个精通礼节的妇人,说我们不应该空等着。于是给他换衣服;又将纸锭和一种什么《高王经》烧成灰,用纸包了给他捏在拳头里……。

"叫呀,你父亲要断气了。快叫呀!"衍太太说。

"父亲!父亲!"我就叫起来。

"大声!他听不见。还不快叫?!"

"父亲!!!父亲!!!"

他已经平静下去的脸,忽然紧张了,将眼微微一睁,仿佛有一些苦痛。

"叫呀!快叫呀!"她催促说。

"父亲!!!"

"什么呢?……不要嚷。……不……。"他低低地说,又较急地喘着气,好一会,这才复了原状,平静下去了。

"父亲!!!"我还叫他,一直到他咽了气。

---

④衍太太:鲁迅的一位叔祖母。

[9] 作者对父亲的爱如此之深,却只能眼睁睁看着父亲忍受煎熬,其对庸医愈发痛恨。

[10] 作者对于父亲的死耿耿于怀,读来令人叹息。

　　我现在还听到那时的自己的这声音,每听到时,就觉得这却是我对于父亲的最大的错处。[10]

十月七日

琐记

  衍太太现在是早已经做了祖母,也许竟做了曾祖母了;那时却还年青,只有一个儿子比我大三四岁。她对自己的儿子虽然狠,对别家的孩子却好的,无论闹出什么乱子来,也决不去告诉各人的父母,因此我们就最愿意在她家里或她家的四近玩。[1]

  举一个例说罢,冬天,水缸里结了薄冰的时候,我们大清早起一看见,便吃冰。有一回给沈四太太看到了,大声说道:"莫吃呀,要肚子疼的呢!"这声音又给我母亲听到了,跑出来我们都挨了一顿骂,并且有大半天不准玩。我们推论祸首,认定是沈四太太,于是提起她就不用尊称了,给她另外起了一个绰号,叫作"肚子疼"。

  衍太太却决不如此。假如她看见我们吃冰,一定和蔼地笑着说,"好,再吃一块。我记着,看谁吃的多。[2]"

  但我对于她也有不满足的地方。一回是很早的时候了,我还很小,偶然走进她家去,她正在和她的男人看书。我走近去,她便将书塞在我的眼前道,"你看,你知道这是什么?"我看那书上画着房屋,有两个人光着身子仿佛在打架,但又不很像。正迟疑间,他们便大笑起来了。这使我很不高兴,似乎受了一个极大的侮辱,不到那里去大约有十多天。一回是我已经十多岁了,和几个孩子比赛打旋子,看谁旋得多。她就从旁计着数,说道,"好,八十二个了!再旋一个,八十三!好,八十四……"但正在旋着的阿祥,忽然跌倒

---

[1] 开篇交代了衍太太的和善,"老好人"形象在天真的孩童眼里十分亲切。

[2] 通过对比突出了衍太太的"平和",将衍太太虚伪、两面三刀的形象衬托出来。

[3] 用欲抑先扬的手法,通过衍太太语言的前后不一表现了这个人的虚伪。

[4] 为后文流言四起做铺垫。

[5] 无奈的语言,毅然决然的行动。《琐记》的时空跳跃性比较大,开始写的是在故乡绍兴的童年事,后来写在南京读书的事情,最后还点到刚到日本的情景,紧扣了"琐记"二字。

了,阿祥的婶母也恰恰走进来。她便接着说道,"你看,不是跌了么?不听我的话。我叫你不要旋,不要旋……[3]"

虽然如此,孩子们总还喜欢到她那里去。假如头上碰得肿了一大块的时候,去寻母亲去罢,好的是骂一通,再给擦一点药;坏的是没有药擦,还添几个栗凿和一通骂。衍太太却决不埋怨,立刻给你用烧酒调了水粉,搽在疙瘩上,说这不但止痛,将来还没有瘢痕。

父亲故去之后,我也还常到她家里去,不过已不是和孩子们玩耍了,却是和衍太太或她的男人谈闲天。我其时觉得很有许多东西要买,看的和吃的,只是没有钱。有一天谈到这里,她便说道,"母亲的钱,你拿来用就是了,还不就是你的么?"我说母亲没有钱,她就说可以拿首饰去变卖;我说没有首饰,她却道,"也许你没有留心。到大厨的抽屉里,角角落落去寻去,总可以寻出一点珠子这类东西……"[4]

这些话我听去似乎很异样,便又不到她那里去了,但有时又真想去打开大厨,细细地寻一寻。大约此后不到一月,就听到一种流言,说我已经偷了家里的东西去变卖了,这实在使我觉得有如掉在冷水里。流言的来源,我是明白的,倘是现在,只要有地方发表,我总要骂出流言家的狐狸尾巴来,但那时太年青,一遇流言,便连自己也仿佛觉得真是犯了罪,怕遇见人们的眼睛,怕受到母亲的爱抚。

好。那么,走罢![5]

但是,那里去呢?S城人的脸早经看熟,如此而已,连心肝也似乎有些了然。总得寻别一类人们去,去寻为S城人所诟病的人们,无论其为畜生或魔鬼。那时为全城所笑骂的是一个开得不久的学校,叫作中西学堂,汉文之外,又教些洋文和算学。然而已经成为众矢之的了;熟读圣贤书的秀才们,还集了"四书"的句子,做一篇八股来嘲诮它,这名文便即传遍了全城,人人当作有趣的话柄。我只记得那"起讲"的开头是:

> 徐子以告夷子曰:吾闻用夏变夷者,未闻变于夷者也。今也不然:鴃舌之音,闻其声,皆雅言也。……

以后可忘却了,大概也和现今的国粹保存大家的议论差不多。但我对于这中西学堂,却也不满足,因为那里面只教汉文、算学、英文和法文。功课较为别致的,还有杭州的求是书院,然而学费贵。

无须学费的学校在南京,自然只好往南京去。第一个进去的学校,目下不知道称为什么了,光复以后,似乎有一时称为雷电学堂,很像《封神榜》上"太极阵""混元阵"一类的名目。总之,一进仪凤门,便可以看见它那二十丈高的桅杆和不知多高的烟通。功课也简单,一星期中,几乎四整天是英文:"It is a cat." "Is it a rat?"一整天是读汉文:"君子曰,颖考叔可谓纯孝也已矣,爱其母,施及庄公。"一整天是做汉文:《知己知彼百战百胜论》,《颖考叔论》,《云从龙风从虎论》,《咬得菜根则百事可做论》。[6]

初进去当然只能做三班生,卧室里是一桌一凳一床,床板只有两块。头二班学生就不同了,二桌二凳或三凳一床,床板多至三块。不但上讲堂时挟着一堆厚而且大的洋书,气昂昂地走着,决非只有一本"泼赖妈①"和四本《左传》的三班生所敢正视;便是空着手,也一定将肘弯撑开,像一只螃蟹[7],低一班的在后面总不能走出他之前。这一

---

①泼赖妈:英语 primer 的音译,即初级读本。

[6]通过对学堂功课内容的描述,揭露了学堂维护封建统治秩序的本质。

[7]刻画了高年级学生慢吞吞、大摇大摆踱着方步、不可一世的丑态。

种螃蟹式的名公巨卿,现在都阔别得很久了,前四五年,竟在教育部的破脚躺椅上,发见了这姿势,然而这位老爷却并非雷电学堂出身的,可见螃蟹态度,在中国也颇普遍。

可爱的是桅杆。但并非如"东邻"的"支那通"所说,因为它"挺然翘然",又是什么的象征。乃是因为它高,乌鸦喜鹊,都只能停在它的半途的木盘上。人如果爬到顶,便可以近看狮子山,远眺莫愁湖,——但究竟是否真可以眺得那么远,我现在可委实有点记不清楚了。而且不危险,下面张着网,即使跌下来,也不过如一条小鱼落在网子里,况且自从张网以后,听说也还没有人曾经跌下来。

原先还有一个池,给学生学游泳的,这里面却淹死了两个年幼的学生。当我进去时,早填平了,不但填平,上面还造了一所小小的关帝庙。庙旁是一座焚化字纸的砖炉,炉口上方横写着四个大字道:"敬惜字纸"。只可惜那两个淹死鬼失了池子,难讨替代[8],总在左近徘徊,虽然已有"伏魔大帝关圣帝君"镇压着。办学的人大概是好心肠的,所以每年七月十五,总请一群和尚到雨天操场来放焰口②,一个红鼻而胖的大和尚戴上毗卢帽,捏诀,念咒:"回资啰,普弥耶吽!唵耶吽!唵!耶!吽!!!"

我的前辈同学被关圣帝君镇压了一整年,就只在这时候得到一点好处,——虽然我并不深知是怎样的好处。所以当这些时,我每每想:做学生总得自己小心些。

总觉得不大合适,可是无法形容出这不合适来。现在是发见了大致相近的字眼了,"乌烟瘴气",庶几乎其可也。只得走开。近来是单是走开也就不容易,"正人君子"者流会说你骂人骂到了聘书,或者是发"名士"脾气,给你几句正

[8] 旧时迷信传说,落水淹死的人做了水鬼,必须设法使别人淹死来替代他,才能投生,这叫"讨替代"。实为讽刺封建迷信思想。

② 放焰口:旧指请和尚做佛事,和尚向口吐火焰的饿鬼施食。

经的俏皮话。不过那时还不打紧,学生所得的津贴,第一年不过二两银子,最初三个月的试习期内是零用五百文。于是毫无问题,去考矿路学堂去了,也许是矿路学堂,已经有些记不真,文凭又不在手头,更无从查考。试验并不难,录取的。

这回不是 It is a cat 了,是 Der Mann, Das Weib, Das Kind。汉文仍旧是"颖考叔可谓纯孝也已矣",但外加《小学集注》。论文题目也小有不同,譬如《工欲善其事必先利其器论》,是先前没有做过的。

此外还有所谓格致,地学,金石学,……都非常新鲜。但是还得声明:后两项,就是现在之所谓地质学和矿物学,并非讲舆地③和钟鼎碑版的。只是画铁轨横断面图却有些麻烦,平行线尤其讨厌。但第二年的总办是一个新党,他坐在马车上的时候大抵看着《时务报》,考汉文也自己出题目,和教员出的很不同。有一次是《华盛顿论》,汉文教员反而惴惴地来问我们道:"华盛顿是什么东西呀?……[9]"

看新书的风气便流行起来,我也知道了中国有一部书叫《天演论》。星期日跑到城南去买了来,白纸石印的一厚本,价五百文正。翻开一看,是写得很好的字,开首便道:

> 赫胥黎独处一室之中,在英伦之南,背山而面野,槛外诸境,历历如在机下。乃悬想二千年前,当罗马大将恺彻未到时,此间有何景物?计惟有天造草昧……

哦!原来世界上竟还有一个赫胥黎坐在书房里那么想,而且想得那么新鲜?一口气读下去,"物竞""天择"也出

[9] 寥寥几字便写出了中国当时的封闭,汉文教员的丑态形象地呈现在读者面前。

---

③舆地:这里指地理学。

朝花夕拾

来了,苏格拉第,柏拉图也出来了,斯多噶也出来了。学堂里又设立了一个阅报处,《时务报》不待言,还有《译学汇编》,那书面上的张廉卿一流的四个字,就蓝得很可爱。[10]

"你这孩子有点不对了,拿这篇文章去看去,抄下来去看去。"一位本家的老辈严肃[11]地对我说,而且递过一张报纸来。接来看时,"臣许应骙跪奏……",那文章现在是一句也不记得了,总之是参康有为变法的,也不记得可曾抄了没有。

仍然自己不觉得有什么"不对",一有闲空,就照例地吃侉饼,花生米,辣椒,看《天演论》。

但我们也曾经有过一个很不平安的时期。那是第二年,听说学校就要裁撤了。这也无怪,这学堂的设立,原是因为两江总督(大约是刘坤一④罢)听到青龙山的煤矿出息好,所以开手的。待到开学时,煤矿那面却已将原先的技师辞退,换了一个不甚了然的人了。理由是:一、先前的技师薪水太贵;二、他们觉得开煤矿并不难。于是不到一年,就连煤在那里也不甚了然起来,终于是所得的煤,只能供烧那两架抽水机之用,就是抽了水掘煤,掘出煤来抽水,结一笔出入两清的账。既然开矿无利,矿路学堂自然也就无须乎开了,但是不知怎的,却又并不裁撤。到第三年我们下矿洞去看的时候,情形实在颇凄凉,抽水机当然还在转动,矿洞里积水却有半尺深,上面也点滴而下,几个矿工便在这里面鬼一般工作着。[12]

毕业,自然大家都盼望的,但一到毕业,却又有些爽然若失。爬了几次桅,不消说不配做半个水兵;听了几年讲,下了几回矿洞,就能掘出金银铜铁锡来么?实在连自己也

---

[10]"蓝得很可爱"表现了作者发现了一片思想新天地的兴奋之情。

[11]"本家的老辈"为保守的封建文化代表。"严肃"一词很好地揭示了当时守旧和落后思想的根深蒂固,讽刺意味十足。

[12]"鬼一般工作着"形象地写出了矿洞的凄凉,也透出了作者内心的压抑。

---

④ 刘坤一(1830—1902):清末湘军将领,字岘庄,湖南新宁人。曾任两江总督,是官僚中倾向维新的人物之一。

茫无把握，没有做《工欲善其事必先利其器论》的那么容易。爬上天空二十丈和钻下地面二十丈，结果还是一无所能，学问是"上穷碧落下黄泉，两处茫茫皆不见"了。所余的还只有一条路：到外国去。

留学的事，官僚也许可了，派定五名到日本去。其中的一个因为祖母哭得死去活来，不去了，只剩了四个。日本是同中国很两样的，我们应该如何准备呢？有一个前辈同学在，比我们早一年毕业，曾经游历过日本，应该知道些情形。跑去请教之后，他郑重地说："日本的袜是万不能穿的，要多带些中国袜。我看纸票也不好，你们带去的钱不如都换了他们的现银。"

四个人都说遵命。别人不知其详，我是将钱都在上海换了日本的银元，还带了十双中国袜——白袜。

后来呢？后来，要穿制服和皮鞋，中国袜完全无用；一元的银圆日本早已废置不用了，又赔钱换了半元的银圆和纸票。[13]

十月八日

[13] 在中国的学堂学不到想要的知识和技能，作者充满疑惑与失望，只能到国外再次踏上寻梦之旅。然而向前辈同学请教而准备的东西到日本后都已不能用，可见中国之闭塞与落后。

藤野先生

[1]"无非"表达了作者对东京的失望。"这样"引出作者对下文的叙述。

[2]反语,讽刺了"清国留学生"滑稽可笑的样子,流露出作者的厌恶之情。

　　东京也无非是这样。[1]上野的樱花烂熳的时节,望去确也像绯红的轻云,但花下也缺不了成群结队的"清国留学生"的速成班,头顶上盘着大辫子,顶得学生制帽的顶上高高耸起,形成一座富士山。也有解散辫子,盘得平的,除下帽来,油光可鉴,宛如小姑娘的发髻一般,还要将脖子扭几扭。实在标致极了。[2]

　　中国留学生会馆的门房里有几本书买,有时还值得去一转;倘在上午,里面的几间洋房里倒也还可以坐坐的。但到傍晚,有一间的地板便常不免要咚咚咚地响得震天,兼以满房烟尘斗乱;问问精通时事的人,答道,"那是在学跳舞。"

　　到别的地方去看看,如何呢?

　　我就往仙台的医学专门学校去。从东京出发,不久便到一处驿站,写道:日暮里。不知怎地,我到现在还记得这名目。其次却只记得水户了,这是明的遗民朱舜水①先生客死的地方。仙台是一个市镇,并不大;冬天冷得利害;还没有中国的学生。

　　大概是物以希为贵罢。北京的白菜运往浙江,便用红头绳系住菜根,倒挂在水果店头,尊为"胶菜";福建野生着的芦荟,一到北京就请进温室,且美其名曰"龙舌兰"。我到仙台也颇受了这样的优待,不但学校不收学费,几个职员还

---

①朱舜水(1600—1682):名之瑜,号舜水,浙江余姚人,明清之际思想家。明亡后曾进行反清复明活动,失败后长住日本讲学,客死日本。

为我的食宿操心。[3]我先是住在监狱旁边一个客店里的,初冬已经颇冷,蚊子却还多,后来用被盖了全身,用衣服包了头脸,只留两个鼻孔出气。在这呼吸不息的地方,蚊子竟无从插嘴,居然睡安稳了。饭食也不坏。但一位先生却以为这客店也包办囚人的饭食,我住在那里不相宜,几次三番,几次三番地说。我虽然觉得客店兼办囚人的饭食和我不相干,然而好意难却,也只得别寻相宜的住处了。于是搬到别一家,离监狱也很远,可惜每天总要喝难以下咽的芋梗汤。

从此就看见许多陌生的先生,听到许多新鲜的讲义。解剖学是两个教授分任的。最初是骨学。其时进来的是一个黑瘦的先生,八字须,戴着眼镜,挟着一叠大大小小的书。[4]一将书放在讲台上,便用了缓慢而很有顿挫的声调,向学生介绍自己道:

"我就是叫作藤野严九郎的……。"

后面有几个人笑起来了。他接着便讲述解剖学在日本发达的历史,那些大大小小的书,便是从最初到现今关于这一门学问的著作。起初有几本是线装的;还有翻刻中国译本的,他们的翻译和研究新的医学,并不比中国早。

那坐在后面发笑的是上学年不及格的留级学生,在校已经一年,掌故颇为熟悉的了。他们便给新生讲演每个教授的历史。这藤野先生,据说是穿衣服太模胡了,有时竟会忘记带领结;冬天是一件旧外套,寒颤颤的,有一回上火车去,致使管车的疑心他是扒手,叫车里的客人大家小心些。[5]

他们的话大概是真的,我就亲见他有一次上讲堂没有带领结。

过了一星期,大约是星期六,他使助手来叫我了。到得研究室,见他坐在人骨和许多单独的头骨中间,——他其时正在

[3]用白菜和芦荟的境遇与作者自己的处境做对比,充满自嘲意味。

[4]外貌描写细致到位,体现了人物治学之严谨,生活之朴素。

[5]可以看出藤野先生穿着不拘小节,与后文其认真、严谨的教学态度形成鲜明的对比。

研究着头骨,后来有一篇论文在本校的杂志上发表出来。

"我的讲义,你能抄下来么?"他问。

"可以抄一点。"

"拿来我看!"

我交出所抄的讲义去,他收下了,第二三天便还我,并且说,此后每一星期要送给他看一回。我拿下来打开看时,很吃了一惊,同时也感到一种不安和感激。原来我的讲义已经从头到末,都用红笔添改过了,不但增加了许多脱漏的地方,连文法的错误,也都一一订正。这样一直继续到教完了他所担任的功课:骨学,血管学,神经学。[6]

可惜我那时太不用功,有时也很任性。还记得有一回藤野先生将我叫到他的研究室里去,翻出我那讲义上的一个图来,是下臂的血管,指着,向我和蔼的说道:

"你看,你将这条血管移了一点位置了。——自然,这样一移,的确比较的好看些,然而解剖图不是美术,实物是那么样的,我们没法改换它。现在我给你改好了,以后你要全照着黑板上那样的画。"

但是我还不服气,口头答应着,心里却想道:

"图还是我画的不错;至于实在的情形,我心里自然记得的。"

学年试验完毕之后,我便到东京玩了一夏天,秋初再回学校,成绩早已发表了,同学一百余人之中,我在中间,不过是没有落第。这回藤野先生所担任的功课,是解剖实习和局部解剖学。

解剖实习了大概一星期,他又叫我去了,很高兴地,仍用了极有抑扬的声调对我说道:

"我因为听说中国人是很敬重鬼的,所以很担心,怕你不

---

[6] 先生对"我"没有民族歧视,一视同仁且治学严谨。

肯解剖尸体。现在总算放心了,没有这回事。[7]"

但他也偶有使我很为难的时候。他听说中国的女人是裹脚的,但不知道详细,所以要问我怎么裹法,足骨变成怎样的畸形,还叹息道,"总要看一看才知道。究竟是怎么一回事呢?[8]"

有一天,本级的学生会干事到我寓里来了,要借我的讲义看。我检出来交给他们,却只翻检了一通,并没有带走。但他们一走,邮差就送到一封很厚的信,拆开看时,第一句是:

"你改悔罢!"

这是《新约》上的句子罢,但经托尔斯泰新近引用过的。其时正值日俄战争,托老先生便写了一封给俄国和日本的皇帝的信,开首便是这一句。日本报纸上很斥责他的不逊,爱国青年也愤然,然而暗地里却早受了他的影响了。其次的话,大略是说上年解剖学试验的题目,是藤野先生在讲义上做了记号,我预先知道的,所以能有这样的成绩。末尾是匿名。

我这才回忆到前几天的一件事。因为要开同级会,干事便在黑板上写广告,末一句是"请全数到会勿漏为要",而且在"漏"字旁边加了一个圈。我当时虽然觉到圈得可笑,但是毫不介意,这回才悟出那字也在讥刺我了,犹言我得了教员漏泄出来的题目。[9]

我便将这事告知了藤野先生;有几个和我熟识的同学也很不平,一同去诘责干事托辞检查的无礼,并且要求他们将检查的结果,发表出来。终于这流言消灭了,干事却又竭力运动,要收回那一封匿名信去。结末是我便将这托尔斯泰式的信退还了他们。

[7] 藤野先生为"我"不信鬼神、敢于解剖而感到欣慰,表现了他对"我"的重视以及对别国民族习惯的尊重。

[8] 突出藤野先生的好学,甚至向学生询问自己不知道的事情。

[9] 可见当时日本社会对中国学生的不认可,认为中国学生能够取得好成绩靠的是作弊。

中国是弱国,所以中国人当然是低能儿,分数在六十分以上,便不是自己的能力了:也无怪他们疑惑。[10]但我接着便有参观枪毙中国人的命运了。第二年添教霉菌学,细菌的形状是全用电影来显示的,一段落已完而还没有到下课的时候,便影几片时事的片子,自然都是日本战胜俄国的情形。但偏有中国人夹在里边:给俄国人做侦探,被日本军捕获,要枪毙了,围着看的也是一群中国人;在讲堂里的还有一个我。

"万岁!"他们都拍掌欢呼起来。

这种欢呼,是每看一片都有的,但在我,这一声却特别听得刺耳。此后回到中国来,我看见那些闲看枪毙犯人的人们,他们也何尝不酒醉似的喝采,——呜呼,无法可想![11]但在那时那地,我的意见却变化了。[12]

到第二学年的终结,我便去寻藤野先生,告诉他我将不学医学,并且离开这仙台。他的脸色仿佛有些悲哀,似乎想说话,但竟没有说。

"我想去学生物学,先生教给我的学问,也还有用的。"其实我并没有决意要学生物学,因为看得他有些凄然,便说了一个慰安他的谎话。

"为医学而教的解剖学之类,怕于生物学也没有什么大帮助。"他叹息说。

将走的前几天,他叫我到他家里去,交给我一张照相,后面写着两个字道:"惜别",还说希望将我的也送他。但我这时适值没有照相了;他便叮嘱我将来照了寄给他,并且时时通信告诉他此后的状况。

我离开仙台之后,就多年没有照过相,又因为状况也无聊,说起来无非使他失望,便连信也怕敢写了。经过的年月

---

[10] 深刻揭露了外国学生的荒唐,表现出作者的愤慨。

[11] 表现了作者对国人精神麻木的强烈反感,哀其不幸,怒其不争。

[12] 种种刺激令作者开始觉醒,开始明白行医只能医身,不能改变人的观念,自此,作者有了转行的打算。

一多,话更无从说起,所以虽然有时想写信,却又难以下笔,这样的一直到现在,竟没有寄过一封信和一张照片。从他那一面看起来,是一去之后,杳无消息了。[13]

但不知怎地,我总还时时记起他,在我所认为我师的之中,他是最使我感激,给我鼓励的一个。有时我常常想:他的对于我的热心的希望,不倦的教诲,小而言之,是为中国,就是希望中国有新的医学;大而言之,是为学术,就是希望新的医学传到中国去。他的性格,在我的眼里和心里是伟大的,虽然他的姓名并不为许多人所知道。[14]

他所改正的讲义,我曾经订成三厚本,收藏着的,将作为永久的纪念。不幸七年前迁居的时候,中途毁坏了一口书箱,失去半箱书,恰巧这讲义也遗失在内了。责成运送局去找寻,寂无回信。只有他的照相至今还挂在我北京寓居的东墙上,书桌对面。每当夜间疲倦,正想偷懒时,仰面在灯光中瞥见他黑瘦的面貌,似乎正要说出抑扬顿挫的话来,便使我忽又良心发现,而且增加勇气了,于是点上一枝烟,再继续写些为"正人君子"之流所深恶痛疾的文字[15]。

十月十二日

[13]"我"逐渐与藤野先生失去了联系,一方面是因为"我"没有再继续与医学相关的学业,另一方面是因为"我"毫无建树,怕让其失望。

[14]以议论的表现手法写出了藤野先生崇高的思想品德,表明"我"对他的感激和景仰,升华了文章主题。

[15]藤野先生对作者影响颇深,其细致、严谨、平和、公正的形象让作者对那些所谓的"正人君子"深恶痛绝。

范爱农

在东京的客店里，我们大抵一起来就看报。学生所看的多是《朝日新闻》和《读卖新闻》，专爱打听社会上琐事的就看《二六新闻》。一天早晨，辟头就看见一条从中国来的电报，大概是：

安徽巡抚恩铭被 Jo Shiki Rin 刺杀，刺客就擒。

大家一怔之后，便容光焕发地互相告语，并且研究这刺客是谁，汉字是怎样三个字。[1] 但只要是绍兴人，又不专看教科书的，却早已明白了。这是徐锡麟，他留学回国之后，在做安徽候补道①，办着巡警事务，正合于刺杀巡抚的地位。

大家接着就预测他将被极刑，家族将被连累。不久，秋瑾②姑娘在绍兴被杀的消息也传来了，徐锡麟是被挖了心，给恩铭的亲兵炒食净尽。人心很愤怒。有几个人便秘密地开一个会，筹集川资；这时用得着日本浪人了，撕乌贼鱼下酒，慷慨一通之后，他便登程去接徐伯荪的家属去。

照例还有一个同乡会，吊烈士，骂满洲；此后便有人主张打电报到北京，痛斥满政府的无人道。会众即刻分成两派：一派要发电，一派不要发。我是主张发电的，但当我说出之后，即有一种钝滞的声音跟着起来：

[1] 清朝官员被刺杀，留日的中国学生们容光焕发，足见清政府之腐败无能、大失民心。

---

① 候补道：即候补道员。道员是清代官名，为捐官条例中所规定的最高一级。
② 秋瑾(1875—1907)：字璿卿，号竞雄，别署鉴湖女侠，浙江绍兴人，中国民主革命烈士。

"杀的杀掉了,死的死掉了,还发什么屁电报呢。[2]"

这是一个高大身材,长头发,眼球白多黑少的人,看人总像在渺视。他蹲在席子上,我发言大抵就反对;我早觉得奇怪,注意着他的了,到这时才打听别人:说这话的是谁呢,有那么冷?认识的人告诉我说:他叫范爱农,是徐伯荪的学生。

我非常愤怒了,觉得他简直不是人,自己的先生被杀了,连打一个电报还害怕,于是便坚执地主张要发电,同他争起来。结果是主张发电的居多数,他屈服了。其次要推出人来拟电稿。

"何必推举呢?自然是主张发电的人啰～～～。"他说。

我觉得他的话又在针对我,无理倒也并非无理的。但我便主张这一篇悲壮的文章必须深知烈士生平的人做,因为他比别人关系更密切,心里更悲愤,做出来就一定更动人。于是又争起来。结果是他不做,我也不做,不知谁承认做去了;其次是大家走散,只留下一个拟稿的和一两个干事,等候做好之后去拍发。

从此我总觉得这范爱农离奇,而且很可恶。天下可恶的人,当初以为是满人,这时才知道还在其次,第一倒是范爱农。中国不革命则已,要革命,首先就必须将范爱农除去。[3]

然而这意见后来似乎逐渐淡薄,到底忘却了,我们从此也没有再见面。直到革命的前一年,我在故乡做教员,大概是春末时候罢,忽然在熟人的客座上看见了一个人,互相熟视了不过两三秒钟,我们便同时说:

"哦哦,你是范爱农!"

"哦哦,你是鲁迅!"

不知怎地我们便都笑了起来,是互相的嘲笑和悲哀。他眼睛还是那样,然而奇怪,只这几年,头上却有了白发了,但也

[2]未见其人,先闻其声。以语言突出人物的性格,是作者塑造人物形象时常用的一种写作手法。

[3]先抑后扬,为后文做铺垫。

[4]暗示当时社会的黑暗动乱以及知识分子的无奈，表明范爱农经济拮据，境遇不如意。

[5]范爱农也是个苦命之人，命运多舛。

许本来就有，我先前没有留心到。他穿着很旧的布马褂，破布鞋，显得很寒素[4]。谈起自己的经历来，他说他后来没有了学费，不能再留学，便回来了。回到故乡之后，又受着轻蔑，排斥，迫害，几乎无地可容。现在是躲在乡下，教着几个小学生糊口[5]。但因为有时觉得很气闷，所以也趁了航船进城来。

他又告诉我现在爱喝酒，于是我们便喝酒。从此他每一进城，必定来访我，非常相熟了。我们醉后常谈些愚不可及的疯话，连母亲偶然听到了也发笑。一天我忽而记起在东京开同乡会时的旧事，便问他：

"那一天你专门反对我，而且故意似的，究竟是什么缘故呢？"

"你还不知道？我一向就讨厌你的，——不但我，我们。"

"你那时之前，早知道我是谁么？"

"怎么不知道。我们到横滨，来接的不就是子英和你么？你看不起我们，摇摇头，你自己还记得么？"

我略略一想，记得的，虽然是七八年前的事。那时是子英来约我的，说到横滨去接新来留学的同乡。汽船一到，看见一大堆，大概一共有十多人，一上岸便将行李放到税关上去候查检，关吏在衣箱中翻来翻去，忽然翻出一双绣花的弓鞋来，便放下公事，拿着子细地看。我很不满，心里想，这些鸟男人，怎么带这东西来呢。自己不注意，那时也许就摇了摇头。检验完毕，在客店小坐之后，即须上火车。不料这一群读书人又在客车上让起坐位来了，甲要乙坐在这位子，乙要丙去坐，揖让未终，火车已开，车身一摇，即刻跌倒了三四个。我那时也很不满，暗地里想：连火车上的坐位，他们也要分出尊卑来……。自己不注意,也许又摇了摇头。然而那群雍容揖让的人物中就有范爱农,却直到这一天才想到。[6]岂但他呢,说起来也惭愧,这一群里,还有后来在安徽战死的陈伯平烈士,被害的马宗汉烈士;被囚在黑狱里,到革命后才见天日而身上永带着匪刑的伤痕的也还有一两人。而我都茫无所知,摇着头将他们一并运上东京了。[7]徐伯荪虽然和他们同船来,却不在这车上,因为他在神户就和他的夫人坐车走了陆路了。

我想我那时摇头大约有两回,他们看见的不知道是那一回。让坐时喧闹,检查时幽静,一定是在税关上的那一回了,试问爱农,果然是的。

"我真不懂你们带这东西做什么?是谁的?"

"还不是我们师母的?"他瞪着他多白的眼。

"到东京就要假装大脚,又何必带这东西呢?"

"谁知道呢?你问她去。"

到冬初,我们的景况更拮据了,然而还喝酒,讲笑话。忽然是武昌起义,接着是绍兴光复。第二天爱农就上城来,戴着农夫常用的毡帽,那笑容是从来没有见过的。[8]

"老迅,我们今天不喝酒了。我要去看看光复的绍兴。我们同去。"

我们便到街上去走了一通,满眼是白旗。然而貌虽如此,内骨子是依旧的,因为还是几个旧乡绅所组织的军政府,什么铁路股东是行政司长,钱店掌柜是军械司长……。这军政府也到底不长久,几个少年一嚷,王金发带兵从杭州进来了,但即使不嚷或者也会来。他进来以后,也就被许多闲汉和新进的革命党所包围,大做王都督。在衙门里的人物,穿布衣来的,不上十天也大概换上皮袍子了,天气还并

[6] 作者根据范爱农的话回忆起当年的情景,竟历历在目。

[7] 作者年轻的时候也曾不成熟,曾因一点小事就对英雄人物妄下论断。如今想来,心中满是悔恨。

[8] "爱农"这一称呼表现了鲁迅与范爱农的亲近以及对绍兴光复的喜悦之情。

63

[9] 成为都督的王金发很快就被胜利冲昏了头，瞬间从革命者转变为搜刮民脂民膏的官僚。

不冷。[9]

我被摆在师范学校校长的饭碗旁边，王都督给了我校款二百元。爱农做监学，还是那件布袍子，但不大喝酒了，也很少有工夫谈闲天。他办事，兼教书，实在勤快得可以。

"情形还是不行，王金发他们。"一个去年听过我的讲义的少年来访问我，慷慨地说，"我们要办一种报来监督他们。不过发起人要借用先生的名字。还有一个是子英先生，一个是德清先生。为社会，我们知道你决不推却的。"

我答应他了。两天后便看见出报的传单，发起人诚然是三个。五天后便见报，开首便骂军政府和那里面的人员；此后是骂都督，都督的亲戚，同乡，姨太太……。

这样地骂了十多天，就有一种消息传到我的家里来，说都督因为你们诈取了他的钱，还骂他，要派人用手枪来打死你们了。

别人倒还不打紧，第一个着急的是我的母亲，叮嘱我不要再出去。但我还是照常走，并且说明，王金发是不来打死我们的，他虽然绿林大学出身，而杀人却不很轻易。况且我拿的是校款，这一点他还能明白的，不过说说罢了。

果然没有来杀。写信去要经费，又取了二百元。但仿佛有些怒意，同时传令道：再来要，没有了！

不过爱农得到了一种新消息，却使我很为难。原来所谓"诈取"者，并非指学校经费而言，是指另有送给报馆的一笔款。报纸上骂了几天之后，王金发便叫人送去了五百元。于是乎我们的少年们便开起会议来，第一个问题是：收不收？决议曰：收。第二个问题是：收了之后骂不骂？决议曰：骂。理由是：收钱之后，他是股东；股东不好，自然要骂。

我即刻到报馆去问这事的真假。都是真的。略说了几

句不该收他钱的话,一个名为会计的便不高兴了,质问我道:

"报馆为什么不收股本?"

"这不是股本……。"

"不是股本是什么?"

我就不再说下去了,这一点世故是早已知道的,倘我再说出连累我们的话来,他就会面斥我太爱惜不值钱的生命,不肯为社会牺牲,或者明天在报上就可以看见我怎样怕死发抖的记载。

然而事情很凑巧,季茀写信来催我往南京了。爱农也很赞成,但颇凄凉,说:

"这里又是那样,住不得。你快去罢……。"

我懂得他无声的话,决计往南京。先到都督府去辞职,自然照准,派来了一个拖鼻涕的接收员,我交出账目和余款一角又两铜元,不是校长了。后任是孔教会会长傅力臣。

报馆案是我到南京后两三个星期了结的,被一群兵们捣毁。子英在乡下,没有事;德清适值在城里,大腿上被刺了一尖刀。他大怒了。自然,这是很有些痛的,怪他不得。他大怒之后,脱下衣服,照了一张照片,以显示一寸来宽的刀伤,并且做一篇文章叙述情形,向各处分送,宣传军政府的横暴。我想,这种照片现在是大约未必还有人收藏着了,尺寸太小,刀伤缩小到几乎等于无,如果不加说明,看见的人一定以为是带些疯气的风流人物的裸体照片,倘遇见孙传芳[3]大帅,还怕要被禁止的。

我从南京移到北京的时候,爱农的学监也被孔教会会长的校长设法去掉了。他又成了革命前的爱农。我想为他

---

[3]孙传芳(1885—1935):字馨远,山东济南人,北洋直系军阀。

在北京寻一点小事做,这是他非常希望的,然而没有机会。他后来便到一个熟人的家里去寄食,也时时给我信,景况愈困穷,言辞也愈凄苦。终于又非走出这熟人的家不可,便在各处飘浮。不久,忽然从同乡那里得到一个消息,说他已经掉在水里,淹死了。

我疑心他是自杀。因为他是浮水的好手,不容易淹死的。[11]

夜间独坐在会馆里,十分悲凉,又疑心这消息并不确,但无端又觉得这是极其可靠的,虽然并无证据。[12]一点法子都没有,只做了四首诗,后来曾在一种日报上发表,现在是将要忘记完了。只记得一首里的六句,起首四句是:"把酒论天下,先生小酒人,大圜犹酩酊,微醉合沉沦。"中间忘掉两句,末了是"旧朋云散尽,余亦等轻尘。"

后来我回故乡去,才知道一些较为详细的事。爱农先是什么事也没得做,因为大家讨厌他。他很困难,但还喝酒,是朋友请他的。他已经很少和人们来往,常见的只剩下几个后来认识的较为年青的人了,然而他们似乎也不愿意多听他的牢骚,以为不如讲笑话有趣。

"也许明天就收到一个电报,拆开来一看,是鲁迅来叫我的。"他时常这样说。

一天,几个新的朋友约他坐船去看戏,回来已过夜半,又是大风雨,他醉着,却偏要到船舷上去小解。大家劝阻他,也不听,自己说是不会掉下去的。但他掉下去了,虽然能浮水,却从此不起来。

第二天打捞尸体,是在菱荡里找到的,直立着。[13]

我至今不明白他究竟是失足还是自杀。[14]

他死后一无所有,遗下一个幼女和他的夫人。有几个

---

[11] 范爱农的悲剧不是个人的悲剧,而是具有典型社会意义的,是那一代处于彷徨、忧苦中的知识分子的悲剧。

[12] 悲凉的心境表现了"我"对旧日朋友的沉痛悼念。

[13] 范爱农至死都是直立的,强调其傲骨与倔犟。

[14] 照应前文,对范爱农之死表示痛惜与质疑。

人想集一点钱作他女孩将来的学费的基金,因为一经提议,即有族人来争这笔款的保管权[15],——其实还没有这笔款,——大家觉得无聊,便无形消散了。

现在不知他唯一的女儿景况如何?倘在上学,中学已该毕业了罢。

十一月十八日

[15] 世态炎凉,世风日下。

后记

我在第三篇讲《二十四孝》的开头,说北京恐吓小孩的"马虎子"应作"麻胡子",是指麻叔谋,而且以他为胡人。现在知道是错了,"胡"应作"祜(hù)",是叔谋之名,见唐人李济翁做的《资暇集》卷下,题云《非麻胡》。原文如次:

> 俗怖婴儿曰:麻胡来!不知其源者,以为多髯之神而验刺者,非也。隋将军麻祜,性酷虐,炀帝令开汴河,威棱既盛,至稚童望风而畏,互相恐吓曰:麻祜来!稚童语不正,转祜为胡。只如宪宗朝泾将郝玼,蕃中皆畏惮,其国婴儿啼者,以玼怖之则止。又,武宗朝,闾阎孩孺相胁云:薛尹来!咸类此也。况《魏志》载张文远辽来之明证乎?(原注:麻祜庙在睢阳。郎方节度李丕即其后。丕为重建碑。)

原来我的识见,就正和唐朝的"不知其源者"相同,贻讥于千载之前,真是咎有应得,只好苦笑。但又不知麻祜庙碑或碑文,现今尚在睢阳或存于方志中否?倘在,我们当可以看见和小说《开河记》所载相反的他的功业。

因为想寻几张插画,常维钧兄给我在北京搜集了许多材料,有几种是为我所未曾见过的。如光绪己卯(1879)肃州胡文炳作的《二百卌孝图》——原书有注云:"卌读如习。"我真不解他何以不直称四十,而必须如此麻烦——即其一。

我所反对的"郭巨埋儿",他于我还未出世的前几年,已经删去了。序有云:

> ……坊间所刻《二十四孝》,善矣。然其中郭巨埋儿一事,揆之天理人情,殊不可以训。……炳窃不自量,妄为编辑。凡矫枉过正而刻意求名者,概从割爱;惟择其事之不诡于正,而人人可为者,类为六门。……

这位肃州胡老先生的勇决,委实令我佩服了。但这种意见,恐怕是怀抱者不乏其人,而且由来已久的,不过大抵不敢毅然删改,笔之于书。如同治十一年(1872)刻的《百孝图》,前有纪常郑绩序,就说:

> ……况迩来世风日下,沿习浇漓,不知孝出天性自然,反以孝作另成一事。且择古人投炉埋儿为忍心害理,指割股抽肠为损亲遗体。殊未审孝只在乎心,不在乎迹。尽孝无定形,行孝无定事。古之孝者非在今所宜,今之孝者难泥古之事。因此时此地不同,而其人其事各异,求其所以尽孝之心则一也。子夏曰:事父母能竭其力。故孔门问孝,所答何尝有同然乎?……

则同治年间就有人以埋儿等事为"忍心害理",灼然可知。至于这一位"纪常郑绩"先生的意思,我却还是不大懂,或者像是说:这些事现在可以不必学,但也不必说他错。

这部《百孝图》的起源有点特别,是因为见了"粤东颜子"的《百美新咏》而作的。人重色而己重孝,卫道之盛心可谓至矣。虽然是"会稽俞葆真兰浦编辑",与不佞有同乡之谊,——但我还只得老实说:不大高明。例如木兰从军的出典,他注云:"隋史。"这样名目的书,现今是没有的;倘是《隋书》,那里面又没有木兰从军的事。

而中华民国九年(1920),上海的书店却偏偏将它用石印翻印了,书名的前后各添了两个字:《男女百孝图全传》。第一页上还有一行小字道:家庭教育的好模范。又加了一篇"吴下大错王鼎谨识"的序,开首先发同治年间"纪常郑绩"先生一流的感慨:

> 慨自欧化东渐,海内承学之士,嚣嚣然侈谈自由平等之说,致道德日就沦胥,人心日益浇漓,寡廉鲜耻,无所不为,侥幸行险,人思幸进,求所谓砥砺廉隅,束身自爱者,世不多睹焉。……起观斯世之忍心害理,几全如陈叔宝之无心肝。长此滔滔,伊何底止?……

其实陈叔宝模胡到好像"全无心肝",或者有之,若拉他来配"忍心害理",却未免有些冤枉。这是有几个人以评"郭巨埋儿"和"李娥投炉"的事的。

至于人心,有几点确也似乎正在浇漓起来。自从《男女之秘密》《男女交合新论》出现后,上海就很有些书名喜欢用"男女"二字冠首。现在是连"以正人心而厚风俗"的《百孝图》上也加上了。这大概为因不满于《百美新咏》而教孝的"会稽俞葆真兰浦"先生所不及料的罢。

从说"百行之先"的孝而忽然拉到"男女"上去,仿佛也近乎不庄重,——浇漓。但我总还想趁便说几句,——自然竭力来减省。

我们中国人即使对于"百行之先",我敢说,也未必就不想到男女上去的。太平无事,闲人很多,偶有"杀身成仁舍生取义"的,本人也许忙得不暇检点,而活着的旁观者总会加以绵密的研究。曹娥的投江觅父,淹死后抱父尸出,是载在正史,很有许多人知道的。但这一个"抱"字却发生过问题。

我幼小时候,在故乡曾经听到老年人这样讲:

> ……死了的曹娥,和她父亲的尸体,最初是面对面抱着浮上来的。然而过往行人看见的都发笑了,说:哈哈! 这么一个年青姑娘抱着这么一个老头子! 于是那两个死尸又沉下去了;停了一刻又浮起来,这回是背对背的负着。

好! 在礼义之邦里,连一个年幼——呜呼,"娥年十四"而已——的死孝女要和死父亲一同浮出,也有这么艰难![1]

我检查《百孝图》和《二百卌孝图》,画师都很聪明,所画的是曹娥还未跳入江中,只在江干啼哭。但吴友如画的《女二十四孝图》(1892)却正是两尸一同浮出的这一幕,而且也正画作"背对背",如第一图的上方。我想,他大约也知道我所听到的那故事的。还有《后二十四孝图说》,也是吴友如画,也有曹娥,则画作正在投江的情状,如第一图下。

就我现今所见的教孝的图说而言,古今颇有许多遇盗,遇虎,遇火,遇风的孝子,那应付的方法,十之九是"哭"和"拜"。

中国的哭和拜,什么时候才完呢?

至于画法,我以为最简古的倒要算日本的小田海僊本,这本子早已印入《点石斋丛画》里,变成国货,很容易入手的

[1] 表现了作者对封建礼仪和陈旧观念的批判。

了。吴友如画的最细巧,也最能引动人。但他于历史画其实是不大相宜的,他久居上海的租界里,耳濡目染,最擅长的倒在作"恶鸨虐妓""流氓拆梢①"一类的时事画,那真是勃勃有生气,令人在纸上看出上海的洋场来。但影响殊不佳,近来许多小说和儿童读物的插画中,往往将一切女性画成妓女样,一切孩童都画得像一个小流氓,大半就因为太看了他的画本的缘故。

而孝子的事迹也比较地更难画,因为总是惨苦的多。譬如"郭巨埋儿",无论如何总难以画到引得孩子眉飞色舞,自愿躺到坑里去。还有"尝粪心忧",也不容易引人入胜。还有老莱子的"戏彩娱亲",题诗上虽说"喜色满庭帏",而图画上却绝少有有趣的家庭的气息。

我现在选取了三种不同的标本,合成第二图。上方的是《百孝图》中的一部分,"陈村何云梯"画的,画的是"取水上堂诈跌卧地作婴儿啼"这一段。也带出"双亲开口笑"来。中间的一小块是我从"直北李锡彤"画的《二十四孝图诗合刊》上描下来的,画的是"著五色斑斓之衣为婴儿戏于亲侧"这一段;手里捏着"摇咕咚",就是"婴儿戏"这三个字的点题。但大约李先生觉得一个高大的老头子玩这样的把戏究竟不像样,将他的身子竭力收缩,画成一个有胡子的小孩子了。然而仍然无趣。至于线的错误和缺少,那是不能怪作者的,也不能埋怨我,只能去骂刻工。查这刻工当前清同治十二年(1873)时,是在"山东省布政司街南首路西鸿文堂刻字处"。下方的是"民国壬戌"(1922)慎独山房刻本,无画人姓名,但是双料画法,一面"诈跌卧地",一面"为婴儿戏",将两件事合起来,而将"斑斓之衣"忘却了。吴友如画的一

---

① 拆梢:方言,指流氓制造事端诈取财物的行为。

本,也合两事为一,也忘了斑斓之衣,只是老莱子比较的胖一些,且绾着双丫髻,——不过还是无趣味。

人说,讽刺和冷嘲只隔一张纸,我以为有趣和肉麻也一样。孩子对父母撒娇可以看得有趣,若是成人,便未免有些不顺眼。放达的夫妻在人面前的互相爱怜的态度,有时略一跨出有趣的界线,也容易变为肉麻。老莱子的作态的图,正无怪谁也画不好。像这些图画上似的家庭里,我是一天也住不舒服的,你看这样一位七十岁的老太爷整年假惺惺地玩着一个"摇咕咚"。

汉朝人在宫殿和墓前的石室里,多喜欢绘画或雕刻古来的帝王,孔子弟子,列士,列女,孝子之类的图。宫殿当然一椽不存了;石室却偶然还有,而最完全的是山东嘉祥县的武氏石室。我仿佛记得那上面就刻着老莱子的故事。但现在手头既没有拓本,也没有《金石萃编》,不能查考了;否则,将现时的和约一千八百年前的图画比较起来,也是一种颇有趣味的事。

关于老莱子的,《百孝图》上还有这样的一段:

> ……莱子又有弄雏娱亲之事:尝弄雏于双亲之侧,欲亲之喜。(原注:《高士传》。)

谁做的《高士传》呢? 嵇康的,还是皇甫谧的? 也还是手头没有书,无从查考。只在新近因为白得了一个月的薪水,这才发狠买来的《太平御览》上查了一通,到底查不着,倘不是我粗心,那就是出于别的唐宋人的类书里的了。但这也没有什么大关系。我所觉得特别的,是文中的那"雏"字。

我想,这"雏"未必一定是小禽鸟。孩子们喜欢弄来玩耍的,用泥和绸或布做成的人形,日本也叫 Hina,写作"雏"。他们那里往往存留中国的古语;而老莱子在父母面前弄孩子的玩具,也比弄小禽鸟更自然。所以英语的 Doll,即我们现在称为"洋囡囡"或"泥人儿",而文字上只好写作"傀儡"的,说不定古人就称"雏",后来中绝,便只残存于日本了。但这不过是我一时的臆测,此外也并无什么坚实的凭证。

这弄雏的事,似乎也还没有人画过图。

我所搜集的另一批,是内有"无常"的画像的书籍。一曰《玉历钞传警世》(或无下二字),一曰《玉历至宝钞》(或作编)。其实是两种都差不多的。关于搜集的事,我首先仍要感谢常维钧兄,他寄给我北京龙光斋本,又鉴光斋本;天津思过斋本,又石印局本;南京李光明庄本。其次是章矛尘兄,给我杭州玛瑙经房本,绍兴许广记本,最近石印本。又其次是我自己,得到广州宝经阁本,又翰元楼本。

这些《玉历》,有繁简两种,是和我的前言相符的。但我调查了一切无常的画像之后,却恐慌起来了。因为书上的"活无常"是花袍,纱帽,背后插刀;而拿算盘,戴高帽子的却是"死有分"!虽然面貌有凶恶和和善之别,脚下有草鞋和布(?)鞋之殊,也不过画工偶然的随便,而最关紧要的题字,则全体一致,曰:"死有分。"呜呼,这明明是专在和我为难。

然而我还不能心服。一者因为这些书都不是我幼小时候所见的那一部,二者因为我还确信我的记忆并没有错。不过撕下一页来做插画的企图,却被无声无臭地打得粉碎了。只得选取标本各一——南京本的死有分和广州本的活无常——之外,还自己动手,添画一个我所记得的目连戏或迎神赛会中的"活无常"来塞责,如第三图上方。好在我并非画家，虽然太不高明，读者也许不至于嗔责罢。先前想不到后来，曾经对于吴友如先生辈颇说过几句蹊跷话，不料曾几何时，即须自己出丑了，现在就预先辩解几句在这里存案。但是，如果无效，那也只好直抄徐（印世昌）大总统的哲学：听其自然。

还有不能心服的事，是我觉得虽是宣传《玉历》的诸公，于阴间的事情其实也不大了然。例如一个人初死时的情状，那图像就分成两派。一派是只来一位手执钢叉的鬼卒，叫作"勾魂使者"，此外什么都没有；一派是一个马面，两个无常——阳无常和阴无常——而并非活无常和死有分。倘说，那两个就是活无常和死有分罢，则和单个的画像又不一致。如第四图版上的A，阳无常何尝是花袍纱帽？只有阴无常却和单画的死有分颇相像的，但也放下算盘拿了扇。这还可以说大约因为其时是夏天，然而怎么又长了那么长的络腮胡子了呢？难道夏天时疫多，他竟忙得连修刮的工夫都没有了么？这图的来源是天津思过斋的本子，合并声明；还有北京和广州本上的，也相差无几。

B是从南京的李光明庄刻本上取来的，图画和A相同，而题字则正相反了：天津本指为阴无常者，它却道是阳无常。但和我的主张是一致的。那么，倘有一个素衣高帽的东西，不问他胡子之有无，北京人、天津人、广州人只管去称为阴无常或死有分，我和南京人则叫他活无常，各随自己的便罢。"名者，实之宾也[②]"，不关什么紧要的。

不过我还要添上一点C图，是绍兴许广记刻本中的一部分，上面并无题字，不知宣传者于意云何。我幼小时常常走过许广记的门前，也闲看他们刻图画，是专爱用弧线和直

---

② 名者，实之宾也：语见《庄子·逍遥游》。这里的意思是，事物的本身是主要的，名称是次要的。

线,不大肯作曲线的,所以无常先生的真相,在这里也难以判然。只是他身边另有一个小高帽,却还能分明看出,为别的本子上所无。这就是我所说过的在赛会时候出现的阿领。他连办公时间也带着儿子(?)走,我想,大概是在叫他跟随学习,预备长大之后,可以"无改于父之道"的。

除勾摄人魂外,十殿阎罗王中第四殿五官王的案桌旁边,也什九站着一个高帽脚色。如 D 图,1 取自天津的思过斋本,模样颇漂亮;2 是南京本,舌头拖出来了,不知何故;3 是广州的宝经阁本,扇子破了;4 是北京龙光斋本,无扇,下巴之下一条黑,我看不透它是胡子还是舌头;5 是天津石印局本,也颇漂亮,然而站到第七殿泰山王的公案桌边去了:这是很特别的。

又,老虎噬人的图上,也一定画有一个高帽的脚色,拿着纸扇子暗地里在指挥。不知道这也就是无常呢,还是所谓"伥鬼"?但我乡戏文上的伥鬼都不戴高帽子。

研究这一类三魂渺渺,七魄茫茫,"死无对证"的学问,是很新颖,也极占便宜的。假使征集材料,开始讨论,将各种往来的信件都编印起来,恐怕也可以出三四本颇厚的书,并且因此升为"学者"。但是,"活无常学者",名称不大冠冕,我不想干下去了,只在这里下一个武断:

《玉历》式的思想是很粗浅的:"活无常"和"死有分",合起来是人生的象征。人将死时,本只须死有分来到。因为他一到,这时候,也就可见"活无常"。

但民间又有一种自称"走阴"或"阴差"的,是生人暂时入冥,帮办公事的脚色。因为他帮同勾魂摄魄,大家也就称之为"无常";又以其本是生魂也,则别之曰"阳",但从此便和"活无常"隐然相混了。如第四图版之 A,题为"阳无常"

的,是平常人的普通装束,足见明明是阴差,他的职务只在领鬼卒进门,所以站在阶下。

既有了生魂入冥的"阳无常",便以"阴无常"来称职务相似而并非生魂的死有分了。

做目连戏和迎神赛会虽说是祷祈,同时也等于娱乐,扮演出来的应该是阴差,而普通状态太无趣,——无所谓扮演,——不如奇特些好,于是就将"那一个无常"的衣装给他穿上了,——自然原也没有知道得很清楚。然而从此也更传讹下去。所以南京人和我之所谓活无常,是阴差而穿着死有分的衣冠,顶着真的活无常的名号,大背经典,荒谬得很的。

不知海内博雅君子,以为何如?

我本来并不准备做什么后记,只想寻几张旧画像来做插图,不料目的不达,便变成一面比较,剪贴,一面乱发议论了。那一点本文或作或辍地几乎做了一年,这一点后记也或作或辍地几乎做了两个月。天热如此,汗流浃背,是亦不可以已乎:爰为结。

一九二七年七月十一日,写完于广州东堤寓楼之西窗下。

吶喊

自序

  我在年青时候也曾经做过许多梦,后来大半忘却了,但自己也并不以为可惜。[1]所谓回忆者,虽说可以使人欢欣,有时也不免使人寂寞,使精神的丝缕还牵着已逝的寂寞的时光,又有什么意味呢,而我偏苦于不能全忘却,这不能全忘的一部分,到现在便成了《呐喊》的来由。

  我有四年多,曾经常常,——几乎是每天,出入于质铺和药店里,年纪可是忘却了,总之是药店的柜台正和我一样高,质铺的是比我高一倍,我从一倍高的柜台外送上衣服或首饰去,在侮蔑里接了钱,再到一样高的柜台上给我久病的父亲去买药。回家之后,又须忙别的事了,因为开方的医生是最有名的,以此所用的药引也奇特:冬天的芦根,经霜三年的甘蔗,蟋蟀要原对的,结子的平地木,……多不是容易办到的东西。然而我的父亲终于日重一日的亡故了。[2]

  有谁从小康人家而坠入困顿的么,我以为在这途路中,大概可以看见世人的真面目;我要到N进K①学堂去了,仿佛是想走异路,逃异地,去寻求别样的人们。我的母亲没有法,办了八元的川资,说是由我的自便;然而伊哭了,这正是情理中的事,因为那时读书应试是正路,所谓学洋务,社会上便以为是一种走投无路的人,只得将灵魂卖

[1]"梦"指作者年轻时的理想和追求。因为未能实现,所以它们如同梦一般存于作者的回忆之中。

[2]为父寻药治病的经历让作者难忘,这也成为作者立志学医的原因之一。

---

①"N"指南京,"K学堂"指江南水师学堂。作者1898年于南京江南水师学堂肄业,第二年改入江南陆师学堂附设的矿务铁路学堂,1902年毕业后即由清政府派赴日本留学,1904年进仙台的医学专门学校,1906年中止学医,回东京准备从事文艺运动。参看《朝花夕拾》中《琐记》及《藤野先生》二文。

给鬼子,要加倍的奚落而且排斥的,而况伊又看不见自己的儿子了。然而我也顾不得这些事,终于到N去进了K学堂了,在这学堂里,我才知道世上还有所谓格致,算学,地理,历史,绘图和体操。生理学并不教,但我们却看到些木版的《全体新论》和《化学卫生论》之类了。我还记得先前的医生的议论和方药,和现在所知道的比较起来,便渐渐的悟得中医不过是一种有意的或无意的骗子②,同时又很起了对于被骗的病人和他的家族的同情;而且从译出的历史上,又知道了日本维新是大半发端于西方医学的事实。[3]

因为这些幼稚的知识,后来便使我的学籍列在日本一个乡间的医学专门学校里了。我的梦很美满,预备卒业回来,救治像我父亲似的被误的病人的疾苦,战争时候便去当军医,一面又促进了国人对于维新的信仰。[4]我已不知道教授微生物学的方法,现在又有了怎样的进步了,总之那时是用了电影,来显示微生物的形状的,因此有时讲义的一段落已完,而时间还没有到,教师便映些风景或时事的画片给学生看,以用去这多余的光阴。其时正当日俄战争的时候,关于战事的画片自然也就比较的多了,我在这一个讲堂中,便须常常随喜我那同学们的拍手和喝采。有一回,我竟在画片上忽然会见我久违的许多中国人了,一个绑在中间,许多站在左右,一样是强壮的体格,而显出麻木的神情。据解说,则绑着的是替俄国做了军事上的侦探,正要被日军砍下头颅来示众,而围着的便是来赏鉴这示众的盛举的人们。[5]

这一学年没有完毕,我已经到了东京了,因为从那一

[3] 生活及学习的经历在作者脑中埋下了学医的种子。

[4] 此时作者学医的目的还只是"医身"。

[5] 这些身体健康而精神麻木的国民打破了作者的第一个梦——学医救国。

---

② 作者对中医的看法,可参看《朝花夕拾》中《父亲的病》。

回以后，我便觉得医学并非一件紧要事，凡是愚弱的国民，即使体格如何健全，如何茁壮，也只能做毫无意义的示众的材料和看客，病死多少是不必以为不幸的。所以我们的第一要著，是在改变他们的精神，而善于改变精神的是，我那时以为当然要推文艺，于是想提倡文艺运动了。[6]在东京的留学生很有学法政理化以至警察工业的，但没有人治文学和美术；可是在冷淡的空气中，也幸而寻到几个同志了，此外又邀集了必须的几个人，商量之后，第一步当然是出杂志，名目是取"新的生命"的意思，因为我们那时大抵带些复古的倾向，所以只谓之《新生》。

《新生》的出版之期接近了，但最先就隐去了若干担当文字的人，接着又逃走了资本，结果只剩下不名一钱的三个人。创始时候既已背时，失败时候当然无可告语，而其后却连这三个人也都为各自的命运所驱策，不能在一处纵谈将来的好梦了，这就是我们的并未产生的《新生》的结局。[7]

我感到未尝经验的无聊，是自此以后的事。我当初是不知其所以然的；后来想，凡有一人的主张，得了赞和，是促其前进的，得了反对，是促其奋斗的，独有叫喊于生人中，而生人并无反应，既非赞同，也无反对，如置身毫无边际的荒原，无可措手的了，这是怎样的悲哀呵，我于是以我所感到者为寂寞。

这寂寞又一天一天的长大起来，如大毒蛇，缠住了我的灵魂了。[8]

然而我虽然自有无端的悲哀，却也并不愤懑，因为这经验使我反省，看见自己了：就是我决不是一个振臂一呼应者云集的英雄。

[6]弃医从文，以文艺医治愚弱、麻木的国民的精神。此即作者的第二个梦——文艺救国。

[7]当时社会的大环境迫使作者的文艺救国梦还未及天明便夭折了。

[8]恰如作者在第二个梦破灭以后的迷茫和苦闷。

只是我自己的寂寞是不可不驱除的,因为这于我太痛苦。我于是用了种种法,来麻醉自己的灵魂,使我沉入于国民中,使我回到古代去,后来也亲历或旁观过几样更寂寞更悲哀的事,都为我所不愿追怀,甘心使他们和我的脑一同消灭在泥土里的,但我的麻醉法却也似乎已经奏了功,再没有青年时候的慷慨激昂的意思了。

S会馆③里有三间屋,相传是往昔曾在院子里的槐树上缢死过一个女人的,现在槐树已经高不可攀了,而这屋还没有人住;许多年,我便寓在这屋里钞古碑④。客中少有人来,古碑中也遇不到什么问题和主义,而我的生命却居然暗暗的消去了,这也就是我惟一的愿望。[9] 夏夜,蚊子多了,便摇着蒲扇坐在槐树下,从密叶缝里看那一点一点的青天,晚出的槐蚕又每每冰冷的落在头颈上。

那时偶或来谈的是一个老朋友金心异⑤,将手提的大皮夹放在破桌上,脱下衣衫,对面坐下了,因为怕狗,似乎心房还在怦怦的跳动。

"你钞了这些有什么用?"有一夜,他翻着我那古碑的钞本,发了研究的质问了。

"没有什么用。"

"那么,你钞他是什么意思呢?"

"没有什么意思。"

"我想,你可以做点文章……"

我懂得他的意思了,他们正办《新青年》,然而那时仿佛没有人来赞同,并且也还没有人来反对,我想,他们许是感

[9]"惟一的愿望"实际是作者无奈的自嘲,是一种心理的自我调适与挣扎,作者在沉默中苦苦思索着国家与个人的前途和出路。

---

③"S会馆"指绍兴会馆,在北京宣武门外。作者曾住在这会馆里。
④鲁迅寓居绍兴会馆时,常于公余研究中国古代的造像及墓志等金石拓本。
⑤金心异指钱玄同,当时《新青年》的编辑委员之一。《新青年》提倡文化革命后不久,林纾曾写过一篇笔记体小说《荆生》,痛骂文化革命的提倡者,其中有一个人物叫"金心异",即影射钱玄同。

到寂寞了,但是说:

"假如一间铁屋子,是绝无窗户而万难破毁的,里面有许多熟睡的人们,不久都要闷死了,然而是从昏睡入死灭,并不感到就死的悲哀。现在你大嚷起来,惊起了较为清醒的几个人,使这不幸的少数者来受无可挽救的临终的苦楚,你倒以为对得起他们么?"[10]

"然而几个人既然起来,你不能说决没有毁坏这铁屋的希望。"

是的,我虽然自有我的确信,然而说到希望,却是不能抹杀的,因为希望是在于将来,决不能以我之必无的证明,来折服了他之所谓可有,于是我终于答应他也做文章了,这便是最初的一篇《狂人日记》。从此以后,便一发而不可收,每写些小说模样的文章,以敷衍朋友们的嘱托,积久就有了十余篇。

在我自己,本以为现在是已经并非一个切迫而不能已于言的人了,但或者也还未能忘怀于当日自己的寂寞的悲哀罢,所以有时候仍不免呐喊几声,聊以慰藉那在寂寞里奔驰的猛士,使他不惮于前驱。至于我的喊声是勇猛或是悲哀,是可憎或是可笑,那倒是不暇顾及的;但既然是呐喊,则当然须听将令的了,所以我往往不恤用了曲笔,在《药》的瑜儿的坟上平空添上一个花环,在《明天》里也不叙单四嫂子竟没有做到看见儿子的梦,因为那时的主将是不主张消极的。至于自己,却也并不愿将自以为苦的寂寞,再来传染给也如我那年青时候似的正做着好梦的青年。[11]

这样说来,我的小说和艺术的距离之远,也就可想而知了,然而到今日还能蒙着小说的名,甚而至于且有成集的机会,无论如何总不能不说是一件侥幸的事,但侥幸虽使我不

[10] "铁屋子"暗指辛亥革命后依旧黑暗的中国;"熟睡的人们"暗指受封建思想毒害的愚弱的国民;"大嚷"暗指新思想的宣传;"较为清醒的几个人"暗指思想较为开明的一些人。

[11] 写小说即为鼓舞年轻人的精神,这是文艺救国的一步。

安于心，而悬揣人间暂时还有读者，则究竟也仍然是高兴的。

所以我竟将我的短篇小说结集起来，而且付印了，又因为上面所说的缘由，便称之为《呐喊》。[12]

一九二二年十二月三日，鲁迅记于北京。

[12]《呐喊》之所以为《呐喊》，是因为它集中表现了作者对社会、对未来的呼吁与希望。

一件小事

我从乡下跑到京城里，一转眼已经六年了。其间耳闻目睹的所谓国家大事，算起来也很不少；但在我心里，都不留什么痕迹，倘要我寻出这些事的影响来说，便只是增长了我的坏脾气，——老实说，便是教我一天比一天的看不起人。[1]

但有一件小事，却于我有意义，将我从坏脾气里拖开，使我至今忘记不得。

这是民国六年的冬天，大北风刮得正猛，我因为生计关系，不得不一早在路上走。一路几乎遇不见人，好容易才雇定了一辆人力车，教他拉到S门去。不一会，北风小了，路上浮尘早已刮净，剩下一条洁白的大道来，车夫也跑得更快。刚近S门，忽而车把上带着一个人，慢慢地倒了。[2]

跌倒的是一个女人，花白头发，衣服都很破烂。伊从马路上突然向车前横截过来；车夫已经让开道，但伊的破棉背心没有上扣，微风吹着，向外展开，所以终于兜着车把。幸而车夫早有点停步，否则伊定要栽一个大斛斗，跌到头破血出了。

伊伏在地上；车夫便也立住脚。我料定这老女人并没有伤，又没有别人看见，便很怪他多事，要自己惹出是非，也误了我的路。[3]

我便对他说，"没有什么的。走你的罢！"

车夫毫不理会，——或者并没有听到，——却放下车

[1] "国家大事"已不能影响小民，为下文写"一件小事"的大意义埋下伏笔。

[2] 冬天、北风……"一件小事"便发生在这样一种凄冷肃杀的氛围中。

[3] 以自己的冷漠反衬车夫的负责任。

子,扶那老女人慢慢起来,搀着臂膊立定,问伊说:

"你怎么啦?"

"我摔坏了。"

我想,我眼见你慢慢倒地,怎么会摔坏呢,装腔作势罢了,这真可憎恶。车夫多事,也正是自讨苦吃,现在你自己想法去。

车夫听了这老女人的话,却毫不踌躇,仍然搀着伊的臂膊,便一步一步的向前走。我有些诧异,忙看前面,是一所巡警分驻所,大风之后,外面也不见人。这车夫扶着那老女人,便正是向那大门走去。[4]

我这时突然感到一种异样的感觉,觉得他满身灰尘的后影,刹时高大了,而且愈走愈大,须仰视才见。而且他对于我,渐渐的又几乎变成一种威压,甚而至于要榨出皮袍下面藏着的"小"来。[5]

我的活力这时大约有些凝滞了,坐着没有动,也没有想,直到看见分驻所里走出一个巡警,才下了车。

巡警走近我说,"你自己雇车罢,他不能拉你了。"

我没有思索的从外套袋里抓出一大把铜元,交给巡警,说,"请你给他……"

风全住了,路上还很静。我走着,一面想,几乎怕敢想到我自己。以前的事姑且搁起,这一大把铜元又是什么意思?奖他么?我还能裁判车夫么?我不能回答自己。

这事到了现在,还是时时记起。我因此也时时熬了苦痛,努力的要想到我自己。几年来的文治武力,在我早如幼小时候所读过的"子曰诗云"①一般,背不上半句了。独有这一件小事,却总是浮在我眼前,有时反更分明,教我惭愧,催

---

[4] 寥寥数语勾勒出一个勇于负责、正直无私、具有崇高品质的人物的形象。

[5] 这里的"小"对应车夫的"大",是作者在车夫崇高品质前的自惭形秽。

---

① "子曰"即"夫子说";"诗云"即"《诗经》上说"。泛指儒家古籍。这里指旧时私塾的初级读物。

我自新,并且增长我的勇气和希望。[6]

一九二〇年七月②

[6] 照应篇首,将"一件小事"与当时所谓的"国家大事"进行对比,指出"国家大事"只是增长了"我"的坏脾气,而"一件小事"却将"我"从坏脾气里解救出来,从而肯定了"一件小事",否定了所谓的"国家大事",发人深思。

---

② 根据报刊发表的年月及鲁迅日记,本篇写作时间应当是在 1919 年 11 月。

狂人日记

[1] 这篇小说,既不是真的供医家研究的病案,也不是关于一个精神病人的纪实文学。序言首先增加了小说的真实感,其次"医家"和"狂人"都有象征意义,"医家"意在表达要医治社会、医治这个积贫积弱的民族的理想。至于"狂人",作者要借他之口来揭露几千年来封建礼教吃人的本质,以引起"疗救者"的注意。这也是"狂人"这个形象本身具有的深刻含义。

某君昆仲,今隐其名,皆余昔日在中学校时良友;分隔多年,消息渐阙。日前偶闻其一大病;适归故乡,迂道往访,则仅晤一人,言病者其弟也。劳君远道来视,然已早愈,赴某地候补①矣。因大笑,出示日记二册,谓可见当日病状,不妨献诸旧友。持归阅一过,知所患盖"迫害狂"之类。语颇错杂无伦次,又多荒唐之言;亦不著月日,惟墨色字体不一,知非一时所书。间亦有略具联络者,今撮录一篇,以供医家研究。记中语误,一字不易;惟人名虽皆村人,不为世间所知,无关大体,然亦悉易去。至于书名,则本人愈后所题,不复改也。七年四月二日识。[1]

一

今天晚上,很好的月光。

我不见他,已是三十多年;今天见了,精神分外爽快。才知道以前的三十多年,全是发昏;然而须十分小心。不然,那赵家的狗,何以看我两眼呢?

我怕得有理。②

---

①候补:清代官制,只有官衔而没有实际职务的中下级官员,由吏部抽签分发到某部或某省,听候委用。
②开篇即道出狂人的"狂态"——"我"认为自己从前"发昏",现在清醒,即"大病"之前"发昏","大病"之后清醒。这些缺少逻辑不合常理的语言,意在交代狂人的基本特征,突出一个"狂"字。
"那赵家的狗,何以看我两眼呢?"透露出典型的"迫害狂"的敏感气质。"我怕得有理。"狂人怕狗,为何?狗指何物?为何怕得有理?此段文字既为后文做铺垫,又给读者留下悬念。

二

　　今天全没月光,我知道不妙。[2] 早上小心出门,赵贵翁的眼色便怪:似乎怕我,似乎想害我。还有七八个人,交头接耳的议论我,又怕我看见。一路上的人,都是如此。其中最凶的一个人,张着嘴,对我笑了一笑;我便从头直冷到脚跟,晓得他们布置,都已妥当了。

　　我可不怕,仍旧走我的路。前面一伙小孩子,也在那里议论我;眼色也同赵贵翁一样,脸色也都铁青。我想我同小孩子有什么仇,他也这样。忍不住大声说,"你告诉我!"他们可就跑了。

　　我想:我同赵贵翁有什么仇,同路上的人又有什么仇;只有廿年以前,把古久先生的陈年流水簿子,踹了一脚,古久先生很不高兴。[3] 赵贵翁虽然不认识他,一定也听到风声,代抱不平;约定路上的人,同我作冤对。但是小孩子呢?那时候,他们还没有出世,何以今天也睁着怪眼睛,似乎怕我,似乎想害我。这真教我怕,教我纳罕而且伤心。[4]

　　我明白了。这是他们娘老子教的!

三

　　晚上总是睡不着。凡事须得研究,才会明白。

　　他们——也有给知县打枷过的,也有给绅士掌过嘴的,也有衙役占了他妻子的,也有老子娘被债主逼死的;他们那时候的脸色,全没有昨天这么怕,也没有这么凶。

　　最奇怪的是昨天街上的那个女人,打他儿子,嘴里说道:"老子呀!我要咬你几口才出气!"他眼睛却看着我。我出了一惊,遮掩不住;那青面獠牙的一伙人,便都哄笑起来。

---

[2] 既是自然环境,也是社会环境。

[3] "古久先生"和"陈年流水簿子"象征着封建时代的"权威""经典"和"戒律",也象征着封建专制的文化。狂人踹了古久先生的陈年流水簿子是对于吃人社会的蔑视和斗争。

[4] 老少皆已为封建的专制文化所熏染,他们当然对狂人的行为不理解,甚至反感与仇恨。

陈老五赶上前,硬把我拖回家中了。

拖我回家,家里的人都装作不认识我;他们的眼色,也全同别人一样。进了书房,便反扣上门,宛然是关了一只鸡鸭。这一件事,越教我猜不出底细。

前几天,狼子村的佃户来告荒,对我大哥说,他们村里的一个大恶人,给大家打死了;几个人便挖出他的心肝来,用油煎炒了吃,可以壮壮胆子。我插了一句嘴,佃户和大哥便都看我几眼。今天才晓得他们的眼光,全同外面的那伙人一模一样。

想起来,我从顶上直冷到脚跟。

他们会吃人,就未必不会吃我。

你看那女人"咬你几口"的话,和一伙青面獠牙人的笑,和前天佃户的话,明明是暗号。我看出他话中全是毒,笑中全是刀。他们的牙齿,全是白厉厉的排着,这就是吃人的家伙。

照我自己想,虽然不是恶人,自从踹了古家的簿子,可就难说了。他们似乎别有心思,我全猜不出。况且他们一翻脸,便说人是恶人。我还记得大哥教我做论,无论怎样好人,翻他几句,他便打上几个圈;原谅坏人几句,他便说"翻天妙手,与众不同"。我那里猜得到他们的心思,究竟怎样;况且是要吃的时候。

凡事总须研究,才会明白。古来时常吃人,我也还记得,可是不甚清楚。我翻开历史一查,这历史没有年代,歪歪斜斜的每页上都写着"仁义道德"几个字。我横竖睡不着,仔细看了半夜,才从字缝里看出字来,满本都写着两个字是"吃人"!

书上写着这许多字,佃户说了这许多话,却都笑吟吟的睁着怪眼睛看我。

我也是人,他们想要吃我了![5]

四

早上,我静坐了一会。陈老五送进饭来,一碗菜,一碗蒸鱼;这鱼的眼睛,白而且硬,张着嘴,同那一伙想吃人的人一样。吃了几筷,滑溜溜的不知是鱼是人,便把他兜肚连肠的吐出。

我说:"老五,对大哥说,我闷得慌,想到园里走走。"老五不答应,走了;停一会,可就来开了门。

我也不动,研究他们如何摆布我;知道他们一定不肯放松。果然!我大哥引了一个老头子,慢慢走来;他满眼凶光,怕我看出,只是低头向着地,从眼镜横边暗暗看我。大哥说,"今天你仿佛很好。"我说,"是的。"大哥说,"今天请何先生来,给你诊一诊。"我说,"可以!"其实我岂不知道这老头子是刽子手扮的!无非借了看脉这名目,揣一揣肥瘠:因这功劳,也分一片肉吃。我也不怕;虽然不吃人,胆子却比他们还壮。伸出两个拳头,看他如何下手。老头子坐着,闭了眼睛,摸了好一会,呆了好一会;便张开他鬼眼睛说,"不要乱想。静静的养几天,就好了。"

不要乱想,静静的养!养肥了,他们是自然可以多吃;我有什么好处,怎么会"好了"?他们这群人,又想吃人,又是鬼鬼祟祟,想法子遮掩,不敢直捷下手,真要令我笑死。我忍不住,便放声大笑起来,十分快活。自己晓得这笑声里面,有的是义勇和正气。老头子和大哥,都失了色,被我这勇气正气镇压住了。

但是我有勇气,他们便越想吃我,沾光一点这勇气。老

[5] 曾经遭到恶人迫害的人们的眼色也变得可怕起来。惊恐万分的狂人从"仁义道德"的字缝里看出"吃人"二字。这就是狂人患病之后的发现,这个发现彻底揭露了封建礼教、封建社会"吃人"的本质。礼教就是吃人,仁义道德是礼教虚伪的面具。这就是鲁迅对封建道德的定义,也是他多年来思考和认识的结果,是这部作品最辉煌的成就。

头子跨出门,走不多远,便低声对大哥说道,"赶紧吃罢!"大哥点点头。原来也有你!这一件大发见,虽似意外,也在意中:合伙吃我的人,便是我的哥哥!

吃人的是我哥哥!

我是吃人的人的兄弟!

我自己被人吃了,可仍然是吃人的人的兄弟![6]

五

这几天是退一步想:假使那老头子不是刽子手扮的,真是医生,也仍然是吃人的人。他们的祖师李时珍做的"本草什么"③上,明明写着人肉可以煎吃;他还能说自己不吃人么?

至于我家大哥,也毫不冤枉他。他对我讲书的时候,亲口说过可以"易子而食";又一回偶然议论起一个不好的人,他便说不但该杀,还当"食肉寝皮"。我那时年纪还小,心跳了好半天。前天狼子村佃户来说吃心肝的事,他也毫不奇怪,不住的点头。可见心思是同从前一样狠。既然可以"易子而食",便什么都易得,什么人都吃得。我从前单听他讲道理,也胡涂过去;现在晓得他讲道理的时候,不但唇边还抹着人油,而且心里满装着吃人的意思。[7]

六

黑漆漆的,不知是日是夜。赵家的狗又叫起来了。

狮子似的凶心,兔子的怯弱,狐狸的狡猾,……[8]

[6] 将蒸鱼看作被吃的人,将医生看作帮助吃人的人,自己的哥哥是吃人的人,而自己正是这吃人的人的兄弟,所有人都与吃人脱不了干系。这幅封建势力杀人、吃人、扼杀人性的画面,形象地演化为一场"人肉的筵宴"。

[7] "本草纲目"中吃人的记载、"易子而食""食肉寝皮"的典故,都表明吃人古已有之,是一种封建传统。

[8] 狗、狮子、兔子、狐狸……"吃人的"和"被吃的"。

---

③ "本草什么"指李时珍的《本草纲目》。该书曾经提到唐代陈藏器《本草拾遗》中以人肉医治痨病的记载,并表示了异议。这里说李时珍的书"明明写着人肉可以煎吃"应该是"狂人"的"记中语误"。

七

我晓得他们的方法,直捷杀了,是不肯的,而且也不敢,怕有祸祟。所以他们大家连络,布满了罗网,逼我自戕。试看前几天街上男女的样子,和这几天我大哥的作为,便足可悟出八九分了。最好是解下腰带,挂在梁上,自己紧紧勒死;他们没有杀人的罪名,又偿了心愿,自然都欢天喜地的发出一种呜呜咽咽的笑声。否则惊吓忧愁死了,虽则略瘦,也还可以首肯几下。

他们是只会吃死肉的!——记得什么书上说,有一种东西,叫"海乙那④"的,眼光和样子都很难看;时常吃死肉,连极大的骨头,都细细嚼烂,咽下肚子去,想起来也教人害怕。"海乙那"是狼的亲眷,狼是狗的本家。前天赵家的狗,看我几眼,可见他也同谋,早已接洽。老头子眼看着地,岂能瞒得我过。

最可怜的是我的大哥,他也是人,何以毫不害怕;而且合伙吃我呢?还是历来惯了,不以为非呢?还是丧了良心,明知故犯呢?

我诅咒吃人的人,先从他起头;要劝转吃人的人,也先从他下手。[9]

[9] 一连串的迫害妄想,揭示"吃人的人"的卑鄙可恶。

八

其实这种道理,到了现在,他们也该早已懂得,……

忽然来了一个人;年纪不过二十左右,相貌是不很看得清楚,满面笑容,对了我点头,他的笑也不像真笑。我便问

---

④海乙那:英语 Hyena 的音译,即鬣狗,一种肉食性动物,常跟在狮子等猛兽之后,以它们吃剩的动物的残尸为食。

他,"吃人的事,对么?"他仍然笑着说,"不是荒年,怎么会吃人。"我立刻就晓得,他也是一伙,喜欢吃人的;便自勇气百倍,偏要问他。

"对么?"

"这等事问他什么。你真会……说笑话。……今天天气很好。"

天气是好,月色也很亮了。可是我要问你,"对么?"

他不以为然了。含含胡胡的答道:"不……"

"不对?他们何以竟吃?!"

"没有的事……"

"没有的事?狼子村现吃;还有书上都写着,通红斩新!"

他便变了脸,铁一般青。睁着眼说,"有许有的,这是从来如此……"

"从来如此,便对么?"

"我不同你讲这些道理;总之你不该说,你说便是你错!"

我直跳起来,张开眼,这人便不见了。全身出了一大片汗。他的年纪,比我大哥小得远,居然也是一伙;这一定是他娘老子先教的。还怕已经教给他儿子了;所以连小孩子,也都恶狠狠的看我。[10]

九

自己想吃人,又怕被别人吃了,都用着疑心极深的眼光,面面相觑。……

去了这心思,放心做事走路吃饭睡觉,何等舒服。这只是一条门槛,一个关头。他们可是父子兄弟夫妇朋友师生

[10]"年纪不过二十左右"的人也认为吃人古已有之,是一种传统,传统就是真理,不容置疑。由此刻画出国民的愚昧怯弱。

仇敌和各不相识的人,都结成一伙,互相劝勉,互相牵掣,死也不肯跨过这一步。[11]

十

大清早,去寻我大哥;他立在堂门外看天,我便走到他背后,拦住门,格外沉静,格外和气的对他说,

"大哥,我有话告诉你。"

"你说就是,"他赶紧回过脸来,点点头。

"我只有几句话,可是说不出来。大哥,大约当初野蛮的人,都吃过一点人。后来因为心思不同,有的不吃人了,一味要好,便变了人,变了真的人。有的却还吃,——也同虫子一样,有的变了鱼鸟猴子,一直变到人。有的不要好,至今还是虫子。这吃人的人比不吃人的人,何等惭愧。怕比虫子的惭愧猴子,还差得很远很远。[12]

"易牙蒸了他儿子,给桀纣吃,还是一直从前的事。谁晓得从盘古开辟天地以后,一直吃到易牙的儿子;从易牙的儿子,一直吃到徐锡林⑤;从徐锡林,又一直吃到狼子村捉住的人。去年城里杀了犯人,还有一个生痨病的人,用馒头蘸血舐。[13]

"他们要吃我,你一个人,原也无法可想;然而又何必去入伙。吃人的人,什么事做不出;他们会吃我,也会吃你,一伙里面,也会自吃。但只要转一步,只要立刻改了,也就是人人太平。虽然从来如此,我们今天也可以格外要好,说是不能!大哥,我相信你能说,前天佃户要减租,你说过不能。"

---

⑤徐锡林:隐指徐锡麟(1873—1907),字伯荪,浙江绍兴人,清末革命团体光复会的重要成员。1907年与秋瑾准备在浙江、安徽两省同时起义,7月6日在安庆刺杀安徽巡抚恩铭,率领学生攻占军械局,弹尽被捕,惨遭杀害,传心肝被士兵所吃。

[11] 大家既是封建礼教的受害者,又是忠实的维护者,当时的国民就是"吃人的人"与"被吃的人"的统一体。

[12] 野蛮人吃人,"真的人"不吃人。

[13] 野蛮人吃人的传统一直沿续到现在。借革命者的鲜血被做成人血馒头反映社会吃人的现实。

当初，他还只是冷笑，随后眼光便凶狠起来，一到说破他们的隐情，那就满脸都变成青色了。大门外立着一伙人，赵贵翁和他的狗，也在里面，都探头探脑的挨进来。有的是看不出面貌，似乎用布蒙着；有的是仍旧青面獠牙，抿着嘴笑。我认识他们是一伙，都是吃人的人。可是也晓得他们心思很不一样，一种是以为从来如此，应该吃的；一种是知道不该吃，可是仍然要吃，又怕别人说破他，所以听了我的话，越发气愤不过，可是抿着嘴冷笑。

这时候，大哥也忽然显出凶相，高声喝道，

"都出去！疯子有什么好看！"

这时候，我又懂得一件他们的巧妙了。他们岂但不肯改，而且早已布置；预备下一个疯子的名目罩上我。将来吃了，不但太平无事，怕还会有人见情。佃户说的大家吃了一个恶人，正是这方法。这是他们的老谱！[14]

陈老五也气愤愤的直走进来。如何按得住我的口，我偏要对这伙人说，

"你们可以改了，从真心改起！要晓得将来容不得吃人的人，活在世上。

"你们要不改，自己也会吃尽。即使生得多，也会给真的人除灭了，同猎人打完狼子一样！——同虫子一样！"

那一伙人，都被陈老五赶走了。大哥也不知那里去了。陈老五劝我回屋子里去。屋里面全是黑沉沉的。横梁和椽子都在头上发抖；抖了一会，就大起来，堆在我身上。

万分沉重，动弹不得；他的意思是要我死。我晓得他的沉重是假的，便挣扎出来，出了一身汗。可是偏要说，

"你们立刻改了，从真心改起！你们要晓得将来是容不得吃人的人，……"[15]

[14] 吃人的手段卑鄙无耻。封建礼教对一切自由和民主思想的扼杀，其手段也如此卑劣。

[15] "你们立刻改了，从真心改起！"这也是鲁迅带着强烈民主主义革命思想的心声。

十一

太阳也不出,门也不开,日日是两顿饭。

我捏起筷子,便想起我大哥;晓得妹子死掉的缘故,也全在他。那时我妹子才五岁,可爱可怜的样子,还在眼前。母亲哭个不住,他却劝母亲不要哭;大约因为自己吃了,哭起来不免有点过意不去。如果还能过意不去,……

妹子是被大哥吃了,母亲知道没有,我可不得而知。

母亲想也知道;不过哭的时候,却并没有说明,大约也以为应当的了。记得我四五岁时,坐在堂前乘凉,大哥说爷娘生病,做儿子的须割下一片肉来,煮熟了请他吃,才算好人;母亲也没有说不行。一片吃得,整个的自然也吃得。但是那天的哭法,现在想起来,实在还教人伤心,这真是奇极的事![16]

十二

不能想了。

四千年来时时吃人的地方,今天才明白,我也在其中混了多年;大哥正管着家务,妹子恰恰死了,他未必不和在饭菜里,暗暗给我们吃。

我未必无意之中,不吃了我妹子的几片肉,现在也轮到我自己,……

有了四千年吃人履历的我,当初虽然不知道,现在明白,难见真的人![17]

十三

没有吃过人的孩子,或者还有?

[16] 太阳不出,暗示社会黑暗。妹子被大哥吃掉,亲人相食,这是对封建家族制度的严厉批判。

[17] 发现自己也是吃人的人,有着自我反思、自我批判的意味,于是发出"难见真的人"的感慨,矛头直指整个社会。

救救孩子……[18]

一九一八年四月

[18]"或者还有?"既是疑惑,又是忧虑,也有希望。作者最后发出"救救孩子"的呼声,寄希望于未来,呼吁国人觉醒,推翻封建制度。

鸭的喜剧

俄国的盲诗人爱罗先珂①君带了他那六弦琴到北京之后不多久,便向我诉苦说:

"寂寞呀,寂寞呀,在沙漠上似的寂寞呀!"[1]

这应该是真实的,但在我却未曾感得;我住得久了,"入芝兰之室,久而不闻其香",只以为很是嚷嚷罢了。然而我之所谓嚷嚷,或者也就是他之所谓寂寞罢。[2]

我可是觉得在北京仿佛没有春和秋。老于北京的人说,地气北转了,这里在先是没有这么和暖。只是我总以为没有春和秋;冬末和夏初衔接起来,夏才去,冬又开始了。

一日就是这冬末夏初的时候,而且是夜间,我偶而得了闲暇,去访问爱罗先珂君。他一向寓在仲密君②的家里;这时一家的人都睡了觉了,天下很安静。他独自靠在自己的卧榻上,很高的眉棱在金黄色的长发之间微蹙了,是在想他旧游之地的缅甸,缅甸的夏夜。

"这样的夜间,"他说,"在缅甸是遍地是音乐。房里,草间,树上,都有昆虫吟叫,各种声音,成为合奏,很神奇。其间时时夹着蛇鸣:'嘶嘶!'可是也与虫声相和协……"他沉思了,似乎想要追想起那时的情景来。

我开不得口。这样奇妙的音乐,我在北京确乎未曾听到过,所以即使如何爱国,也辩护不得,因为他虽然目无所

---

①爱罗先珂:俄国诗人和童话作家。鲁迅曾译过他的作品。
②仲密是鲁迅弟弟周作人(1885—1967)的笔名。

[1] 把北京比喻成"沙漠",揭示了爱罗先珂内心的寂寞,为下文他怀念旧游之地、养蝌蚪、养小鸭做铺垫。

[2] 因世俗的声音太多而觉得嚷嚷;因自然和谐的声音太少而觉得寂寞。

见,耳朵是没有聋的。

"北京却连蛙鸣也没有……"他又叹息说。

"蛙鸣是有的!"这叹息,却使我勇猛起来了,于是抗议说,"到夏天,大雨之后,你便能听到许多虾蟆叫,那是都在沟里面的,因为北京到处都有沟。"[3]

"哦……"

过了几天,我的话居然证实了,因为爱罗先珂君已经买到了十几个科斗子。他买来便放在他窗外的院子中央的小池里。那池的长有三尺,宽有二尺,是仲密所掘,以种荷花的荷池。从这荷池里,虽然从来没有见过养出半朵荷花来,然而养虾蟆却实在是一个极合式的处所。

科斗成群结队的在水里面游泳;爱罗先珂君也常常踱来访他们。有时候,孩子告诉他说,"爱罗先珂先生,他们生了脚了。"他便高兴的微笑道,"哦!"

然而养成池沼的音乐家却只是爱罗先珂君的一件事。他是向来主张自食其力的,常说女人可以畜牧,男人就应该种田。所以遇到很熟的友人,他便要劝诱他就在院子里种白菜;也屡次对仲密夫人劝告,劝伊养蜂,养鸡,养猪,养牛,养骆驼。后来仲密家果然有了许多小鸡,满院飞跑,啄完了铺地锦的嫩叶,大约也许就是这劝告的结果了。

从此卖小鸡的乡下人也时常来,来一回便买几只,因为小鸡是容易积食,发痧,很难得长寿的;而且有一匹还成了爱罗先珂君在北京所作唯一的小说《小鸡的悲剧》里的主人公。有一天的上午,那乡下人竟意外的带了小鸭来了,咻咻的叫着;但是仲密夫人说不要。爱罗先珂君也跑出来,他们就放一个在他两手里,而小鸭便在他两手里咻咻的叫。他以为这也很可爱,于是又不能不买了,一共买了四个,每个

[3]"我"的抗议,对文章起转折作用,为下文鸭吃蝌蚪做铺垫。

八十文。

小鸭也诚然是可爱,遍身松花黄,放在地上,便蹒跚的走,互相招呼,总是在一处。大家都说好,明天去买泥鳅来喂他们罢。[4] 爱罗先珂君说,"这钱也可以归我出的。"

他于是教书去了;大家也走散。不一会,仲密夫人拿冷饭来喂他们时,在远处已听得泼水的声音,跑到一看,原来那四个小鸭都在荷池里洗澡了,而且还翻筋斗,吃东西呢。等到拦他们上了岸,全池已经是浑水,过了半天,澄清了,只见泥里露出几条细藕来;而且再也寻不出一个已经生了脚的科斗了。

"伊和希珂先,没有了,虾蟆的儿子。"傍晚时候,孩子们一见他回来,最小的一个便赶紧说。

"唔,虾蟆?"

仲密夫人也出来了,报告了小鸭吃完科斗的故事。

"唉,唉!……"他说。[5]

待到小鸭褪了黄毛,爱罗先珂君却忽而渴念着他的"俄罗斯母亲"了,便匆匆的向赤塔去。

待到四处蛙鸣的时候,小鸭也已经长成,两个白的,两个花的,而且不复咻咻的叫,都是"鸭鸭"的叫了。荷花池也早已容不下他们盘桓了,幸而仲密的住家的地势是很低的,夏雨一降,院子里满积了水,他们便欣欣然,游水,钻水,拍翅子,"鸭鸭"的叫。

现在又从夏末交了冬初,而爱罗先珂君还是绝无消息,不知道究竟在那里了。[6]

只有四个鸭,却还在沙漠上"鸭鸭"的叫。[7]

一九二二年十月

[4] 为鸭吃蝌蚪埋下伏笔。

[5] 语气词"唉"的叠用以及感叹号和省略号的传神运用,将爱罗先珂听到小蝌蚪被小鸭吃掉时内心的吃惊、惋惜、悲伤等复杂感情表现得细致入微。

[6] 人去鸭在,睹物思人。

[7] 暗示北京仍然像沙漠似的,照应开头;鸭在叫而人"绝无消息",含蓄地抒发了对爱罗先珂君的思念与关切之情。

端午节

方玄绰近来爱说"差不多"这一句话,几乎成了"口头禅"似的;而且不但说,的确也盘据在他脑里了。他最初说的是"都一样",后来大约觉得欠稳当了,便改为"差不多",一直使用到现在。

他自从发见了这一句平凡的警句以后,虽然引起了不少的新感慨,同时却也得到许多新慰安。譬如看见老辈威压青年,在先是要愤愤的,但现在却就转念道,将来这少年有了儿孙时,大抵也要摆这架子的罢,便再没有什么不平了。又如看见兵士打车夫,在先也要愤愤的,但现在也就转念道,倘使这车夫当了兵,这兵拉了车,大抵也就这么打,便再也不放在心上了。[1]他这样想着的时候,有时也疑心是因为自己没有和恶社会奋斗的勇气,所以瞒心昧己的故意造出来的一条逃路,很近于"无是非之心",远不如改正了好。然而这意见,总反而在他脑里生长起来。

他将这"差不多说"最初公表的时候是在北京首善学校的讲堂上,其时大概是提起关于历史上的事情来,于是说到"古今人不相远",说到各色人等的"性相近",终于牵扯到学生和官僚身上,大发其议论道:

"现在社会上时髦的都通行骂官僚,而学生骂得尤利害。然而官僚并不是天生的特别种族,就是平民变就的。现在学生出身的官僚就不少,和老官僚有什么两样呢?'易

[1] 能明辨是非,却不敢打抱不平、伸张正义,只能自欺自瞒、自我安慰,颇像阿Q的"精神胜利法"。因此,有评论家认为《端午节》可以说是鲁迅以知识分子为主角的《阿Q正传》。

地则皆然'，思想言论举动丰采都没有什么大区别……便是学生团体新办的许多事业，不是也已经难免出弊病，大半烟消火灭了么？差不多的。但中国将来之可虑就在此……"

散坐在讲堂里的二十多个听讲者，有的怅然了，或者是以为这话对；有的勃然了，大约是以为侮辱了神圣的青年；有几个却对他微笑了，大约以为这是他替自己的辩解：因为方玄绰就是兼做官僚的。[2]

而其实却是都错误。这不过是他的一种新不平；虽说不平，又只是他的一种安分的空论。他自己虽然不知道是因为懒，还是因为无用，总之觉得是一个不肯运动，十分安分守己的人。总长冤他有神经病，只要地位还不至于动摇，他决不开一开口；教员的薪水欠到大半年了，只要别有官俸支持，他也决不开一开口。不但不开口，当教员联合索薪的时候，他还暗地里以为欠斟酌，太嚷嚷；直到听得同寮过分的奚落他们了，这才略有些小感慨，后来一转念，这或者因为自己正缺钱，而别的官并不兼做教员的缘故罢，于是也就释然了。[3]

他虽然也缺钱，但从没有加入教员的团体内，大家议决罢课，可是不去上课了。政府说"上了课才给钱"，他才略恨他们的类乎用果子耍猴子；一个大教育家①说道"教员一手挟书包一手要钱不高尚"，他才对于他的太太正式的发牢骚了。

"喂，怎么只有两盘？"听了"不高尚说"这一日的晚餐时候，他看着菜蔬说。

他们是没有受过新教育的，太太并无学名或雅号，所以也就没有什么称呼了，照老例虽然也可以叫"太太"，但他又

---

① 大教育家：此处指范源濂。

[2] 方玄绰不仅谋生于高等学府，喜欢发发奇谈怪论，而且混迹于官场，扭扭捏捏地做个政府的小官。这个知识分子加官僚的身份使他说话做事充满矛盾，后文的"索薪"事件更是使他左支右绌，颜面尽失。

[3] 从表现上看，知识分子方玄绰很赶潮流很先进，但实质上，他的骨子里却刻着卫道者的印记。

[4] 一个不包含身份、地位、性别等任何特征的"喂"字,不仅不能显示出方玄绰的任何新思想,反而表现出他对妻子的轻视和忽略。

不愿意太守旧,于是就发明了一个"喂"字。[4] 太太对他却连"喂"字也没有,只要脸向着他说话,依据习惯法,他就知道这话是对他而发的。

"可是上月领来的一成半都完了……昨天的米,也还是好容易才赊来的呢。"伊站在桌旁,脸对着他说。

"你看,还说教书的要薪水是卑鄙哩。这种东西似乎连人要吃饭,饭要米做,米要钱买这一点粗浅事情都不知道……"

"对啦。没有钱怎么买米,没有米怎么煮……"

他两颊都鼓起来了,仿佛气恼这答案正和他的议论"差不多",近乎随声附和模样;接着便将头转向别一面去了,依据习惯法,这是宣告讨论中止的表示。

待到凄风冷雨这一天,教员们因为向政府去索欠薪,在新华门前烂泥里被国军打得头破血出之后,倒居然也发了一点薪水。方玄绰不费一举手之劳的领了钱,酌还些旧债,却还缺一大笔款,这是因为官俸也颇有些拖欠了。当是时,便是廉吏清官们也渐以为薪之不可不索,而况兼做教员的方玄绰,自然更表同情于学界起来,所以大家主张继续罢课的时候,他虽然仍未到场,事后却尤其心悦诚服的确守了公共的决议。[5]

[5] 不敢出面抗争,却厚着脸皮坐收发薪水甚至罢课休息的"渔利",方玄绰懦弱、自私的小人嘴脸跃然纸上。

然而政府竟又付钱,学校也就开课了。但在前几天,却有学生总会上一个呈文给政府,说"教员倘若不上课,便不要付欠薪"。这虽然并无效,而方玄绰却忽而记起前回政府所说的"上了课才给钱"的话来,"差不多"这一个影子在他眼前又一幌,而且并不消灭,于是他便在讲堂上公表了。

准此,可见如果将"差不多说"锻炼罗织起来,自然也可以判作一种挟带私心的不平,但总不能说是专为自己做官的辩解。只是每到这些时,他又常常喜欢拉上中国将来的命运之类的问题,一不小心,便连自己也以为是一个忧国的志士;人们是每苦于没有"自知之明"的。

但是"差不多"的事实又发生了,政府当初虽只不理那些招人头痛的教员,后来竟不理到无关痛痒的官吏,欠而又欠,终于逼得先前鄙薄教员要钱的好官,也很有几员化为索薪大会里的骁将了。惟有几种日报上却很发了些鄙薄讥笑他们的文字。方玄绰也毫不为奇,毫不介意,因为他根据了他的"差不多说",知道这是新闻记者还未缺少润笔②的缘故,万一政府或是阔人停了津贴,他们多半也要开大会的。

他既已表同情于教员的索薪,自然也赞成同寮的索俸,然而他仍然安坐在衙门中,照例的并不一同去讨债。至于有人疑心他孤高,那可也不过是一种误解罢了。他自己说,他是自从出世以来,只有人向他来要债,他从没有向人去讨过债,所以这一端是"非其所长"。而且他最不敢见手握经济之权的人物,这种人待到失了权势之后,捧着一本《大乘起信论》讲佛学的时候,固然也很是"蔼然可亲"的了,但还在宝座上时,却总是一副阎王脸,将别人都当奴才看,自以为手操着你们这些穷小子们的生杀之权。他因此不敢见,也不愿见他们。这种脾气,虽然有时连自己也觉得是孤高,但往往同时也疑心这其实是没本领。[6]

大家左索右索,总算一节一节的挨过去了,但比起先前来,方玄绰究竟是万分的拮据,所以使用的小厮和交易的店家不消说,便是方太太对于他也渐渐的缺了敬意,只要看伊近来不很附和,而且常常提出独创的意见,有些唐突的举动,也就可以了然了。到了阴历五月初四的午前,他一回

[6] 浅薄、市侩、自私、懦弱,与他知识分子的身份形成鲜明对比。

---

②润笔:给作诗文字画的人的报酬,后来也用作稿酬的别称。

来，伊便将一叠账单塞在他的鼻子跟前，这也是往常所没有的。

"一总总得一百八十块钱才够开消……发了么？"伊并不对着他看的说。

"哼，我明天不做官了。钱的支票是领来的了，可是索薪大会的代表不发放，先说是没有同去的人都不发，后来又说是要到他们跟前去亲领。他们今天单捏着支票，就变了阎王脸了，我实在怕看见……我钱也不要了，官也不做了，这样无限量的卑屈……"

方太太见了这少见的义愤，倒有些愕然了，但也就沉静下来。

"我想，还不如去亲领罢，这算什么呢。"伊看着他的脸说。

"我不去！这是官俸，不是赏钱，照例应该由会计科送来的。"[7]

"可是不送来又怎么好呢……哦，昨夜忘记说了，孩子们说那学费，学校里已经催过好几次了，说是倘若再不缴……"

"胡说！做老子的办事教书都不给钱，儿子去念几句书倒要钱？"

伊觉得他已经不很顾忌道理，似乎就要将自己当作校长来出气，犯不上，便不再言语了。

两个默默的吃了午饭。他想了一会，又懊恼的出去了。

照旧例，近年是每逢节根或年关的前一天；他一定须在夜里的十二点钟才回家，一面走，一面掏着怀中，一面大声的叫道，"喂，领来了！"于是递给伊一叠簇新的中交票③，脸

[7] 一方面想要钱，一方面又不想丢体面，泥古不化的封建学究形象跃然纸上。

---

③中交票：当时的中国银行和交通银行发行的钞票。

上很有些得意的形色。谁知道初四这一天却破了例,他不到七点钟便回家来。方太太很惊疑,以为他竟已辞了职了,但暗暗地察看他脸上,却也并不见有什么格外倒运的神情。

"怎么了?……这样早?……"伊看定了他说。

"发不及了,领不出了,银行已经关了门,得等初八。"

"亲领?……"伊惴惴的问。

"亲领这一层,倒也已经取消了,听说仍旧由会计科分送。可是银行今天已经关了门,休息三天,得等到初八的上午。"他坐下,眼睛看着地面了,喝过一口茶,才又慢慢的开口说,"幸而衙门里也没有什么问题了,大约到初八就准有钱……向不相干的亲戚朋友去借钱,实在是一件烦难事。我午后硬着头皮去寻金永生,谈了一会,他先恭维我不去索薪,不肯亲领,非常之清高,一个人正应该这样做;待到知道我想要向他通融五十元,就像我在他嘴里塞了一大把盐似的,凡有脸上可以打皱的地方都打起皱来,说房租怎样的收不起,买卖怎样的赔本,在同事面前亲身领款,也不算什么的,即刻将我支使出来了。"

"这样紧急的节根,谁还肯借出钱去呢。"方太太却只淡淡的说,并没有什么慨然。

方玄绰低下头来了,觉得这也无怪其然的,况且自己和金永生本来很疏远。他接着就记起去年年关的事来,那时有一个同乡来借十块钱,他其时明明已经收到了衙门的领款凭单的了,因为恐怕这人将来未必会还钱,便装了副为难的神色,说道衙门里既然领不到俸钱,学校里又不发薪水,实在"爱莫能助",将他空手送走了。他虽然自己并不看见装了怎样的脸,但此时却觉得很局促,嘴唇微微一动,又摇一摇头。

然而不多久,他忽而恍然大悟似的发命令了:叫小厮即刻上街去赊一瓶莲花白。他知道店家希图明天多还账,大抵是不敢不赊的,假如不赊,则明天分文不还,正是他们应得的惩罚。

莲花白竟赊来了,他喝了两杯,青白色的脸上泛了红,吃完饭,又颇有些高兴了。他点上一枝大号哈德门香烟,从桌上抓起一本《尝试集》④来,躺在床上就要看。

"那么,明天怎么对付店家呢?"方太太追上去,站在床面前,看着他的脸说。

"店家?……教他们初八的下半天来。"

"我可不能这么说。他们不相信,不答应的。"

"有什么不相信。他们可以问去,全衙门里什么人也没有领到,都得初八!"他戟着第二个指头在帐子里的空中画了一个半圆,方太太跟着指头也看了一个半圆,只见这手便去翻开了《尝试集》。

方太太见他强横到出乎情理之外了,也暂时开不得口。

"我想,这模样是闹不下去的,将来总得想点法,做点什么别的事……"伊终于寻到了别的路,说。

"什么法呢?我'文不像誊录生,武不像救火兵',别的做什么?"

"你不是给上海的书铺子做过文章么?"

"上海的书铺子?买稿要一个一个的算字,空格不算数。你看我做在那里的白话诗去,空白有多少,怕只值三百大钱一本罢。收版权税又半年六月没消息,'远水救不得近火',谁耐烦。"

"那么,给这里的报馆里……"

---

④《尝试集》:胡适创作的白话诗集,开新文学运动之风气。

"给报馆里?便在这里很大的报馆里,我靠着一个学生在那里做编辑的大情面,一千字也就是这几个钱,即使一早做到夜,能够养活你们么?况且我肚子里也没有这许多文章。"

"那么,过了节怎么办呢?"

"过了节么?——仍旧做官……明天店家来要钱,你只要说初八的下午。"

他又要看《尝试集》了。方太太怕失了机会,连忙吞吞吐吐的说:

"我想,过了节,到了初八,我们……倒不如去买一张彩票……"

"胡说!会说出这样无教育的……"

这时候,他忽而又记起被金永生支使出来以后的事了。那时他惘惘的走过稻香村,看见店门口竖着许多斗大的字的广告道"头彩几万元",仿佛记得心里也一动,或者也许放慢了脚步的罢,但似乎因为舍不得皮夹里仅存的六角钱,所以竟也毅然决然的走远了。[8]他脸色一变,方太太料想他是在恼着伊的无教育,便赶紧退开,没有说完话。方玄绰也没有说完话,将腰一伸,咿咿呜呜的就念《尝试集》。[9]

一九二二年六月

[8] 在家里是养尊处优的"家长",在社会上是袖手旁观的"看客"。他一方面反对买彩票这类新兴事物,一方面又在此驻足和踌躇,他身上的戏剧性和矛盾性可见一斑。

[9] 虽然方玄绰天天捧着《尝试集》,但骨子里的浅薄、市侩难掩其旧式文人的特色。鲁迅在这篇小说中采用轻松、幽默的讽刺笔调,通过对方玄绰行为、语言和心理的描写,塑造了一个小丑一般的形象,引人发笑,也让人沉思。

故乡

我冒了严寒,回到相隔二千余里,别了二十余年的故乡去。

时候既然是深冬,渐近故乡时,天气又阴晦了,冷风吹进船舱中,呜呜的响,从篷隙向外一望,苍黄的天底下,远近横着几个萧索的荒村,没有一些活气。我的心禁不住悲凉起来了。[1]

阿!这不是我二十年来时时记得的故乡?

我所记得的故乡全不如此。我的故乡好得多了。但要我记起他的美丽,说出他的佳处来,却又没有影象,没有言辞了。仿佛也就如此。于是我自己解释说:故乡本也如此,——虽然没有进步,也未必有如我所感的悲凉,这只是我自己心情的改变罢了,因为我这次回乡,本没有什么好心绪。

我这次是专为了别他而来的。我们多年聚族而居的老屋,已经公同卖给别姓了,交屋的期限,只在本年,所以必须赶在正月初一以前,永别了熟识的老屋,而且远离了熟识的故乡,搬家到我在谋食的异地去。

第二日清早晨我到了我家的门口了。瓦楞上许多枯草的断茎当风抖着,正在说明这老屋难免易主的原因。几房的本家大约已经搬走了,所以很寂静。我到了自家的房外,我的母亲早已迎着出来了,接着便飞出了八岁的侄儿宏儿。[2]

[1] 描写故乡荒凉冷落的破败景象,为全文定下感情基调。

[2] 用拟物的修辞手法,以一个"飞"字表现出儿童动作的轻快和性格的活泼。

我的母亲很高兴,但也藏着许多凄凉的神情,教我坐下,歇息,喝茶,且不谈搬家的事。宏儿没有见过我,远远的对面站着只是看。

但我们终于谈到搬家的事。我说外间的寓所已经租定了,又买了几件家具,此外须将家里所有的木器卖去,再去增添。母亲也说好,而且行李也略已齐集,木器不便搬运的,也小半卖去了,只是收不起钱来。

"你休息一两天,去拜望亲戚本家一回,我们便可以走了。"母亲说。

"是的。"

"还有闰土,他每到我家来时,总问起你,很想见你一回面。我已经将你到家的大约日期通知他,他也许就要来了。"

这时候,我的脑里忽然闪出一幅神异的图画来:深蓝的天空中挂着一轮金黄的圆月,下面是海边的沙地,都种着一望无际的碧绿的西瓜,其间有一个十一二岁的少年,项带银圈,手捏一柄钢叉,向一匹猹①尽力的刺去,那猹却将身一扭,反从他的胯下逃走了。[3]

这少年便是闰土。我认识他时,也不过十多岁,离现在将有三十年了;那时我的父亲还在世,家景也好,我正是一个少爷。那一年,我家是一件大祭祀的值年②。这祭祀,说是三十多年才能轮到一回,所以很郑重;正月里供祖象,供品很多,祭器很讲究,拜的人也很多,祭器也很要防偷去。我家只有一个忙月(我们这里给人做工的分三种:整年给一

[3] 少年闰土的英俊、活泼、灵敏与后文中年闰土的木讷形成鲜明对比。

---

①猹:作者在致舒新城的信中说,"猹"是他根据乡下人的发音生造出来的,读如'查',但他自己也不知道究竟是怎样的动物,可能是獾。

②大祭祀的值年:封建社会中的大家族每年都有祭祀祖先的活动,费用从族中"祭产"收入中支取,由各房按年轮流主持,轮到的称"值年"。

定人家做工的叫长年；按日给人做工的叫短工；自己也种地，只在过年过节以及收租时候来给一定的人家做工的称忙月），忙不过来，他便对父亲说，可以叫他的儿子闰土来管祭器的。

我的父亲允许了；我也很高兴，因为我早听到闰土这名字，而且知道他和我仿佛年纪，闰月生的，五行缺土，所以他的父亲叫他闰土。他是能装弶捉小鸟雀的。

我于是日日盼望新年，新年到，闰土也就到了。好容易到了年末，有一日，母亲告诉我，闰土来了，我便飞跑的去看。他正在厨房里，紫色的圆脸，头戴一顶小毡帽，颈上套一个明晃晃的银项圈，这可见他的父亲十分爱他，怕他死去，所以在神佛面前许下愿心，用圈子将他套住了。他见人很怕羞，只是不怕我，没有旁人的时候，便和我说话，于是不到半日，我们便熟识了。

我们那时候不知道谈些什么，只记得闰土很高兴，说是上城之后，见了许多没有见过的东西。

第二日，我便要他捕鸟。他说：

"这不能。须大雪下了才好。我们沙地上，下了雪，我扫出一块空地来，用短棒支起一个大竹匾，撒下秕谷，看鸟雀来吃时，我远远地将缚在棒上的绳子只一拉，那鸟雀就罩在竹匾下了。什么都有：稻鸡、角鸡、鹁鸪、蓝背……"

我于是又很盼望下雪。

闰土又对我说：

"现在太冷，你夏天到我们这里来。我们日里到海边捡贝壳去，红的绿的都有，鬼见怕也有，观音手也有[3]。晚上我

---

[3] "鬼见怕"和"观音手"都是小贝壳的名称。旧时浙江沿海的人把小贝壳用线串在一起，戴在孩子的手腕或脚踝上，认为可以辟邪。这类名称多是根据辟邪的意思取的。

和爹管西瓜去,你也去。"

"管贼么?"

"不是。走路的人口渴了摘一个瓜吃,我们这里是不算偷的。要管的是獾猪,刺猬,猹。月亮地下,你听,啦啦的响了,猹在咬瓜了。你便捏了胡叉,轻轻地走去……"

我那时并不知道这所谓猹的是怎么一件东西——便是现在也没有知道——只是无端的觉得状如小狗而很凶猛。

"他不咬人么?"

"有胡叉呢。走到了,看见猹了,你便刺。这畜生很伶俐,倒向你奔来,反从胯下窜了。他的皮毛是油一般的滑……"

我素不知道天下有这许多新鲜事:海边有如许五色的贝壳;西瓜有这样危险的经历,我先前单知道他在水果店里出卖罢了。

"我们沙地里,潮汛要来的时候,就有许多跳鱼儿只是跳,都有青蛙似的两个脚……"

阿!闰土的心里有无穷无尽的希奇的事,都是我往常的朋友所不知道的。他们不知道一些事,闰土在海边时,他们都和我一样只看见院子里高墙上的四角的天空。

可惜正月过去了,闰土须回家里去,我急得大哭,他也躲到厨房里,哭着不肯出门,但终于被他父亲带走了。他后来还托他的父亲带给我一包贝壳和几支很好看的鸟毛,我也曾送他一两次东西,但从此没有再见面。[4]

现在我的母亲提起了他,我这儿时的记忆,忽而全都闪电似的苏生过来,似乎看到了我的美丽的故乡了。我应声说:

"这好极!他——怎样?……"

[4] 少年闰土脑海里满是作者不知道的稀奇事。作者通过回忆少年闰土,表达了对他的喜爱和对"美丽的故乡"以及自由的向往。

"他？……他景况也很不如意……"母亲说着,便向房外看,"这些人又来了。说是买木器,顺手也就随便拿走的,我得去看看。"

母亲站起身,出去了。门外有几个女人的声音。我便招宏儿走近面前,和他闲话:问他可会写字,可愿意出门。

"我们坐火车去么?"

"我们坐火车去。"

"船呢?"

"先坐船,……"

"哈!这模样了!胡子这么长了!"一种尖利的怪声突然大叫起来。

我吃了一吓,赶忙抬起头,却见一个凸颧骨,薄嘴唇,五十岁上下的女人站在我面前,两手搭在髀间,没有系裙,张着两脚,正像一个画图仪器里细脚伶仃的圆规。[5]

我愕然了。

"不认识了么?我还抱过你咧!"

我愈加愕然了。幸而我的母亲也就进来,从旁说:

"他多年出门,统忘却了。你该记得罢,"便向着我说,"这是斜对门的杨二嫂,……开豆腐店的。"

哦,我记得了。我孩子时候,在斜对门的豆腐店里确乎终日坐着一个杨二嫂,人都叫伊"豆腐西施"。但是擦着白粉,颧骨没有这么高,嘴唇也没有这么薄,而且终日坐着,我也从没有见过这圆规式的姿势。那时人说:因为伊,这豆腐店的买卖非常好。但这大约因为年龄的关系,我却并未蒙着一毫感化,所以竟完全忘却了。然而圆规很不平,显出鄙夷的神色,仿佛嗤笑法国人不知道拿破仑,美国人不知道华盛顿似的,冷笑说:[6]

---

[5] 杨二嫂是鲁迅笔下的著名形象,她瘦削、骨感、单薄,两脚张开,像个"圆规"。肖像描写极富形象感,令人难忘。

[6] 此处运用了借代的修辞手法,以特征代本体,以"圆规"代"杨二嫂"。

"忘了？这真是贵人眼高……"

"那有这事……我……"我惶恐着，站起来说。

"那么，我对你说。迅哥儿，你阔了，搬动又笨重，你还要什么这些破烂木器，让我拿去罢。我们小户人家，用得着。"

"我并没有阔哩。我须卖了这些，再去……"

"阿呀呀，你放了道台④了，还说不阔？你现在有三房姨太太；出门便是八抬的大轿，还说不阔？吓，什么都瞒不过我。"

我知道无话可说了，便闭了口，默默的站着。

"阿呀阿呀，真是愈有钱，便愈是一毫不肯放松，愈是一毫不肯放松，便愈有钱……"圆规一面愤愤的回转身，一面絮絮的说，慢慢向外走，顺便将我母亲的一副手套塞在裤腰里，出去了。[7]

此后又有近处的本家和亲戚来访问我。我一面应酬，偷空便收拾些行李，这样的过了三四天。

一日是天气很冷的午后，我吃过午饭，坐着喝茶，觉得外面有人进来了，便回头去看。我看时，不由的非常出惊，慌忙站起身，迎着走去。

这来的便是闰土。虽然我一见便知道是闰土，但又不是我这记忆上的闰土了。他身材增加了一倍；先前的紫色的圆脸，已经变作灰黄，而且加上了很深的皱纹；眼睛也像他父亲一样，周围都肿得通红，这我知道，在海边种地的人，终日吹着海风，大抵是这样的。他头上是一顶破毡帽，身上只一件极薄的棉衣，浑身瑟索着；手里提着一个纸包和一支长烟管，那手也不是我所记得的红活圆实的手，却又粗又笨

[7] 语言和动作描写形象表现了杨二嫂的虚伪奉承、尖酸刻薄、顺手牵羊、明讨暗偷。潦倒无聊的可鄙女人取代了招揽顾客的"豆腐西施"。

---

④道台：又称"道员"，明、清地方各道主官统称。

而且开裂,像是松树皮了。[8]

我这时很兴奋,但不知道怎么说才好,只是说:

"阿!闰土哥,——你来了?……"

我接着便有许多话,想要连珠一般涌出:角鸡,跳鱼儿,贝壳,猹,……但又总觉得被什么挡着似的,单在脑里面回旋,吐不出口外去。

他站住了,脸上现出欢喜和凄凉的神情;动着嘴唇,却没有作声。他的态度终于恭敬起来了,分明的叫道:

"老爷!……"[9]

我似乎打了一个寒噤;我就知道,我们之间已经隔了一层可悲的厚障壁了。我也说不出话。

他回过头去说,"水生,给老爷磕头。"便拖出躲在背后的孩子来,这正是一个廿年前的闰土,只是黄瘦些,颈子上没有银圈罢了。"这是第五个孩子,没有见过世面,躲躲闪闪……"

母亲和宏儿下楼来了,他们大约也听到了声音。

"老太太。信是早收到了。我实在喜欢的了不得,知道老爷回来……"闰土说。

"阿,你怎的这样客气起来。你们先前不是哥弟称呼么?还是照旧:迅哥儿。"母亲高兴的说。

"阿呀,老太太真是……这成什么规矩。那时是孩子,不懂事……"闰土说着,又叫水生上来打拱,那孩子却害羞,紧紧的只贴在他背后。

"他就是水生?第五个?都是生人,怕生也难怪的;还是宏儿和他去走走。"母亲说。

宏儿听得这话,便来招水生,水生却松松爽爽同他一路出去了。母亲叫闰土坐,他迟疑了一回,终于就了坐,将长

---

[8] 细节描写使中年闰土饱受生活煎熬、在苦难中挣扎的形象跃然纸上,照应前文。

[9] 从前的兄弟竟称"我"为"老爷",令"我"震惊、同情和悲哀,表明中国农民不仅为生活所苦,还受到封建思想的毒害,精神麻木。

烟管靠在桌旁,递过纸包来,说:

"冬天没有什么东西了。这一点干青豆倒是自家晒在那里的,请老爷……"

我问问他的景况。他只是摇头。

"非常难。第六个孩子也会帮忙了,却总是吃不够……又不太平……什么地方都要钱,没有定规……收成又坏。种出东西来,挑去卖,总要捐几回钱,折了本;不去卖,又只能烂掉……"

他只是摇头;脸上虽然刻着许多皱纹,却全然不动,仿佛石像一般。他大约只是觉得苦,却又形容不出,沉默了片时,便拿起烟管来默默的吸烟了。

母亲问他,知道他的家里事务忙,明天便得回去;又没有吃过午饭,便叫他自己到厨下炒饭吃去。

他出去了;母亲和我都叹息他的景况:多子,饥荒,苛税,兵,匪,官,绅,都苦得他像一个木偶人了。母亲对我说,凡是不必搬走的东西,尽可以送他,可以听他自己去拣择。

下午,他拣好了几件东西:两条长桌,四个椅子,一副香炉和烛台,一杆抬秤。他又要所有的草灰(我们这里煮饭是烧稻草的,那灰,可以做沙地的肥料),待我们启程的时候,他用船来载去。

夜间,我们又谈些闲天,都是无关紧要的话;第二天早晨,他就领了水生回去了。

又过了九日,是我们启程的日期。闰土早晨便到了,水生没有同来,却只带着一个五岁的女儿管船只。我们终日很忙碌,再没有谈天的工夫。来客也不少,有送行的,有拿东西的,有送行兼拿东西的。待到傍晚我们上船的时候,这老屋里的所有破旧大小粗细东西,已经一扫而空了。

我们的船向前走,两岸的青山在黄昏中,都装成了深黛颜色,连着退向船后梢去。

宏儿和我靠着船窗,同看外面模糊的风景,他忽然问道:

"大伯!我们什么时候回来?"

"回来?你怎么还没有走就想回来了。"

"可是,水生约我到他家玩去咧……"他睁着大的黑眼睛,痴痴的想。

我和母亲也都有些惘然,于是又提起闰土来。母亲说,那豆腐西施的杨二嫂,自从我家收拾行李以来,本是每日必到的,前天伊在灰堆里,掏出十多个碗碟来,议论之后,便定说是闰土埋着的,他可以在运灰的时候,一齐搬回家里去;杨二嫂发现了这件事,自己很以为功,便拿了那狗气杀(这是我们这里养鸡的器具,木盘上面有着栅栏,内盛食料,鸡可以伸进颈子去啄,狗却不能,只能看着气死),飞也似的跑了,亏伊装着这么高底的小脚,竟跑得这样快。

老屋离我愈远了;故乡的山水也都渐渐远离了我,但我却并不感到怎样的留恋。我只觉得我四面有看不见的高墙,将我隔成孤身,使我非常气闷;那西瓜地上的银项圈的小英雄的影像,我本来十分清楚,现在却忽地模糊了,又使我非常的悲哀。

母亲和宏儿都睡着了。

我躺着,听船底潺潺的水声,知道我在走我的路。我想:我竟与闰土隔绝到这地步了,但我们的后辈还是一气,宏儿不是正在想念水生么。我希望他们不再像我,又大家隔膜起来……然而我又不愿意他们因为要一气,都如我的辛苦展转而生活,也不愿意他们都如闰土的辛苦麻木而生活,也不愿意都如别人的辛苦恣睢而生活。他们应该有新的生活,为我们所未经生活过的。

我想到希望,忽然害怕起来了。闰土要香炉和烛台的时候,我还暗地里笑他,以为他总是崇拜偶像,什么时候都不忘却。现在我所谓希望,不也是我自己手制的偶像么?只是他的愿望切近,我的愿望茫远罢了。

我在朦胧中,眼前展开一片海边碧绿的沙地来,上面深蓝的天空中挂着一轮金黄的圆月。我想:希望是本无所谓有,无所谓无的。这正如地上的路;其实地上本没有路,走的人多了,也便成了路。[10]

一九二一年一月

[10] 只有大多数人都向往和追求新的生活,敢于走新生活之路,新的生活才可能到来。作者一方面有追求新生活的坚定信念,另一方面也感到希望的茫远。路是由人走出来的,愿望需经过努力才能实现。

孔乙己

鲁镇的酒店的格局,是和别处不同的:都是当街一个曲尺形的大柜台,柜里面预备着热水,可以随时温酒。做工的人,傍午傍晚散了工,每每花四文铜钱,买一碗酒,——这是二十多年前的事,现在每碗要涨到十文,——靠柜外站着,热热的喝了休息;倘肯多花一文,便可以买一碟盐煮笋,或者茴香豆,做下酒物了,如果出到十几文,那就能买一样荤菜,但这些顾客,多是短衣帮,大抵没有这样阔绰。只有穿长衫的,才踱进店面隔壁的房子里,要酒要菜,慢慢地坐喝。[1]

我从十二岁起,便在镇口的咸亨酒店里当伙计,掌柜说,样子太傻,怕侍候不了长衫主顾,就在外面做点事罢。外面的短衣主顾,虽然容易说话,但唠唠叨叨缠夹不清的也很不少。他们往往要亲眼看着黄酒从坛子里舀出,看过壶子底里有水没有,又亲看将壶子放在热水里,然后放心:在这严重监督下,羼水也很为难。所以过了几天,掌柜又说我干不了这事。幸亏荐头的情面大,辞退不得,便改为专管温酒的一种无聊职务了。

我从此便整天的站在柜台里,专管我的职务。虽然没有什么失职,但总觉得有些单调,有些无聊。掌柜是一副凶脸孔,主顾也没有好声气,教人活泼不得;只有孔乙己到店,才可以笑几声,所以至今还记得。[2]

孔乙己是站着喝酒而穿长衫的唯一的人。他身材很高

---

[1] 开篇介绍了故事发生的地点咸亨酒店的格局和顾客情况,为孔乙己的出场做铺垫。一个"踱"字,表现出长衫主顾养尊处优的样子。

[2] "我"是孔乙己命运的见证人。小说通过"我"的所见所闻所感来展开。用第一人称可以使故事显得真实亲切,使故事情节集中,内容简要;还可以表现周围人对孔乙己的态度,连十几岁的小伙计都鄙视孔乙己,更说明对不幸者的冷漠是社会的常态。"笑"字既设置悬念,又笼住全文。在单调无聊的氛围中突出"笑声",显示这种"笑"声带着冷酷的意味。

大；青白脸色，皱纹间时常夹些伤痕；一部乱蓬蓬的花白的胡子。穿的虽然是长衫，可是又脏又破，似乎十多年没有补，也没有洗。他对人说话，总是满口之乎者也，教人半懂不懂的。因为他姓孔，别人便从描红纸上的"上大人孔乙己"这半懂不懂的话里，替他取下一个绰号，叫作孔乙己。孔乙己一到店，所有喝酒的人便都看着他笑，有的叫道，"孔乙己，你脸上又添上新伤疤了！"他不回答，对柜里说，"温两碗酒，要一碟茴香豆。"便排出九文大钱。[3]他们又故意的高声嚷道，"你一定又偷了人家的东西了！"孔乙己睁大眼睛说，"你怎么这样凭空污人清白……""什么清白？我前天亲眼见你偷了何家的书，吊着打。"孔乙己便涨红了脸，额上的青筋条条绽出，争辩道，"窃书不能算偷……窃书！……读书人的事，能算偷么？"接连便是难懂的话，什么"君子固穷"，什么"者乎"之类，引得众人都哄笑起来；店内外充满了快活的空气。[4]

听人家背地里谈论，孔乙己原来也读过书，但终于没有进学，又不会营生；于是愈过愈穷，弄到将要讨饭了。幸而写得一笔好字，便替人家钞钞书，换一碗饭吃。可惜他又有一样坏脾气，便是好喝懒做。坐不到几天，便连人和书籍纸张笔砚，一齐失踪。如是几次，叫他钞书的人也没有了。孔乙己没有法，便免不了偶然做些偷窃的事。但他在我们店里，品行却比别人都好，就是从不拖欠；虽然间或没有现钱，暂时记在粉板上，但不出一月，定然还清，从粉板上拭去了孔乙己的名字。

孔乙己喝过半碗酒，涨红的脸色渐渐复了原，旁人便又问道，"孔乙己，你当真认识字么？"孔乙己看着问他的人，显出不屑置辩的神气。他们便接着说道，"你怎的连半个秀才

[3] 他的身材、面容、穿着等说明他穷困潦倒又懒得出奇。"排"写的是动作，也表现了动作者的神态。当孔乙己把九文钱一个一个地排在柜台上的时候，可以想见他的心里和脸上是十分得意的。

[4] 酒客们拿孔乙己的伤疤来做笑料就是拿孔乙己的不幸和痛苦取乐，展现了这些人麻木不仁、穷极无聊的嘴脸，笑声中蕴含着一种悲凉的意味。

也捞不到呢?"孔乙己立刻显出颓唐不安模样,脸上笼上了一层灰色,嘴里说些话;这回可是全是之乎者也之类,一些不懂了。在这时候,众人也都哄笑起来:店内外充满了快活的空气。[5]

在这些时候,我可以附和着笑,掌柜是决不责备的。而且掌柜见了孔乙己,也每每这样问他,引人发笑。孔乙己自己知道不能和他们谈天,便只好向孩子说话。有一回对我说道,"你读过书么?"我略略点一点头。他说,"读过书,……我便考你一考。茴香豆的茴字,怎样写的?"我想,讨饭一样的人,也配考我么?便回过脸去,不再理会。孔乙己等了许久,很恳切的说道,"不能写罢?……我教给你,记着!这些字应该记着。将来做掌柜的时候,写账要用。"我暗想我和掌柜的等级还很远呢,而且我们掌柜也从不将茴香豆上账;又好笑,又不耐烦,懒懒的答他道,"谁要你教,不是草头底下一个来回的回字么?"孔乙己显出极高兴的样子,将两个指头的长指甲敲着柜台,点头说,"对呀对呀!……回字有四样写法,你知道么?"[6]我愈不耐烦了,努着嘴走远。孔乙己刚用指甲蘸了酒,想在柜上写字,见我毫不热心,便又叹一口气,显出极惋惜的样子。

有几回,邻舍孩子听得笑声,也赶热闹,围住了孔乙己。他便给他们茴香豆吃,一人一颗。孩子吃完豆,仍然不散,眼睛都望着碟子。孔乙己着了慌,伸开五指将碟子罩住,弯腰下去说道,"不多了,我已经不多了。"直起身又看一看豆,自己摇头说,"不多不多!多乎哉?不多也。"于是这一群孩子都在笑声里走散了。

孔乙己是这样的使人快活,可是没有他,别人也便这么过。[7]

---

[5] 明疮易愈,暗伤难平。当人们的挑逗只触及孔乙己脸上的伤疤时,他还能还击、辩解;当触及他心里的伤疤时,他便垂头丧气、无力争辩了。文章着力渲染哄笑的声浪和快活的空气,笑声迭起,悲凉的意味也就更浓。

[6] "回"字有四样写法:回、囘、囬、𡇌。第四种写法极少见,但是孔乙己这种深受科举教育毒害的读书人却把这些没用的东西当成学问,迂腐可笑。

[7] 笑声中的孔乙己是寂寞的。在咸亨酒店里他只是个笑料。他是个"有他不多,无他不少"的"多余人"。

有一天，大约是中秋前的两三天，掌柜正在慢慢的结账，取下粉板，忽然说，"孔乙己长久没有来了。还欠十九个钱呢！"我才也觉得他的确长久没有来了。一个喝酒的人说道，"他怎么会来？……他打折了腿了。"掌柜说，"哦！""他总仍旧是偷。这一回，是自己发昏，竟偷到丁举人家里去了。他家的东西，偷得的么？""后来怎么样？""怎么样？先写服辩①，后来是打，打了大半夜，再打折了腿。""后来呢？""后来打折了腿了。""打折了怎样呢？""怎样？……谁晓得？许是死了。"掌柜也不再问，仍然慢慢的算他的账。

中秋过后，秋风是一天凉比一天，看看将近初冬；我整天的靠着火，也须穿上棉袄了。一天的下半天，没有一个顾客，我正合了眼坐着。忽然间听得一个声音，"温一碗酒。"这声音虽然极低，却很耳熟。[8]看时又全没有人。站起来向外一望，那孔乙己便在柜台下对了门槛坐着。他脸上黑而且瘦，已经不成样子；穿一件破夹袄，盘着两腿，下面垫一个蒲包，用草绳在肩上挂住；见了我，又说道，"温一碗酒。"掌柜也伸出头去，一面说，"孔乙己么？你还欠十九个钱呢！"孔乙己很颓唐的仰面答道，"这……下回还清罢。这一回是现钱，酒要好。"掌柜仍然同平常一样，笑着对他说，"孔乙己，你又偷了东西了！"但他这回却不十分分辩，单说了一句"不要取笑！""取笑？要是不偷，怎么会打断腿？"孔乙己低声说道，"跌断，跌，跌……"他的眼色，很像恳求掌柜，不要再提。此时已经聚集了几个人，便和掌柜都笑了。我温了酒，端出去，放在门槛上。他从破衣袋里摸出四文大钱，放在我手里，见他满手是泥，原来他便用这手走来的。不一会，他喝完酒，便又在旁人的说笑声中，坐着用这手慢慢走

[8] 只要有一口气，孔乙己就是爬也要爬到咸亨酒店来喝上一口酒。

---

①服辩：又作伏辩，即认罪书。

去了。

　　自此以后，又长久没有看见孔乙己。到了年关，掌柜取下粉板说，"孔乙己还欠十九个钱呢！"到第二年的端午，又说"孔乙己还欠十九个钱呢！"到中秋可是没有说，再到年关也没有看见他。

　　我到现在终于没有见——大约孔乙己的确死了。[9]

一九一九年三月②

[9] "大约"与"的确"两词用在同一句话中，看似矛盾，实则深刻。"大约"表示自己的猜测，而根据孔乙己最后一次离开酒店时的悲凉境况，在那冷酷无情的社会里，孔乙己肯定是活不下去的，他是必死无疑的，所以用"的确"来表示猜测的结论。孔乙己终于在被丁举人毒打之后悲惨地从人们记忆中消失了。作品通过对孔乙己悲惨一生的描写，控诉了封建社会和科举制度的罪恶，揭露了当时社会对这个"多余人"的"凉薄"。

---

② 据本篇发表时的作者《附记》，本文应作于 1918 年冬天。《呐喊》各篇最初发表时都未署写作日期，现在篇末的时间为作者在编集时所补记。

药

一

秋天的后半夜,月亮下去了,太阳还没有出,只剩下一片乌蓝的天;除了夜游的东西,什么都睡着。[1]华老栓忽然坐起身,擦着火柴,点上遍身油腻的灯盏,茶馆的两间屋子里,便弥满了青白的光。

"小栓的爹,你就去么?"是一个老女人的声音。里边的小屋子里,也发出一阵咳嗽。

"唔。"老栓一面听,一面应,一面扣上衣服;伸手过去说,"你给我罢。"

华大妈在枕头底下掏了半天,掏出一包洋钱,[2]交给老栓,老栓接了,抖抖的装入衣袋,又在外面按了两下;便点上灯笼,吹熄灯盏,走向里屋子去了。[3]那屋子里面,正在窸窸窣窣的响,接着便是一通咳嗽。老栓候他平静下去,才低低的叫道,"小栓……你不要起来。……店么?你娘会安排的。"

老栓听得儿子不再说话,料他安心睡了;便出了门,走到街上。街上黑沉沉的一无所有,只有一条灰白的路,看得分明。灯光照着他的两脚,一前一后的走。有时也遇到几只狗,可是一只也没有叫。天气比屋子里冷得多了;老栓倒觉爽快,仿佛一旦变了少年,得了神通,有给人生命的本领似的,跨步格外高远。而且路也愈走愈分明,天也愈走愈

---

[1] 此处的环境描写交代了故事发生的时间。读者可联系时代背景分析得出:"夜游的东西"是活动的,象征着革命者是清醒的;"什么都睡着"说明整个社会处在熟睡状态,没有苏醒。所以,这一句暗示当时的社会是黑暗的,社会中大多数人还是麻木、蒙昧的。鲁迅文章中环境描写一般与写作背景有关联。
[2] 两个"掏"字表现了华大妈的小心、谨慎,把钱藏得极为隐秘,也说明华家的钱来得不容易,说明华老栓要去办的事情特别重要,才动用这包洋钱。同时作为一处悬念,勾起读者的好奇心。
[3]"接""抖""按"这一连串动词说明华老栓特别小心,生怕把这些钱弄丢了,进一步引发读者好奇心。

127

亮了。

　　老栓正在专心走路，忽然吃了一惊，远远里看见一条丁字街，明明白白横着。他便退了几步，寻到一家关着门的铺子，蹩进檐下，靠门立住了。好一会，身上觉得有些发冷。

　　"哼，老头子。"

　　"倒高兴……。"

　　老栓又吃一惊，睁眼看时，几个人从他面前过去了。一个还回头看他，样子不甚分明，但很像久饿的人见了食物一般，眼里闪出一种攫取的光。老栓看看灯笼，已经熄了。按一按衣袋，硬硬的还在。仰起头两面一望，只见许多古怪的人，三三两两，鬼似的在那里徘徊；定睛再看，却也看不出什么别的奇怪。

　　没有多久，又见几个兵，在那边走动；衣服前后的一个大白圆圈，远地里也看得清楚，走过面前的，并且看出号衣①上暗红色的镶边。——一阵脚步声响，一眨眼，已经拥过了一大簇人。那三三两两的人，也忽然合作一堆，潮一般向前赶；将到丁字街口，便突然立住，簇成一个半圆。

　　老栓也向那边看，却只见一堆人的后背；颈项都伸得很长，仿佛许多鸭，被无形的手捏住了的，向上提着。静了一会，似乎有点声音，便又动摇起来，轰的一声，都向后退；一直散到老栓立着的地方，几乎将他挤倒了。[4]

　　"喂！一手交钱，一手交货！"一个浑身黑色的人，站在老栓面前，眼光正像两把刀，刺得老栓缩小了一半。那人一只大手，向他摊着；一只手却撮着一个鲜红的馒头②，那红的还是一点一点的往下滴。

[4] 这是鲁迅惯用的"看客"写照。将笔触伸向看客的背后，是谁在操控这些麻木甚至残忍的国民？"无形"已暗示了答案。

---

①号衣：指清朝士兵的军衣，上有"兵"或"勇"字样。
②鲜红的馒头：蘸有人血的馒头。旧时迷信，以为人血可以医治肺痨，刽子手便借此骗取钱财。

老栓慌忙摸出洋钱，抖抖的想交给他，却又不敢去接他的东西。那人便焦急起来，嚷道，"怕什么？怎的不拿！"老栓还踌躇着；黑的人便抢过灯笼，一把扯下纸罩，裹了馒头，塞与老栓；一手抓过洋钱，捏一捏，转身去了。嘴里哼着说，"这老东西……。"

"这给谁治病的呀？"老栓也似乎听得有人问他，但他并不答应；他的精神，现在只在一个包上，仿佛抱着一个十世单传的婴儿，别的事情，都已置之度外了。他现在要将这包里的新的生命，移植到他家里，收获许多幸福。太阳也出来了；在他面前，显出一条大道，直到他家中，后面也照见丁字街头破匾上"古□亭口③"这四个黯淡的金字。[5]

二

老栓走到家，店面早经收拾干净，一排一排的茶桌，滑溜溜的发光。但是没有客人；只有小栓坐在里排的桌前吃饭，大粒的汗，从额上滚下，夹袄也帖住了脊心，两块肩胛骨高高凸出，印成一个阳文的"八"字。老栓见这样子，不免皱一皱展开的眉心。他的女人，从灶下急急走出，睁着眼睛，嘴唇有些发抖。[6]

"得了么？"

"得了。"

两个人一齐走进灶下，商量了一会；华大妈便出去了，不多时，拿着一片老荷叶回来，摊在桌上。老栓也打开灯笼罩，用荷叶重新包了那红的馒头。小栓也吃完饭，他的母亲慌忙说：

"小栓——你坐着，不要到这里来。"

---

③古□亭口：绍兴城内的轩亭口。1907年7月15日，女革命党人秋瑾在此遭清政府杀害。

[5] 老栓得到革命者的鲜血染红的馒头后的幸福感正反衬出其愚昧无知、麻木落后的精神状况，与前文关于看客的描写一起传达出鲁迅对民众"哀其不幸，怒其不争"的郁愤。环境描写再次烘托出老栓内心的快乐以及他的麻木无知。

[6] 一个"八"字直观地刻画出小栓的病容。这是精练的白描，颇有写意之效。

一面整顿了灶火，老栓便把一个碧绿的包，一个红红白白的破灯笼，一同塞在灶里；一阵红黑的火焰过去时，店屋里散满了一种奇怪的香味。

"好香！你们吃什么点心呀？"这是驼背五少爷到了。这人每天总在茶馆里过日，来得最早，去得最迟，此时恰恰蹩到临街的壁角的桌边，便坐下问话，然而没有人答应他。"炒米粥么？"仍然没有人应。老栓匆匆走出，给他泡上茶。

"小栓进来罢！"华大妈叫小栓进了里面的屋子，中间放好一条凳，小栓坐了。他的母亲端过一碟乌黑的圆东西，轻轻说：

"吃下去罢，——病便好了。"

小栓撮起这黑东西，看了一会，似乎拿着自己的性命一般，心里说不出的奇怪。十分小心的拗开了，焦皮里面窜出一道白气，白气散了，是两半个白面的馒头。——不多工夫，已经全在肚里了，却全忘了什么味；面前只剩下一张空盘。他的旁边，一面立着他的父亲，一面立着他的母亲，两人的眼光，都仿佛要在他身里注进什么又要取出什么似的；便禁不住心跳起来，按着胸膛，又是一阵咳嗽。[7]

"睡一会罢，——便好了。"

小栓依他母亲的话，咳着睡了。华大妈候他喘气平静，才轻轻的给他盖上了满幅补钉的夹被。

三

店里坐着许多人，老栓也忙了，提着大铜壶，一趟一趟的给客人冲茶；两个眼眶，都围着一圈黑线。

"老栓，你有些不舒服么？——你生病么？"一个花白胡子的人说。

[7] 着重描绘吃人血馒头的过程，尤其刻画了小栓的心理和父母的神情。越是虔诚，越是期盼着神奇的功效，越让人悲哀于革命者的命运，愤懑于民众的愚昧无知。

"没有。"

"没有？——我想笑嘻嘻的，原也不像……"花白胡子便取消了自己的话。

"老栓只是忙。要是他的儿子……"驼背五少爷话还未完，突然闯进了一个满脸横肉的人，披一件玄色布衫，散着纽扣，用很宽的玄色腰带，胡乱捆在腰间。刚进门，便对老栓嚷道：

"吃了么？好了么？老栓，就是运气了你！你运气，要不是我信息灵……。"[8]

老栓一手提了茶壶，一手恭恭敬敬的垂着；笑嘻嘻的听。满座的人，也都恭恭敬敬的听。华大妈也黑着眼眶，笑嘻嘻的送出茶碗茶叶来，加上一个橄榄，老栓便去冲了水。

"这是包好！这是与众不同的。你想，趁热的拿来，趁热吃下。"横肉的人只是嚷。

"真的呢，要没有康大叔照顾，怎么会这样……"华大妈也很感激的谢他。

"包好，包好！这样的趁热吃下。这样的人血馒头，什么痨病都包好！"

华大妈听到"痨病"这两个字，变了一点脸色，似乎有些不高兴；但又立刻堆上笑，搭讪着走开了。这康大叔却没有觉察，仍然提高了喉咙只是嚷，嚷得里面睡着的小栓也合伙咳嗽起来。

"原来你家小栓碰到了这样的好运气了。这病自然一定全好；怪不得老栓整天的笑着呢。"花白胡子一面说，一面走到康大叔面前，低声下气的问道，"康大叔——听说今天结果的一个犯人，便是夏家的孩子，那是谁的孩子？究竟是什么事？"

[8]"闯"跟"嚷"字使康大叔粗野、凶悍、野蛮的形象呼之欲出。"就是运气了你！你运气，要不是我信息灵……"邀功的口吻，写出其贪得无厌的心态。

"谁的？不就是夏四奶奶的儿子么？那个小家伙！"康大叔见众人都耸起耳朵听他，便格外高兴，横肉块块饱绽，越发大声说，"这小东西不要命，不要就是了。我可是这一回一点没有得到好处；连剥下来的衣服，都给管牢的红眼睛阿义拿去了。——第一要算我们栓叔运气；第二是夏三爷赏了二十五两雪白的银子，独自落腰包，一文不花。"[9]

小栓慢慢的从小屋子走出，两手按了胸口，不住的咳嗽；走到灶下，盛出一碗冷饭，泡上热水，坐下便吃。华大妈跟着他走，轻轻的问道，"小栓，你好些么？——你仍旧只是肚饿？……"

"包好，包好！"康大叔瞥了小栓一眼，仍然回过脸，对众人说，"夏三爷真是乖角儿，要是他不先告官，连他满门抄斩。现在怎样？银子！——这小东西也真不成东西！关在牢里，还要劝牢头造反。"

"阿呀，那还了得。"坐在后排的一个二十多岁的人，很现出气愤模样。

"你要晓得红眼睛阿义是去盘盘底细的，他却和他攀谈了。他说：这大清的天下是我们大家的。你想：这是人话么？红眼睛原知道他家里只有一个老娘，可是没有料到他竟会那么穷，榨不出一点油水，已经气破肚皮了。他还要老虎头上搔痒，便给他两个嘴巴！"

"义哥是一手好拳棒，这两下，一定够他受用了。"壁角的驼背忽然高兴起来。

"他这贱骨头打不怕，还要说可怜可怜哩。"

花白胡子的人说，"打了这种东西，有什么可怜呢？"

康大叔显出看他不上的样子，冷笑着说，"你没有听清我的话；看他神气，是说阿义可怜哩！"

[9] 神态语言描写表现出康大叔的恬不知耻。一再强调所谓的"好处"，可见其内心的贪婪。

听着的人的眼光,忽然有些板滞;话也停顿了。小栓已经吃完饭,吃得满身流汗,头上都冒出蒸气来。

"阿义可怜——疯话,简直是发了疯了。"花白胡子恍然大悟似的说。

"发了疯了。"二十多岁的人也恍然大悟的说。

店里的坐客,便又现出活气,谈笑起来。小栓也趁着热闹,拼命咳嗽;康大叔走上前,拍他肩膀说:

"包好!小栓——你不要这么咳。包好!"

"疯了。"驼背五少爷点着头说。[10]

四

西关外靠着城根的地面,本是一块官地;中间歪歪斜斜一条细路,是贪走便道的人,用鞋底造成的,但却成了自然的界限。路的左边,都埋着死刑和瘐毙的人,右边是穷人的丛冢。两面都已埋到层层叠叠,宛然阔人家里祝寿时候的馒头。[11]

这一年的清明,分外寒冷;杨柳才吐出半粒米大的新芽。天明未久,华大妈已在右边的一坐新坟前面,排出四碟菜,一碗饭,哭了一场。化过纸④,呆呆的坐在地上;仿佛等候什么似的,但自己也说不出等候什么。微风起来,吹动他短发,确乎比去年白得多了。

小路上又来了一个女人,也是半白头发,褴褛的衣裙;提一个破旧的朱漆圆篮,外挂一串纸锭,三步一歇的走。忽然见华大妈坐在地上看他,便有些踌躇,惨白的脸上,现出些羞愧的颜色;但终于硬着头皮,走到左边的一坐坟前,放下了篮子。

[10]众人兴奋又残忍的对话展现了革命党人夏瑜的故事。普通国民(刽子手和老百姓)对于革命者富有贬义嘲弄色彩的用语暗示了作者的批判立场:夏瑜的牺牲,只是给华家提供了一副假药,给刽子手一份诈钱的资本,给看客们一次观赏杀人的机会,给茶客们增添了无聊的谈资。这一惨痛的事实一方面反映了国民的麻木,另一方面也说明资产阶级革命者脱离群众。

[11]墓地被分成了"左""右"两边,左边的是"犯人"的墓地,右边的就是穷人的墓地,暗指夏瑜等资产阶级革命者和普通群众并没有站在一起,而是"各自为营"。资产阶级脱离群众闹革命,最终成为一座座坟墓(一种失败的象征);而普通群众最终只能在"官地"中继续被毒害(一种愚昧落后的象征)。

---

④化过纸:纸指纸钱,一种迷信用品,旧俗认为把其火化后可供死者在"阴间"使用。

[12] 华大妈（群众的母亲）和夏四奶奶（革命者的母亲）在上坟时也是向各自的那一半坟地走去的。一条小路将华、夏两家分隔开，但这道屏障不是不可逾越的鸿沟。作为群众和革命者的孕育者，在同时被失子的痛苦煎熬时，从素不相识到最终跨过这条小路，走到了一起。

[13] 黄土反衬出花环的美，尽管鲁迅在《〈呐喊〉自序》中说这是"平空添上"的，但我们还是认为这个花环是对革命者精神的肯定和对革命者业绩的赞许。

[14] 白花"不很精神，倒也整齐"暗示革命者并没有被赶尽杀绝，革命火种没有被扑灭，在黑暗中给人以希望。

　　那坟与小栓的坟，一字儿排着，中间只隔一条小路。华大妈看他排好四碟菜，一碗饭，立着哭了一通，化过纸锭；心里暗暗地想，"这坟里的也是儿子了。"那老女人徘徊观望了一回，忽然手脚有些发抖，跄跄踉踉退下几步，瞪着眼只是发怔。

　　华大妈见这样子，生怕他伤心到快要发狂了；便忍不住立起身，跨过小路，低声对他说，"你这位老奶奶不要伤心了，——我们还是回去罢。"[12]

　　那人点一点头，眼睛仍然向上瞪着；也低声吃吃的说道，"你看，——看这是什么呢？"

　　华大妈跟了他指头看去，眼光便到了前面的坟，这坟上草根还没有全合，露出一块一块的黄土，煞是难看。再往上仔细看时，却不觉也吃一惊；——分明有一圈红白的花，围着那尖圆的坟顶。[13]

　　他们的眼睛都已老花多年了，但望这红白的花，却还能明白看见。花也不很多，圆圆的排成一个圈，不很精神，倒也整齐。[14]华大妈忙看他儿子和别人的坟，却只有不怕冷的几点青白小花，零星开着；便觉得心里忽然感到一种不足和空虚，不愿意根究。那老女人又走近几步，细看了一遍，自言自语的说，"这没有根，不像自己开的。这地方有谁来呢？孩子不会来玩；——亲戚本家早不来了。——这是怎么一回事呢？"他想了又想，忽又流下泪来，大声说道：

　　"瑜儿，他们都冤枉了你，你还是忘不了，伤心不过，今天特意显点灵，要我知道么？"他四面一看，只见一只乌鸦，站在一株没有叶的树上，便接着说，"我知道了。——瑜儿，可怜他们坑了你，他们将来总有报应，天都知道；你闭了眼睛就是了。——你如果真在这里，听到我的话，——便教这乌鸦飞上你的坟顶,给我看罢。"

　　微风早经停息了;枯草支支直立,有如铜丝。一丝发抖的声音,在空气中愈颤愈细,细到没有,周围便都是死一般静。两人站在枯草丛里,仰面看那乌鸦;那乌鸦也在笔直的树枝间,缩着头,铁铸一般站着。

　　许多的工夫过去了;上坟的人渐渐增多,几个老的小的,在土坟间出没。

　　华大妈不知怎的,似乎卸下了一挑重担,便想到要走;一面劝着说,"我们还是回去罢。"

　　那老女人叹一口气,无精打采的收起饭菜;又迟疑了一刻,终于慢慢地走了。嘴里自言自语的说,"这是怎么一回事呢?……"

　　他们走不上二三十步远,忽听得背后"哑——"的一声大叫;两个人都悚然的回过头,只见那乌鸦张开两翅,一挫身,直向着远处的天空,箭也似的飞去了。[15]

一九一九年四月

[15] 乌鸦并不响应人间的召唤,它无异于一个冷峻的使者,毫无表情地看着人世,决不发出一声希望的欢叫。对于鲁迅来说,写作的态度是超越现实的一种乐观方式,但写作的内容又昭示了他内心深处的悲观。在意志上,他是个乐观者;在心理上,他是个悲观者。

阿Q正传

第一章 序

我要给阿Q做正传,已经不止一两年了。但一面要做,一面又往回想,这足见我不是一个"立言"的人,因为从来不朽之笔,须传不朽之人,于是人以文传,文以人传——究竟谁靠谁传,渐渐的不甚了然起来,而终于归结到传阿Q,仿佛思想里有鬼似的。[1]

然而要做这一篇速朽的文章,才下笔,便感到万分的困难了。第一是文章的名目。孔子曰,"名不正则言不顺"。这原是应该极注意的。传的名目很繁多:列传,自传,内传,外传,别传,家传,小传……,而可惜都不合。"列传"么,这一篇并非和许多阔人排在"正史"里;"自传"么,我又并非就是阿Q。说是"外传","内传"在那里呢?倘用"内传",阿Q又决不是神仙。"别传"呢,阿Q实在未曾有大总统上谕宣付国史馆立"本传"——虽说英国正史上并无"博徒列传",而文豪迭更司①也做过《博徒别传》这一部书,但文豪则可,在我辈却不可的。其次是"家传",则我既不知与阿Q是否同宗,也未曾受他子孙的拜托;或"小传",则阿Q又更无别的"大传"了。总而言之,这一篇也便是"本传",但从我的文章着想,因为文体卑下,是"引车卖浆者流"②所用的话,所以

[1]"仿佛思想里有鬼似的",是说阿Q并非不朽之人,为这样的人立传,不禁忐忑不安。

---

① 迭更司:查尔斯·译狄更斯(1812—1870),英国著名作家。此处应为作者的误记。
② 引车卖浆者流:当时林纾攻击白话文的用语。引车卖浆者指地位低下的人。

不敢僭称,便从不入三教九流的小说家所谓"闲话休题言归正传"这一句套话里,取出"正传"两个字来,作为名目,即使与古人所撰《书法正传》的"正传"字面上很相混,也顾不得了。

第二,立传的通例,开首大抵该是"某,字某,某地人也",而我并不知道阿Q姓什么。有一回,他似乎是姓赵,但第二日便模糊了。那是赵太爷的儿子进了秀才的时候,锣声镗镗的报到村里来,阿Q正喝了两碗黄酒,便手舞足蹈的说,这于他也很光采,因为他和赵太爷原来是本家,细细的排起来他还比秀才长三辈呢。其时几个旁听人倒也肃然的有些起敬了。那知道第二天,地保便叫阿Q到赵太爷家里去;太爷一见,满脸溅朱,喝道:

"阿Q,你这浑小子!你说我是你的本家么?"

阿Q不开口。

赵太爷愈看愈生气了,抢进几步说:"你敢胡说!我怎么会有你这样的本家?你姓赵么?"

阿Q不开口,想往后退了;赵太爷跳过去,给了他一个嘴巴。

"你怎么会姓赵!——你那里配姓赵!"[2]

阿Q并没有抗辩他确凿姓赵,只用手摸着左颊,和地保退出去了;外面又被地保训斥了一番,谢了地保二百文酒钱。知道的人都说阿Q太荒唐,自己去招打;他大约未必姓赵,即使真姓赵,有赵太爷在这里,也不该如此胡说的。此后便再没有人提起他的氏族来,所以我终于不知道阿Q究竟什么姓。

第三,我又不知道阿Q的名字是怎么写的。他活着的时候,人都叫他阿Quei,死了以后,便没有一个人再叫阿

[2]"抢"字表现出赵太爷的盛气凌人;"跳"字显出他恼怒、霸道的丑态。"我怎么会有你这样的本家?"强调自己的身份地位高,"你怎么会姓赵!"强调对方的地位低,两句话都包含着浓厚的封建等级观念。

Quei了,那里还会有"著之竹帛"的事。若论"著之竹帛",这篇文章要算第一次,所以先遇着了这第一个难关。我曾经仔细想:阿Quei,阿桂还是阿贵呢?倘使他号叫月亭,或者在八月间做过生日,那一定是阿桂了。而他既没有号——也许有号,只是没有人知道他,——又未尝散过生日征文的帖子:写作阿桂,是武断的。又倘若他有一位老兄或令弟叫阿富,那一定是阿贵了;而他又只是一个人:写作阿贵,也没有佐证的。其余音Quei的偏僻字样,更加凑不上了。先前,我也曾问过赵太爷的儿子茂才③先生,谁料博雅如此公,竟也茫然,但据结论说,是因为陈独秀办了《新青年》提倡洋字,所以国粹沦亡,无可查考了。我的最后的手段,只有托一个同乡去查阿Q犯事的案卷,八个月之后才有回信,说案卷里并无与阿Quei的声音相近的人。我虽不知道是真没有,还是没有查,然而也再没有别的方法了。生怕注音字母还未通行,只好用了"洋字",照英国流行的拼法写他为阿Quei,略作阿Q。这近于盲从《新青年》,自己也很抱歉,但茂才公尚且不知,我还有什么好办法呢?[3]

　　第四,是阿Q的籍贯了。倘他姓赵,则据现在好称郡望的老例,可以照《郡名百家姓》上的注解,说是"陇西天水人也",但可惜这姓是不甚可靠的,因此籍贯也就有些决不定。他虽然多住未庄,然而也常常宿在别处,不能说是未庄人,即使说是"未庄人也",也仍然有乖史法的。[4]

　　我所聊以自慰的,是还有一个"阿"字非常正确,绝无附会假借的缺点,颇可以就正于通人。至于其余,却都非浅学

---

[3] 鲁迅为主人公取名阿Q,既为提倡洋字,向国粹论挑战,又能体现主人公的性格特征,具有讽刺意味。

[4] 中国农村特别注重姓氏宗族,势单力薄的姓氏往往受欺负,而望族大姓往往感到自豪。阿Q没有姓名,不知籍贯,无可依靠,其地位低贱,悲惨境地,不言而喻。

③茂才:秀才。

所能穿凿，只希望有"历史癖与考据癖"的胡适之④先生的门人们，将来或者能够寻出许多新端绪来，但是我这《阿Q正传》到那时却又怕早经消灭了。

以上可以算是序。[5]

第二章 优胜记略

阿Q不独是姓名籍贯有些渺茫，连他先前的"行状⑤"也渺茫。因为未庄的人们之于阿Q，只要他帮忙，只拿他玩笑，从来没有留心他的"行状"的。而阿Q自己也不说，独有和别人口角的时候，间或瞪着眼睛道：

"我们先前——比你阔得多啦！你算是什么东西！"[6]

阿Q没有家，住在未庄的土谷祠⑥里；也没有固定的职业，只给人家做短工，割麦便割麦，舂米便舂米，撑船便撑船。工作略长久时，他也或住在临时主人的家里，但一完就走了。所以，人们忙碌的时候，也还记起阿Q来，然而记起的是做工，并不是"行状"；一闲空，连阿Q都早忘却，更不必说"行状"了。只是有一回，有一个老头子颂扬说："阿Q真能做！"这时阿Q赤着膊，懒洋洋的瘦伶仃的正在他面前，别人也摸不着这话是真心还是讥笑，然而阿Q很喜欢。

阿Q又很自尊，所有未庄的居民，全不在他眼睛里，甚而至于对于两位"文童⑦"也有以为不值一笑的神情。夫文童者，将来恐怕要变秀才者也；赵太爷、钱太爷大受居民的尊敬，除有钱之外，就因为都是文童的爹爹，而阿Q在精神上独不表格外的崇奉，他想：我的儿子会阔得多

[5] 序言告诉我们，鲁迅不为名人作传，而要给一个不为世人所闻，连姓名、籍贯都十分模糊的流浪雇农阿Q作传，表明他对穷人的态度，同时讽刺了当时的一些文人。

[6] 此句表现出阿Q对现实穷困的无奈，用虚无缥缈的阔气来打压别人，取得精神上的胜利。

---
④胡适之：胡适。他曾说自己有"历史癖与考据癖"两种老毛病。
⑤行状：指人的品行或事迹。
⑥土谷祠：土地庙。土谷，指土地神和五谷神。
⑦文童：也称"童生"，指科举时代习举业而尚未考取秀才的人。

啦！加以进了几回城，阿Q自然更自负，然而他又很鄙薄城里人，譬如用三尺长三寸宽的木板做成的凳子，未庄叫"长凳"，他也叫"长凳"，城里人却叫"条凳"，他想：这是错的，可笑！油煎大头鱼，未庄都加上半寸长的葱叶，城里却加上切细的葱丝，他想：这也是错的，可笑！然而未庄人真是不见世面的可笑的乡下人呵，他们没有见过城里的煎鱼！[7]

阿Q"先前阔"，见识高，而且"真能做"，本来几乎是一个"完人"了，但可惜他体质上还有一些缺点。最恼人的是在他头皮上，颇有几处不知起于何时的癞疮疤。这虽然也在他身上，而看阿Q的意思，倒也似乎以为不足贵的，因为他讳说"癞"以及一切近于"赖"的音，后来推而广之，"光"也讳，"亮"也讳，再后来，连"灯""烛"都讳了。一犯讳，不问有心与无心，阿Q便全疤通红的发起怒来，估量了对手，口讷的他便骂，气力小的他便打；然而不知怎么一回事，总还是阿Q吃亏的时候多。于是他渐渐的变换了方针，大抵改为怒目而视了。

谁知道阿Q采用怒目主义之后，未庄的闲人们便愈喜欢玩笑他。一见面，他们便假作吃惊的说：

"哙，亮起来了。"

阿Q照例的发了怒，他怒目而视了。

"原来有保险灯在这里！"他们并不怕。

阿Q没有法，只得另外想出报复的话来：

"你还不配……"这时候，又仿佛在他头上的是一种高尚的光荣的癞头疮，并非平常的癞头疮了；但上文说过，阿Q是有见识的，他立刻知道和"犯忌"有点抵触，便不再往底下说。

[7] 阿Q既以进过城而"自负"，又"鄙薄城里人"。前者是对于未庄人而言，自己进过城就非常了不起，看到了未庄人未曾看到过的东西，表现他的盲目趋时；而"鄙薄城里人"则表现他盲目地自尊自大和狭隘保守。这种矛盾可以使他两面获胜。

闲人还不完,只撩他,于是终而至于打。阿Q在形式上打败了,被人揪住黄辫子,在壁上碰了四五个响头,闲人这才心满意足的得胜的走了,阿Q站了一刻,心里想,"我总算被儿子打了,现在的世界真不像样……"于是也心满意足的得胜的走了。

阿Q想在心里的,后来每每说出口来,所以凡有和阿Q玩笑的人们,几乎全知道他有这一种精神上的胜利法,此后每逢揪住他黄辫子的时候,人就先一着对他说:

"阿Q,这不是儿子打老子,是人打畜生。自己说:人打畜生!"

阿Q两只手都捏住了自己的辫根,歪着头,说道:

"打虫豸,好不好?我是虫豸——还不放么?"[8]

但虽然是虫豸,闲人也并不放,仍旧在就近什么地方给他碰了五六个响头,这才心满意足的得胜的走了,他以为阿Q这回可遭了瘟。然而不到十秒钟,阿Q也心满意足的得胜的走了,他觉得他是第一个能够自轻自贱的人,除了"自轻自贱"不算外,余下的就是"第一个"。状元不也是"第一个"么?"你算是什么东西"呢?!

阿Q以如是等等妙法克服怨敌之后,便愉快的跑到酒店里喝几碗酒,又和别人调笑一通,口角一通,又得了胜,愉快的回到土谷祠,放倒头睡着了。假使有钱,他便去押牌宝⑧,一堆人蹲在地面上,阿Q即汗流满面的夹在这中间,声音他最响:

"青龙四百!"

"咳~~开~~啦!"桩家揭开盒子盖,也是汗流满面的唱。"天门啦~~角回啦~~!人和穿堂空在那里啦~~!

[8]"打虫豸,好不好?我是虫豸——还不放么?"这一投降是阿Q的又一发明创造,较"畜生"而言,"虫豸"略显高贵,因此阿Q便"机智地"选择了后者。实在打不过就自轻自贱,如果别人因此放了自己,也就获得了胜利。这又是阿Q的独特之处,他的奴性深入骨髓。

---

⑧押牌宝:一种赌博。

阿Q的铜钱拿过来～～～！"

"穿堂一百——一百五十！"

阿Q的钱便在这样的歌吟之下，渐渐的输入别个汗流满面的人物的腰间。他终于只好挤出堆外，站在后面看，替别人着急，一直到散场，然后恋恋的回到土谷祠，第二天，肿着眼睛去工作。

但真所谓"塞翁失马安知非福"罢，阿Q不幸而赢了一回，他倒几乎失败了。[9]

这是未庄赛神⑨的晚上。这晚上照例有一台戏，戏台左近，也照例有许多的赌摊。做戏的锣鼓，在阿Q耳朵里仿佛在十里之外；他只听得桩家的歌唱了。他赢而又赢，铜钱变成角洋，角洋变成大洋，大洋又成了叠。他兴高采烈得非常：

"天门两块！"

他不知道谁和谁为什么打起架来了。骂声打声脚步声，昏头昏脑的一大阵，他才爬起来，赌摊不见了，人们也不见了，身上有几处很似乎有些痛，似乎也挨了几拳几脚似的，几个人诧异的对他看。他如有所失的走进土谷祠，定一定神，知道他的一堆洋钱不见了。赶赛会的赌摊多不是本村人，还到那里去寻根柢呢？

很白很亮的一堆洋钱！而且是他的——现在不见了！说是算被儿子拿去了罢，总还是忽忽不乐；说自己是虫豸罢，也还是忽忽不乐：他这回才有些感到失败的苦痛了。

但他立刻转败为胜了。他擎起右手，用力的在自己脸上连打了两个嘴巴，热刺刺的有些痛；打完之后，便心平气和起来，似乎打的是自己，被打的是别一个自己，不久也就

---

[9] 此处的"不幸"指阿Q输钱是幸运的，赢了钱反而成了不幸的起源，可见那是一个黑白颠倒的世界。"倒"强调赢钱反遭更大创痛，但阿Q竟然还用精神胜利法——把自己挨了打想象成是别人挨打——使自己逃过一劫。

⑨赛神：即迎神赛会。

仿佛是自己打了别个一般,——虽然还有些热剌剌,——心满意足的得胜的躺下了。

他睡着了。[10]

第三章　续优胜记略

然而阿Q虽然常优胜,却直待蒙赵太爷打他嘴巴之后,这才出了名。[11]

他付过地保二百文酒钱,愤愤的躺下了,后来想:"现在的世界太不成话,儿子打老子……"于是忽而想到赵太爷的威风,而现在是他的儿子了,便自己也渐渐的得意起来,爬起身,唱着《小孤孀上坟》到酒店去。这时候,他又觉得赵太爷高人一等了。[12]

说也奇怪,从此之后,果然大家也仿佛格外尊敬他。这在阿Q,或者以为因为他是赵太爷的父亲,而其实也不然。未庄通例,倘如阿七打阿八,或者李四打张三,向来本不算一件事,必须与一位名人如赵太爷者相关,这才载上他们的口碑。一上口碑,则打的既有名,被打的也就托庇有了名。至于错在阿Q,那自然是不必说。所以者何?就因为赵太爷是不会错的。但他既然错,为什么大家又仿佛格外尊敬他呢?这可难解。穿凿起来说,或者因为阿Q说是赵太爷的本家,虽然挨了打,大家也还怕有些真,总不如尊敬一些稳当。否则,也如孔庙里的太牢⑩一般,虽然与猪羊一样,同是畜生,但既经圣人下箸,先儒们便不敢妄动了。

阿Q此后倒得意了许多年。[13]

有一年的春天,他醉醺醺的在街上走,在墙根的日光下,看见王胡在那里赤着膊捉虱子,他忽然觉得身上也痒起

---

⑩太牢:按古代祭礼,原指牛、羊、豕三牲,也有专指牛的。

[10] 即他已经彻底麻木,没有思想了。

[11] 挨打竟如荣幸地蒙受恩惠。一个"蒙"字,形象地刻画了阿Q以及看客们那种以丧失人格为代价趋炎附势的扭曲心理。

[12] 阿Q被赵太爷打了嘴巴,不但不怨恨,反觉得"赵太爷高人一等了",这又是精神胜利法在作怪。赵太爷越高人一等,他自然就越荣耀。

[13] "得意"二字显示了可悲的奴性。

来了。这王胡,又癞又胡,别人都叫他王癞胡,阿Q却删去了一个癞字,然而非常渺视他。阿Q的意思,以为癞是不足为奇的,只有这一部络腮胡子,实在太新奇,令人看不上眼。他于是并排坐下去了。倘是别的闲人们,阿Q本不敢大意坐下去。但这王胡旁边,他有什么怕呢?老实说:他肯坐下去,简直还是抬举他。

阿Q也脱下破夹袄来,翻检了一回,不知道因为新洗呢还是因为粗心,许多工夫,只捉到三四个。他看那王胡,却是一个又一个,两个又三个,只放在嘴里毕毕剥剥的响。

阿Q最初是失望,后来却不平了:看不上眼的王胡尚且那么多,自己倒反这样少,这是怎样的大失体统的事呵!他很想寻一两个大的,然而竟没有,好容易才捉到一个中的,恨恨的塞在厚嘴唇里,狠命一咬,劈的一声,又不及王胡的响。

他癞疮疤块块通红了,将衣服摔在地上,吐一口唾沫,说:

"这毛虫!"

"癞皮狗,你骂谁?"王胡轻蔑的抬起眼来说。

阿Q近来虽然比较的受人尊敬,自己也更高傲些,但和那些打惯的闲人们见面还胆怯,独有这回却非常武勇了。这样满脸胡子的东西,也敢出言无状么?

"谁认便骂谁!"他站起来,两手叉在腰间说。

"你的骨头痒了么?"王胡也站起来,披上衣服说。

阿Q以为他要逃了,抢进去就是一拳。这拳头还未达到身上,已经被他抓住了,只一拉,阿Q跄跄踉踉的跌进去,立刻又被王胡扭住了辫子,要拉到墙上照例去碰头。[14]

"'君子动口不动手'!"阿Q歪着头说。

[14]"照例"说明并非第一次。这已经成了一种习惯。

王胡似乎不是君子，并不理会，一连给他碰了五下，又用力的一推，至于阿Q跌出六尺多远，这才满足的去了。

在阿Q的记忆上，这大约要算是生平第一件的屈辱，因为王胡以络腮胡子的缺点，向来只被他奚落，从没有奚落他，更不必说动手了。而他现在竟动手，很意外，难道真如市上所说，皇帝已经停了考，不要秀才和举人了，因此赵家减了威风，因此他们也便小觑了他么？

阿Q无可适从的站着。

远远的走来了一个人，他的对头又到了。这也是阿Q最厌恶的一个人，就是钱太爷的大儿子。他先前跑上城里去进洋学堂，不知怎么又跑到东洋去了，半年之后他回到家里来，腿也直了，辫子也不见了，他的母亲大哭了十几场，他的老婆跳了三回井。后来，他的母亲到处说，"这辫子是被坏人灌醉了酒剪去的。本来可以做大官，现在只好等留长再说了。"然而阿Q不肯信，偏称他"假洋鬼子"，也叫作"里通外国的人"，一见他，一定在肚子里暗暗的咒骂。

阿Q尤其"深恶而痛绝之"的，是他的一条假辫子。辫子而至于假，就是没有了做人的资格；他的老婆不跳第四回井，也不是好女人。

这"假洋鬼子"近来了。

"秃儿。驴……"阿Q历来本只在肚子里骂，没有出过声，这回因为正气忿，因为要报仇，便不由的轻轻的说出来了。

不料这秃儿却拿着一支黄漆的棍子——就是阿Q所谓哭丧棒⑪——大踏步走了过来。阿Q在这刹那，便知道大约

---

⑪哭丧棒：旧时在为父母送殡时，儿子须手柱"孝杖"，以表示悲痛难支。阿Q因厌恶假洋鬼子，所以把他的手杖咒为"哭丧棒"。

要打了,赶紧抽紧筋骨,耸了肩膀等候着,果然,拍的一声,似乎确凿打在自己头上了。[15]

"我说他!"阿Q指着近旁的一个孩子,分辩说。

拍!拍拍!

在阿Q的记忆上,这大约要算是生平第二件的屈辱。幸而拍拍的响了之后,于他倒似乎完结了一件事,反而觉得轻松些,而且"忘却"这一件祖传的宝贝也发生了效力,他慢慢的走,将到酒店门口,早已有些高兴了。

但对面走来了静修庵里的小尼姑。阿Q便在平时,看见伊也一定要唾骂,而况在屈辱之后呢?他于是发生了回忆,又发生了敌忾了。

"我不知道我今天为什么这样晦气,原来就因为见了你!"他想。

他迎上去,大声的吐一口唾沫:

"咳,呸!"

小尼姑全不睬,低了头只是走。阿Q走近伊身旁,突然伸出手去摩着伊新剃的头皮,呆笑着,说:

"秃儿!快回去,和尚等着你……"

"你怎么动手动脚……"尼姑满脸通红的说,一面赶快走。

酒店里的人大笑了。阿Q看见自己的勋业得了赏识,便愈加兴高采烈起来:

"和尚动得,我动不得?"他扭住伊的面颊。

酒店里的人大笑了。阿Q更得意,而且为满足那些赏鉴家起见,再用力的一拧,才放手。

他这一战,早忘却了王胡,也忘却了假洋鬼子,似乎对于今天的一切"晦气"都报了仇;而且奇怪,又仿佛全身比拍

[15]"等候"一词显示出阿Q的奴性,被动挨打不敢反抗,甚至主动接受惩罚。奴性至此,让人诧异。

拍的响了之后更轻松,飘飘然的似乎要飞去了。

"这断子绝孙的阿Q!"远远地听得小尼姑的带哭的声音。

"哈哈哈!"阿Q十分得意的笑。

"哈哈哈!"酒店里的人也九分得意的笑。[16]

第四章　恋爱的悲剧

有人说:有些胜利者,愿意敌手如虎,如鹰,他才感得胜利的欢喜;假使如羊,如小鸡,他便反觉得胜利的无聊。又有些胜利者,当克服一切之后,看见死的死了,降的降了,"臣诚惶诚恐死罪死罪",他于是没有了敌人,没有了对手,没有了朋友,只有自己在上,一个,孤另另,凄凉,寂寞,便反而感到了胜利的悲哀。然而我们的阿Q却没有这样乏,他是永远得意的:这或者也是中国精神文明冠于全球的一个证据了。[17]

看哪,他飘飘然的似乎要飞去了!

然而这一次的胜利,却又使他有些异样。他飘飘然的飞了大半天,飘进土谷祠,照例应该躺下便打鼾。谁知道这一晚,他很不容易合眼,他觉得自己的大拇指和第二指有点古怪:仿佛比平常滑腻些。不知道是小尼姑的脸上有一点滑腻的东西粘在他指上,还是他的指头在小尼姑脸上磨得滑腻了?……

"断子绝孙的阿Q!"

阿Q的耳朵里又听到这句话。他想:不错,应该有一个女人,断子绝孙便没有人供一碗饭,……应该有一个女人。夫"不孝有三无后为大",而"若敖之鬼馁而",也是一件人生的大哀,所以他那思想,其实是样样合于圣经贤传的,只可

[16] 店里人因为没有像阿Q一样亲自动手调戏小尼姑而觉得不过瘾,所以比阿Q少了一分得意。这表明当时的人缺乏起码的同情心,甚至酒店里的人个个都有肮脏的灵魂。

[17] "这或者也是中国精神文明冠于全球的一个证据了"颇具讽刺意味,既讽刺阿Q,又把阿Q精神与当时的一些所谓"国粹"挂起钩来,顺笔讽刺这些糟粕。

惜后来有些"不能收其放心"了。

"女人，女人！……"他想。

"……和尚动得……女人，女人！……女人！"他又想。

我们不能知道这晚上阿Q在什么时候才打鼾。但大约他从此总觉得指头有些滑腻，所以他从此总有些飘飘然；"女……"他想。

即此一端，我们便可以知道女人是害人的东西。

中国的男人，本来大半都可以做圣贤，可惜全被女人毁掉了。[18]商是妲己闹亡的；周是褒姒弄坏的；秦……虽然史无明文，我们也假定他因为女人，大约未必十分错；而董卓可是的确给貂蝉害死了。

阿Q本来也是正人，我们虽然不知道他曾蒙什么明师指授过，但他对于"男女之大防⑫"却历来非常严；也很有排斥异端——如小尼姑及假洋鬼子之类——的正气。他的学说是：凡尼姑，一定与和尚私通；一个女人在外面走，一定想引诱野男人；一男一女在那里讲话，一定要有勾当了。为惩治他们起见，所以他往往怒目而视，或者大声说几句"诛心"话，或者在冷僻处，便从后面掷一块小石头。

谁知道他将到"而立"之年，竟被小尼姑害得飘飘然了。这飘飘然的精神，在礼教上是不应该有的，——所以女人真可恶，假使小尼姑的脸上不滑腻，阿Q便不至于被蛊，又假使小尼姑的脸上盖一层布，阿Q便也不至于被蛊了，——他五六年前，曾在戏台下的人丛中拧过一个女人的大腿，但因为隔一层裤，所以此后并不飘飘然，——而小尼姑并不然，这也足见异端之可恶。

"女……"阿Q想。

[18] 正话反说，既讽刺了男尊女卑的封建教条，又讽刺了无耻的假道学先生。

---

⑫男女之大防：指封建礼教规定的男女之间的严格界限。

他对于以为"一定想引诱野男人"的女人,时常留心看,然而伊并不对他笑。他对于和他讲话的女人,也时常留心听,然而伊又并不提起关于什么勾当的话来。哦,这也是女人可恶之一节:伊们全都要装"假正经"的。[19]

这一天,阿Q在赵太爷家里舂了一天米,吃过晚饭,便坐在厨房里吸旱烟。倘在别家,吃过晚饭本可以回去的了,但赵府上晚饭早,虽说定例不准掌灯,一吃完便睡觉,然而偶然也有一些例外:其一,是赵大爷未进秀才的时候,准其点灯读文章;其二,便是阿Q来做短工的时候,准其点灯舂米。因为这一条例外,所以阿Q在动手舂米之前,还坐在厨房里吸旱烟。

吴妈,是赵太爷家里唯一的女仆,洗完了碗碟,也就在长凳上坐下了,而且和阿Q谈闲天:

"太太两天没有吃饭哩,因为老爷要买一个小的……"

"女人……吴妈……这小孤孀……"阿Q想。

"我们的少奶奶是八月里要生孩子了……"

"女人……"阿Q想。

阿Q放下烟管,站了起来。

"我们的少奶奶……"吴妈还唠叨说。

"我和你困觉,我和你困觉!"阿Q忽然抢上去,对伊跪下了。

一刹时中很寂然。

"阿呀!"吴妈愣了一息,突然发抖,大叫着往外跑,且跑且嚷,似乎后来带哭了。

阿Q对了墙壁跪着也发愣,于是两手扶着空板凳,慢慢的站起来,仿佛觉得有些糟。他这时确也有些忐忑了,慌张的将烟管插在裤带上,就想去舂米。蓬的一声,头上着了很

[19]阿Q认为女人都是水性杨花的。这说明阿Q深受封建思想的毒害。

粗的一下,他急忙回转身去,那秀才便拿了一支大竹杠站在他面前。[20]

"你反了,……你这……"

大竹杠又向他劈下来了。阿Q两手去抱头,拍的正打在指节上,这可很有一些痛。他冲出厨房门,仿佛背上又着了一下似的。

"忘八蛋!"秀才在后面用了官话这样骂。

阿Q奔入舂米场,一个人站着,还觉得指头痛,还记得"忘八蛋",因为这话是未庄的乡下人从来不用,专是见过官府的阔人用的,所以格外怕,而印象也格外深。但这时,他那"女……"的思想却也没有了。而且打骂之后,似乎一件事也已经收束,倒反觉得一无挂碍似的,便动手去舂米。舂了一会,他热起来了,又歇了手脱衣服。

脱下衣服的时候,他听得外面很热闹,阿Q生平本来最爱看热闹,便即寻声走出去了。寻声渐渐的寻到赵太爷的内院里,虽然在昏黄中,却辨得出许多人,赵府一家连两日不吃饭的太太也在内,还有间壁的邹七嫂,真正本家的赵白眼,赵司晨。

少奶奶正拖着吴妈走出下房来,一面说:

"你到外面来,……不要躲在自己房里想……"

"谁不知道你正经,……短见是万万寻不得的。"邹七嫂也从旁说。

吴妈只是哭,夹些话,却不甚听得分明。

阿Q想:"哼,有趣,这小孤孀不知道闹着什么玩意儿了?"他想打听,走近赵司晨的身边。这时他猛然间看见赵大爷向他奔来,而且手里捏着一支大竹杠。他看见这一支大竹杠,便猛然间悟到自己曾经被打,和这一场热闹似乎有

[20]"蓬"是听觉效果,"粗"是触觉感受,阿Q先听到竹杠敲在头上的声音,再感到竹杠接触面积的大小,却感觉不到打得轻还是重。阿Q迟钝麻木到了何种程度!他的精神胜利法不仅使他精神麻木,还让他的肉体也麻木了。

点相关。他翻身便走,想逃回舂米场,不图这支竹杠阻了他的去路,于是他又翻身便走,自然而然的走出后门,不多工夫,已在土谷祠内了。

阿Q坐了一会,皮肤有些起粟,他觉得冷了,因为虽在春季,而夜间颇有余寒,尚不宜于赤膊。他也记得布衫留在赵家,但倘若去取,又深怕秀才的竹杠。然而地保进来了。

"阿Q,你的妈妈的!你连赵家的用人都调戏起来,简直是造反。害得我晚上没有觉睡,你的妈妈的!……"

如是云云的教训了一通,阿Q自然没有话。临末,因为在晚上,应该送地保加倍酒钱四百文,阿Q正没有现钱,便用一顶毡帽做抵押,并且订定了五条件:

一 明天用红烛——要一斤重的——一对,香一封,到赵府上去赔罪。

二 赵府上请道士祓除缢鬼,费用由阿Q负担。

三 阿Q从此不准踏进赵府的门槛。

四 吴妈此后倘有不测,惟阿Q是问。

五 阿Q不准再去索取工钱和布衫。[21]

阿Q自然都答应了,可惜没有钱。幸而已经春天,棉被可以无用,便质了二千大钱,履行条约。赤膊磕头之后,居然还剩几文,他也不再赎毡帽,统统喝了酒了。但赵家也并不烧香点烛,因为太太拜佛的时候可以用,留着了。那破布衫是大半做了少奶奶八月间生下来的孩子的衬尿布,那小半破烂的便都做了吴妈的鞋底。

第五章 生计问题

阿Q礼毕之后,仍旧回到土谷祠,太阳下去了,渐渐觉得世上有些古怪。他仔细一想,终于省悟过来:其原

[21]本文对地保着墨不多,但地保形象鲜明。他仗势欺人,乘人之危,实际是赵太爷的爪牙和帮凶。赵太爷的五条协议表明了他敲骨吸髓的凶残本性。这五个条件基本没有针对这一件事的,是借题发挥敲诈阿Q,要把他逼上绝路。

因盖在自己的赤膊。他记得破夹袄还在，便披在身上，躺倒了，待张开眼睛，原来太阳又已经照在西墙上头了。他坐起身，一面说道，"妈妈的……"

他起来之后，也仍旧在街上逛，虽然不比赤膊之有切肤之痛，却又渐渐的觉得世上有些古怪了。仿佛从这一天起，未庄的女人们忽然都怕了羞，伊们一见阿Q走来，便个个躲进门里去。甚而至于将近五十岁的邹七嫂，也跟着别人乱钻，而且将十一岁的女儿都叫进去了。阿Q很以为奇，而且想："这些东西忽然都学起小姐模样来了。这娼妇们……"

但他更觉得世上有些古怪，却是许多日以后的事。其一，酒店不肯赊欠了；其二，管土谷祠的老头子说些废话，似乎叫他走；其三，他虽然记不清多少日，但确乎有许多日，没有一个人来叫他做短工。酒店不赊，熬着也罢了；老头子催他走，噜苏一通也就算了；只是没有人来叫他做短工，却使阿Q肚子饿：这委实是一件非常"妈妈的"的事情。

阿Q忍不下去了，他只好到老主顾的家里去探问，——但独不许踏进赵府的门槛，——然而情形也异样：一定走出一个男人来，现了十分烦厌的相貌，像回复乞丐一般的摇手道：

"没有没有！你出去！"

阿Q愈觉得稀奇了。他想，这些人家向来少不了要帮忙，不至于现在忽然都无事，这总该有些蹊跷在里面了。他留心打听，才知道他们有事都去叫小Don。这小D，是一个穷小子，又瘦又乏，在阿Q的眼睛里，位置是在王胡之下的，谁料这小子竟谋了他的饭碗去。[22] 所以阿Q这一气，更与平常不同，当气愤愤的走着的时候，忽然将手一扬，唱道：

"我手执钢鞭将你打！……"

[22]阿Q以为是小D"谋了他的饭碗去"，而事实却是以赵太爷为代表的统治者剥夺了阿Q的生存权利。但阿Q误以为是小D在与自己作对，抢生意，可见阿Q的蒙昧程度之深。

几天之后,他竟在钱府的照壁前遇见了小D。"仇人相见分外眼明",阿Q便迎上去,小D也站住了。

"畜生!"阿Q怒目而视的说,嘴角上飞出唾沫来。

"我是虫豸,好么?……"小D说。

这谦逊反使阿Q更加愤怒起来,但他手里没有钢鞭,于是只得扑上去,伸手去拔小D的辫子。小D一手护住了自己的辫根,一手也来拔阿Q的辫子,阿Q便也将空着的一只手护住了自己的辫根。从先前的阿Q看来,小D本来是不足齿数的,但他近来挨了饿,又瘦又乏已经不下于小D,所以便成了势均力敌的现象,四只手拔着两颗头,都弯了腰,在钱家粉墙上映出一个蓝色的虹形,至于半点钟之久了。

"好了,好了!"看的人们说,大约是解劝的。[23]

"好,好!"看的人们说,不知道是解劝,是颂扬,还是煽动。

然而他们都不听。阿Q进三步,小D便退三步,都站着;小D进三步,阿Q便退三步,又都站着。大约半点钟,——未庄少有自鸣钟,所以很难说,或者二十分,——他们的头发里便都冒烟,额上便都流汗,阿Q的手放松了,在同一瞬间,小D的手也正放松了,同时直起,同时退开,都挤出人丛去。

"记着罢,妈妈的……"阿Q回过头去说。

"妈妈的,记着罢……"小D也回过头来说。

这一场"龙虎斗"似乎并无胜败,也不知道看的人可满足,都没有发什么议论,而阿Q却仍然没有人来叫他做短工。[24]

有一日很温和,微风拂拂的颇有些夏意了,阿Q却觉得寒冷起来,但这还可担当,第一倒是肚子饿。棉被,

[23] 鲁迅笔下的看客往往是对别人的打架吵嘴煽风点火,以求得观赏的愉快的。所以"大约"表明很可能不是劝解。

[24] 小D与前文的王胡其实都是受统治者剥削的劳动者,但他们却窝里斗,不争气,说到底,亦是阿Q一类麻木愚昧的国民。

毡帽,布衫,早已没有了,其次就卖了棉袄;现在有裤子,却万不可脱的;有破夹袄,又除了送人做鞋底之外,决定卖不出钱。他早想在路上拾得一注钱,但至今还没有见;他想在自己的破屋里忽然寻到一注钱,慌张的四顾,但屋内是空虚而且了然。于是他决计出门求食去了。[25]

他在路上走着要"求食",看见熟识的酒店,看见熟识的馒头,但他都走过了,不但没有暂停,而且并不想要。他所求的不是这类东西了;他求的是什么东西,他自己不知道。

未庄本不是大村镇,不多时便走尽了。村外多是水田,满眼是新秧的嫩绿,夹着几个圆形的活动的黑点,便是耕田的农夫。阿Q并不赏鉴这田家乐,却只是走,因为他直觉的知道这与他的"求食"之道是很辽远的。但他终于走到静修庵的墙外了。

庵周围也是水田,粉墙突出在新绿里,后面的低土墙里是菜园。阿Q迟疑了一会,四面一看,并没有人。他便爬上这矮墙去,扯着何首乌藤,但泥土仍然簌簌的掉,阿Q的脚也索索的抖;终于攀着桑树枝,跳到里面了。里面真是郁郁葱葱,但似乎并没有黄酒馒头,以及此外可吃的之类。靠西墙是竹丛,下面许多笋,只可惜都是并未煮熟的,还有油菜早经结子,芥菜已将开花,小白菜也很老了。

阿Q仿佛文童落第似的觉得很冤屈,他慢慢走近园门去,忽而非常惊喜了,这分明是一畦老萝卜。他于是蹲下便拔,而门口突然伸出一个很圆的头来,又即缩回去了,这分明是小尼姑。小尼姑之流是阿Q本来视若草芥的,但世事须"退一步想",所以他便赶紧拔起四个萝卜,拧下青叶,兜在大襟里。然而老尼姑已经出来了。

[25]"屋内是空虚而且了然",是环境描写,更是心理描写,表明阿Q此时生计没有着落,穷途末路,"于是他决计出门求食去了"。"求食"是动物找食物的用语,可见此时的阿Q已经十分悲惨,落到维持动物性的生存的地步了。而正是可恶残忍的赵太爷之流把阿Q逼到了这种地步。

"阿弥陀佛,阿Q,你怎么跳进园里来偷萝卜!……阿呀,罪过呵,阿唷,阿弥陀佛!……"

"我什么时候跳进你的园里来偷萝卜?"阿Q且看且走的说。

"现在……这不是?"老尼姑指着他的衣兜。

"这是你的?你能叫得他答应你么?你……"[26]

阿Q没有说完话,拔步便跑;追来的是一匹很肥大的黑狗。这本来在前门的,不知怎的到后园来了。黑狗哼而且追,已经要咬着阿Q的腿,幸而从衣兜里落下一个萝卜来,那狗给一吓,略略一停,阿Q已经爬上桑树,跨到土墙,连人和萝卜都滚出墙外面了。只剩着黑狗还在对着桑树嗥,老尼姑念着佛。

阿Q怕尼姑又放出黑狗来,拾起萝卜便走,沿路又捡了几块小石头,但黑狗却并不再出现。阿Q于是抛了石块,一面走一面吃,而且想道,这里也没有什么东西寻,不如进城去……

待三个萝卜吃完时,他已经打定了进城的主意了。

第六章 从中兴到末路

在未庄再看见阿Q出现的时候,是刚过了这年的中秋。人们都惊异,说是阿Q回来了,于是又回上去想道,他先前那里去了呢?阿Q前几回的上城,大抵早就兴高采烈的对人说,但这一次却并不,所以也没有一个人留心到。他或者也曾告诉过管土谷祠的老头子,然而未庄老例,只有赵太爷钱太爷和秀才大爷上城才算一件事。假洋鬼子尚且不足数,何况是阿Q:因此老头子也就不替他宣传,而未庄的社会上也就无从知道了。

[26] 穷途末路的阿Q去静修庵偷萝卜,是情节发展的必然。他视小尼姑如草芥,对老尼姑耍无赖,亦是他畏强凌弱的表现。自己的不争气、不觉悟以及统治阶级的迫害使他走上了行窃之路。"这是你的?你能叫得他答应你么?你……"这些狡辩的话突出了他性格中无赖的一面。

但阿Q这回的回来,却与先前大不同,确乎很值得惊异。天色将黑,他睡眼蒙胧的在酒店门前出现了,他走近柜台,从腰间伸出手来,满把是银的和铜的,在柜上一扔说,"现钱!打酒来!"[27]穿的是新夹袄,看去腰间还挂着一个大搭连,沉钿钿的将裤带坠成了很弯很弯的弧线。未庄老例,看见略有些醒目的人物,是与其慢也宁敬的,现在虽然明知道是阿Q,但因为和破夹袄的阿Q有些两样了,古人云,"士别三日便当刮目相待",所以堂倌,掌柜,酒客,路人,便自然显出一种疑而且敬的形态来。掌柜既先之以点头,又继之以谈话:

"嚄,阿Q,你回来了!"

"回来了。"

"发财发财,你是——在……"

"上城去了!"

这一件新闻,第二天便传遍了全未庄。人人都愿意知道现钱和新夹袄的阿Q的中兴史,所以在酒店里,茶馆里,庙檐下,便渐渐的探听出来了。这结果,是阿Q得了新敬畏。

据阿Q说,他是在举人老爷家里帮忙。这一节,听的人都肃然了。这老爷本姓白,但因为合城里只有他一个举人,所以不必再冠姓,说起举人来就是他。这也不独在未庄是如此,便是一百里方圆之内也都如此,人们几乎多以为他的姓名就叫举人老爷的了。在这人的府上帮忙,那当然是可敬的。但据阿Q又说,他却不高兴再帮忙了,因为这举人老爷实在太"妈妈的"了。这一节,听的人都叹息而且快意,因为阿Q本不配在举人老爷家里帮忙,而不帮忙是可惜的。[28]

[27] 为了在未庄人面前显阔,他故意把钱"一扔"。"扔"这个带有声音的动词表明他忘乎所以。

[28] 未庄人愚昧盲目、趋炎附势,他们听说阿Q在举人老爷家帮忙便肃然起敬。而阿Q不在举人老爷家帮忙了,听的人"叹息"又"快意",叹息是因为阿Q不在举人家帮忙,他们失掉了一个攀附阔人的机会,实在可惜;而出于嫉妒心理,他们又感到高兴,心想阿Q不配比他们好,所以心里又快意。这两个词深刻揭示了"听的人"的丑恶灵魂。

据阿Q说，他的回来，似乎也由于不满意城里人，这就在他们将长凳称为条凳，而且煎鱼用葱丝，加以最近观察所得的缺点，是女人的走路也扭得不很好。然而也偶有大可佩服的地方，即如未庄的乡下人不过打三十二张的竹牌[13]，只有假洋鬼子能够叉"麻酱"，城里却连小乌龟子都叉得精熟的。什么假洋鬼子，只要放在城里的十几岁的小乌龟子的手里，也就立刻是"小鬼见阎王"。这一节，听的人都赧然了。

"你们可看见过杀头么？"阿Q说，"咳，好看。杀革命党。唉，好看好看，……"他摇摇头，将唾沫飞在正对面的赵司晨的脸上。这一节，听的人都凛然了。但阿Q又四面一看，忽然扬起右手，照着伸长脖子听得出神的王胡的后项窝上直劈下去道：

"嚓！"

王胡惊得一跳，同时电光石火似的赶快缩了头，而听的人又都悚然而且欣然了。从此王胡瘟头瘟脑的许多日，并且再不敢走近阿Q的身边；别的人也一样。[29]

阿Q这时在未庄人眼睛里的地位，虽不敢说超过赵太爷，但谓之差不多，大约也就没有什么语病的了。

然而不多久，这阿Q的大名忽又传遍了未庄的闺中。虽然未庄只有钱赵两姓是大屋，此外十之九都是浅闺，但闺中究竟是闺中，所以也算得一件神异。女人们见面时一定说，邹七嫂在阿Q那里买了一条蓝绸裙，旧固然是旧的，但只化了九角钱。还有赵白眼的母亲，——一说是赵司晨的母亲，待考，——也买了一件孩子穿的大红洋纱衫，七成新，只用三百大钱九二串。于是伊们都眼巴巴的想见阿Q，缺绸

---

[13]三十二张的竹牌：一种赌具。下文的"麻酱"指麻将。

[29]看杀革命党的阿Q当然不可能觉悟，麻木愚昧之余，只能充当无聊的看客。"凛然""悚然""欣然"三个词描写众人听阿Q讲杀革命党时候的心理、表情变化过程，刻画出他们麻木不仁的看客心态，表明作者强烈的批判态度。

裙的想问他买绸裙,要洋纱衫的想问他买洋纱衫,不但见了不逃避,有时阿Q已经走过了,也还要追上去叫住他,问道:

"阿Q,你还有绸裙么?没有?纱衫也要的,有罢?"[30]

后来这终于从浅闺传进深闺里去了。因为邹七嫂得意之余,将伊的绸裙请赵太太去鉴赏,赵太太又告诉了赵太爷而且着实恭维了一番。赵太爷便在晚饭桌上,和秀才大爷讨论,以为阿Q实在有些古怪,我们门窗应该小心些;但他的东西,不知道可还有什么可买,也许有点好东西罢。加以赵太太也正想买一件价廉物美的皮背心。于是家族决议,便托邹七嫂即刻去寻阿Q,而且为此新辟了第三种的例外:这晚上也姑且特准点油灯。

油灯干了不少了,阿Q还不到。赵府的全眷都很焦急,打着呵欠,或恨阿Q太飘忽,或怨邹七嫂不上紧。赵太太还怕他因为春天的条件不敢来,而赵太爷以为不足虑:因为这是"我"去叫他的。果然,到底赵太爷有见识,阿Q终于跟着邹七嫂进来了。

"他只说没有没有,我说你自己当面说去,他还要说,我说……"邹七嫂气喘吁吁的走着说。

"太爷!"阿Q似笑非笑的叫了一声,在檐下站住了。

"阿Q,听说你在外面发财,"赵太爷踱开去,眼睛打量着他的全身,一面说。"那很好,那很好的。这个,……听说你有些旧东西,……可以都拿来看一看,……这也并不是别的,因为我倒要……"

"我对邹七嫂说过了。都完了。"

"完了?"赵太爷不觉失声的说,"那里会完得这样快呢?"[31]

"那是朋友的,本来不多。他们买了些,……"

[30] 前文写村里的妇女以为阿Q是个猎色的坏蛋而躲避阿Q,而到这里,她们因为喜欢他手里的东西而并不害怕阿Q了。这里,作者对文中的妇女持一种讽刺态度。

[31] 赵太爷本来想贪小便宜,却偏要做出个老爷样子来,所以一开始说话想说得含蓄而有身份,可没想到阿Q说"完了",他心里一急就"不觉失声",露出了爱贪小便宜的土地主的尾巴来。

"总该还有一点罢。"

"现在,只剩了一张门幕了。"

"就拿门幕来看看罢。"赵太太慌忙说。

"那么,明天拿来就是,"赵太爷却不甚热心了。"阿Q,你以后有什么东西的时候,你尽先送来给我们看,……"

"价钱决不会比别家出得少!"秀才说。秀才娘子忙一瞥阿Q的脸,看他感动了没有。

"我要一件皮背心。"赵太太说。

阿Q虽然答应着,却懒洋洋的出去了,也不知道他是否放在心上。这使赵太爷很失望,气愤而且担心,至于停止了打呵欠。秀才对于阿Q的态度也很不平,于是说,这忘八蛋要提防,或者竟不如吩咐地保,不许他住在未庄。但赵太爷以为不然,说这也怕要结怨,况且做这路生意的大概是"老鹰不吃窝下食",本村倒不必担心的;只要自己夜里警醒点就是了。秀才听了这"庭训",非常之以为然,便即刻撤消了驱逐阿Q的提议,而且叮嘱邹七嫂,请伊千万不要向人提起这一段话。[32]

但第二日,邹七嫂便将那蓝裙去染了皂,又将阿Q可疑之点传扬出去了,可是确没有提起秀才要驱逐他这一节。然而这已经于阿Q很不利。最先,地保寻上门了,取了他的门幕去,阿Q说是赵太太要看的,而地保也不还,并且要议定每月的孝敬钱。其次,是村人对于他的敬畏忽而变相了,虽然还不敢来放肆,却很有远避的神情,而这神情和先前的防他来"嚓"的时候又不同,颇混着"敬而远之"的分子了。

只有一班闲人们却还要寻根究底的去探阿Q的底细。阿Q也并不讳饰,傲然的说出他的经验来。从此他们才知道,他不过是一个小脚色,不但不能上墙,并且不能进洞,只

[32] "庭训""撤消""驱逐""提议"是大词小用,庄词谐用,既刻画出人物的滑稽可笑,又具有强烈的讽刺意味。

站在洞外接东西。有一夜,他刚才接到一个包,正手再进去,不一会,只听得里面大嚷起来,他便赶紧跑,连夜爬出城,逃回未庄来了,从此不敢再去做。然而这故事却于阿Q更不利,村人对于阿Q的"敬而远之"者,本因为怕结怨,谁料他不过是一个不敢再偷的偷儿呢?这实在是"斯亦不足畏也矣。"

第七章 革 命

宣统三年九月十四日——即阿Q将搭连卖给赵白眼的这一天——三更四点,有一只大乌蓬船到了赵府上的河埠头。[33]这船从黑魆魆中荡来,乡下人睡得熟,都没有知道;出去时将近黎明,却很有几个看见的了。据探头探脑的调查来的结果,知道那竟是举人老爷的船!

那船便将大不安载给了未庄,不到正午,全村的人心就很摇动。船的使命,赵家本来是很秘密的,但茶坊酒肆里却都说,革命党要进城,举人老爷到我们乡下来逃难了。唯有邹七嫂不以为然,说那不过是几口破衣箱,举人老爷想来寄存的,却已被赵太爷回复转去。其实举人老爷和赵秀才素不相能,在理本不能有"共患难"的情谊,况且邹七嫂又和赵家是邻居,见闻较为切近,所以大概该是伊对的。

然而谣言很旺盛,说举人老爷虽然似乎没有亲到,却有一封长信,和赵家排了"转折亲"。赵太爷肚里一轮,觉得于他总不会有坏处,便将箱子留下了,现就塞在太太的床底下。至于革命党,有的说是便在这一夜进了城,个个白盔白甲:穿着崇正皇帝的素⑭。[34]

[33]作者用阿Q将搭连卖给赵白眼这件事来补充说明绍兴光复这么重要的事件,说明普通老百姓并不关心什么绍兴光复,而只注意身边发生的小事,辛亥革命与人们的生活离得太远。

[34]清朝已经灭亡了,但未庄人的思想仍旧停留在明末清初的过去。民众之愚昧落后不言自明。

---

⑭穿着崇正皇帝的素:崇正,作品中人物对崇祯的讹称。明亡于清,后来有些农民起义的部队常用"反清复明"的口号来反对清朝统治,因此直到清末还有人认为革命党人起义是替崇祯皇帝报仇。

160

阿Q的耳朵里,本来早听到过革命党这一句话,今年又亲眼见过杀掉革命党。但他有一种不知从那里来的意见,以为革命党便是造反,造反便是与他为难,所以一向是"深恶而痛绝之"的。殊不料这却使百里闻名的举人老爷有这样怕,于是他未免也有些"神往"了,况且未庄的一群鸟男女的慌张的神情,也使阿Q更快意。

"革命也好罢,"阿Q想,"革这伙妈妈的命,太可恶!太可恨!……便是我,也要投降革命党了。"[35]

阿Q近来用度窘,大约略略有些不平;加以午间喝了两碗空肚酒,愈加醉得快,一面想一面走,便又飘飘然起来。不知怎么一来,忽而似乎革命党便是自己,未庄人却都是他的俘虏了。他得意之余,禁不住大声的嚷道:

"造反了!造反了!"

未庄人都用了惊惧的眼光对他看。这一种可怜的眼光,是阿Q从来没有见过的,一见之下,又使他舒服得如六月里喝了雪水。他更加高兴的走而且喊道:

"好,……我要什么就是什么,我欢喜谁就是谁。[36]

得得,锵锵!

悔不该,酒醉错斩了郑贤弟,

悔不该,呀呀呀……

得得,锵锵,得,锵令锵!

我手执钢鞭将你打……"

赵府上的两位男人和两个真本家,也正站在大门口论革命。阿Q没有见,昂了头直唱过去。

"得得,……"

"老Q,"赵太爷怯怯的迎着低声的叫。

"锵锵,"阿Q料不到他的名字会和"老"字联结起来,

[35]阿Q身上有着狭隘保守、排斥异端的思想,他反对变革既有的现实,所以他一开始听到革命时很反感,觉得是与他为难,更深恶痛绝;同时他身上又有着盲目趋时的特点,加上他对未庄人的不满,自己生活得不痛快,又看到举人老爷这样怕,所以他自然又向往革命了。这表明革命之于阿Q,并无真正的革命意义。

[36]阿Q怎样理解革命呢?"我要什么就是什么,我欢喜谁就是谁。"这样的革命怎么能成功?小说以形象的描写,从一个侧面反映了辛亥革命失败的根源。

以为是一句别的话,与己无干,只是唱。"得,锵,锵令锵,锵!"

"老Q。"

"悔不该……"

"阿Q!"秀才只得直呼其名了。

阿Q这才站住,歪着头问道,"什么?"

"老Q,……现在……"赵太爷却又没有话,"现在……发财么?"

"发财?自然。要什么就是什么……"

"阿……Q哥,像我们这样穷朋友是不要紧的……"赵白眼惴惴的说,似乎想探革命党的口风。[37]

"穷朋友?你总比我有钱。"阿Q说着自去了。

大家都怃然,没有话。赵太爷父子回家,晚上商量到点灯。赵白眼回家,便从腰间扯下搭连来,交给他女人藏在箱底里。

阿Q飘飘然的飞了一通,回到土谷祠,酒已经醒透了。这晚上,管祠的老头子也意外的和气,请他喝茶;阿Q便向他要了两个饼,吃完之后,又要了一支点过的四两烛和一个树烛台,点起来,独自躺在自己的小屋里。他说不出的新鲜而且高兴,烛火像元夜似的闪闪的跳,他的思想也迸跳起来了:

"造反?有趣,……来了一阵白盔白甲的革命党,都拿着板刀,钢鞭,炸弹,洋炮,三尖两刃刀,钩镰枪,走过土谷祠,叫道,'阿Q!同去同去!'于是一同去。……

"这时未庄的一伙鸟男女才好笑哩,跪下叫道,'阿Q,饶命!'谁听他!第一个该死的是小D和赵太爷,还有秀才,还有假洋鬼子,……留几条么?王胡本来还可留,

[37] 在革命面前赵太爷父子六神无主、低声下气,而阿Q变成了"老Q""阿Q哥"。赵太爷和阿Q俨然换了个位置。可见此时的赵太爷变成了一个惶恐、狡诈、卑怯的"弱势"土地主。

但也不要了。……

"东西,……直走进去打开箱子来:元宝,洋钱,洋纱衫,……秀才娘子的一张宁式床⑮先搬到土谷祠,此外便摆了钱家的桌椅,——或者也就用赵家的罢。自己是不动手的了,叫小D来搬,要搬得快,搬得不快打嘴巴。……

"赵司晨的妹子真丑。邹七嫂的女儿过几年再说。假洋鬼子的老婆会和没有辫子的男人睡觉,吓,不是好东西!秀才的老婆是眼胞上有疤的。……吴妈长久不见了,不知道在那里,——可惜脚太大。"

阿Q没有想得十分停当,已经发了鼾声,四两烛还只点去了小半寸,红焰焰的光照着他张开的嘴。

"荷荷!"阿Q忽而大叫起来,抬了头仓皇的四顾,待到看见四两烛,却又倒头睡去了。

第二天他起得很迟,走出街上看时,样样都照旧。他也仍然肚饿,他想着,想不起什么来;但他忽而似乎有了主意了,慢慢的跨开步,有意无意的走到静修庵。

庵和春天时节一样静,白的墙壁和漆黑的门。他想了一想,前去打门,一只狗在里面叫。他急急拾了几块断砖,再上去较为用力的打,打到黑门上生出许多麻点的时候,才听得有人来开门。

阿Q连忙捏好砖头,摆开马步,准备和黑狗来开战。但庵门只开了一条缝,并无黑狗从中冲出,望进去只有一个老尼姑。

"你又来什么事?"伊大吃一惊的说。

"革命了……你知道?……"阿Q说得很含胡。

"革命革命,革过一革的,……你们要革得我们怎么样

---

⑮宁式床:浙江宁波一带制作的一种比较讲究的床。

呢?"老尼姑两眼通红的说。[38]

"什么?……"阿Q诧异了。

"你不知道,他们已经来革过了!"

"谁?……"阿Q更其诧异了。

"那秀才和洋鬼子!"

阿Q很出意外,不由的一错愕;老尼姑见他失了锐气,便飞速的关了门,阿Q再推时,牢不可开,再打时,没有回答了。

那还是上午的事。赵秀才消息灵,一知道革命党已在夜间进城,便将辫子盘在顶上,一早去拜访那历来也不相能的钱洋鬼子。这是"咸与维新⑯"的时候了,所以他们便谈得很投机,立刻成了情投意合的同志,也相约去革命。他们想而又想,才想出静修庵里有一块"皇帝万岁万万岁"的龙牌,是应该赶紧革掉的,于是又立刻同到庵里去革命。因为老尼姑来阻挡,说了三句话,他们便将伊当作满政府,在头上很给了不少的棍子和栗凿。尼姑待他们走后,定了神来检点,龙牌固然已经碎在地上了,而且又不见了观音娘娘座前的一个宣德炉。[39]

这事阿Q后来才知道。他颇悔自己睡着,但也深怪他们不来招呼他。他又退一步想道:

"难道他们还没有知道我已经投降了革命党么?"

第八章　不准革命

未庄的人心日见其安静了。据传来的消息,知道革命党虽然进了城,倒还没有什么大异样。知县大老爷还是原

[38] 从"革过一革的"这五个字可以看出,当时人们并不理解何谓"革命","革命"一词成了人们的口头禅。老尼姑的"革过一革的",是对革命的极大讽刺。在她眼里,所谓"革命",就是打砸抢。

[39] 阿Q与赵秀才、假洋鬼子"素不相能",但都想到去静修庵"革命",说明他们的革命动机之卑下,无非就是找一些弱者来欺负一番罢了。鲁迅让读者明白,辛亥革命之所以失败,就是这样的人太多了。

---

⑯咸与维新:原意是对受恶习影响的人都给以弃旧从新的机会。这里指辛亥革命时革命派与旧势力妥协,地主、官僚等趁此投机的现象。

官,不过改称了什么,而且举人老爷也做了什么——这些名目,未庄人都说不明白——官,带兵的也还是先前的老把总⑰。只有一件可怕的事是另有几个不好的革命党夹在里面捣乱,第二天便动手剪辫子,听说那邻村的航船七斤便着了道儿,弄得不像人样子了。但这却还不算大恐怖,因为未庄人本来少上城,即使偶有想进城的,也就立刻变了计,碰不着这危险。阿Q本也想进城去寻他的老朋友,一得这消息,也只得作罢了。

但未庄也不能说是无改革。几天之后,将辫子盘在顶上的逐渐增加起来了,早经说过,最先自然是茂才公,其次便是赵司晨和赵白眼,后来是阿Q。倘在夏天,大家将辫子盘在头顶上或者打一个结,本不算什么稀奇事,但现在是暮秋,所以这"秋行夏令"的情形,在盘辫家不能不说是万分的英断,而在未庄也不能说无关于改革了。

赵司晨脑后空荡荡的走来,[40]看见的人大嚷说,

"嚄,革命党来了!"

阿Q听到了很羡慕。他虽然早知道秀才盘辫的大新闻,但总没有想到自己可以照样做,现在看见赵司晨也如此,才有了学样的意思,定下实行的决心。他用一支竹筷将辫子盘在头顶上,迟疑多时,这才放胆的走去。

他在街上走,人也看他,然而不说什么话,阿Q当初很不快,后来便很不平。他近来很容易闹脾气了;其实他的生活,倒也并不比造反之前反艰难,人见他也客气,店铺也不说要现钱。而阿Q总觉得自己太失意:既然革了命,不应该只是这样的。况且有一回看见小D,愈使他气破肚皮了。

小D也将辫子盘在头顶上了,而且也居然用一支竹筷。

[40]"空荡荡"一词写出了人们看惯了脑后的辫子,而现在一下子看不到辫子时不习惯的微妙感觉,很有滑稽感。

⑰把总:清代下级军官。

阿Q万料不到他也敢这样做,自己也决不准他这样做!小D是什么东西呢?他很想即刻揪住他,拗断他的竹筷,放下他的辫子,并且批他几个嘴巴,聊且惩罚他忘了生辰八字,也敢来做革命党的罪。但他终于饶放了,单是怒目而视的吐一口唾沫道"呸!"

这几日里,进城去的只有一个假洋鬼子。赵秀才本也想靠着寄存箱子的渊源,亲身去拜访举人老爷的,但因为有剪辫的危险,所以也就中止了。他写了一封"黄伞格⑱"的信,托假洋鬼子带上城,而且托他给自己绍介绍介,去进自由党。假洋鬼子回来时,向秀才讨还了四块洋钱,秀才便有一块银桃子挂在大襟上了;未庄人都惊服,说这是柿油党的顶子⑲,抵得一个翰林;赵太爷因此也骤然大阔,远过于他儿子初隽秀才的时候,所以目空一切,见了阿Q,也就很有些不放在眼里了。[41]

阿Q正在不平,又时时刻刻感着冷落,一听得这银桃子的传说,他立即悟出自己之所以冷落的原因了:要革命,单说投降,是不行的;盘上辫子,也不行的;第一着仍然要和革命党去结识。他生平所知道的革命党只有两个,城里的一个早已"嚓"的杀掉了,现在只剩了一个假洋鬼子。他除却赶紧去和假洋鬼子商量之外,再没有别的道路了。

钱府的大门正开着,阿Q便怯怯的蹩进去。他一到里面,很吃了惊,只见假洋鬼子正站在院子的中央,一身乌黑的大约是洋衣,身上也挂着一块银桃子,手里是阿Q曾经领教过的棍子,已经留到一尺多长的辫子都拆开了披在肩背

---

[41]"惊服"刻画了未庄人前后两种不同心态,先是猜想"银桃子"可能是当大官的象征,很吃惊,过后很快便佩服,表明未庄人的趋炎附势心理。

⑱黄伞格:一种写信格式,因格式像旧时官吏仪仗中的黄伞而得名。
⑲柿油党的顶子:柿油党是"自由党"的谐音。顶子是清代官员帽顶上表示官阶的帽珠。这里是未庄人把自由党的徽章比作官员的"顶子"。

上,蓬头散发的像一个刘海仙[20]。对面挺直的站着赵白眼和三个闲人,正在必恭必敬的听说话。

阿Q轻轻的走近了,站在赵白眼的背后,心里想招呼,却不知道怎么说才好:叫他假洋鬼子固然是不行的了,洋人也不妥,革命党也不妥,或者就应该叫洋先生了罢。

洋先生却没有见他,因为白着眼睛讲得正起劲:

"我是性急的,所以我们见面,我总是说:洪哥[21]!我们动手罢!他却总说道 No! ——这是洋话,你们不懂的。否则早已成功了。然而这正是他做事小心的地方。他再三再四的请我上湖北,我还没有肯。谁愿意在这小县城里做事情。……"[42]

"唔,……这个……"阿Q候他略停,终于用十二分的勇气开口了,但不知道因为什么,又并不叫他洋先生。

听着说话的四个人都吃惊的回顾他。洋先生也才看见:

"什么?"

"我……"

"出去!"

"我要投……"

"滚出去!"洋先生扬起哭丧棒来了。

赵白眼和闲人们便都吆喝道:"先生叫你滚出去,你还不听么!"[43]

阿Q将手向头上一遮,不自觉的逃出门外;洋先生倒也没有追。他快跑了六十多步,这才慢慢的走,于是

---

[42] 假洋鬼子这段"演讲"满口"鬼话",胡乱吹捧投机分子洪哥。捏造革命经历、革命资本,说明他是一个半吊子知识分子,外表新式,实际上是一个投机、善变、钻营的封建余孽。他的这番话只能蒙骗没见过世面的未庄乡下人。

[43] 作为一个与封建主义有着千丝万缕联系的新式资产阶级人物,假洋鬼子注定与广大人民有着天然的隔膜。假洋鬼子觉得如果同意了阿Q与他一起革命,那么就是对自己身份的极大侮辱。所以,他决不准阿Q革命,决不同阿Q共一条战壕。

---

[20]刘海仙:指五代时的刘海蟾。相传他在终南山修道成仙。流行于民间的他的画像一般都是披着长发,前额覆有短发。

[21]洪哥:可能指黎元洪(1864—1928),湖北黄陂人,1911年武昌起义爆发,被迫出任湖北军政府鄂军大都督。他并未参与武昌起义的筹划。

心里便涌起了忧愁：洋先生不准他革命,他再没有别的路；从此决不能望有白盔白甲的人来叫他,他所有的抱负,志向,希望,前程,全被一笔勾销了。至于闲人们传扬开去,给小D王胡等辈笑话,倒是还在其次的事。

他似乎从来没有经验过这样的无聊。他对于自己的盘辫子,仿佛也觉得无意味,要侮蔑；为报仇起见,很想立刻放下辫子来,但也没有竟放。他游到夜间,赊了两碗酒,喝下肚去,渐渐的高兴起来了,思想里才又出现白盔白甲的碎片。

有一天,他照例的混到夜深,待酒店要关门,才踱回土谷祠去。

拍,吧～～～！

他忽而听得一种异样的声音,又不是爆竹。阿Q本来是爱看热闹,爱管闲事的,便在暗中直寻过去。似乎前面有些脚步声；他正听,猛然间一个人从对面逃来了。阿Q一看见,便赶紧翻身跟着逃。那人转弯,阿Q也转弯,既转弯,那人站住了,阿Q也站住。他看后面并无什么,看那人便是小D。

"什么?"阿Q不平起来了。

"赵……赵家遭抢了！"小D气喘吁吁的说。

阿Q的心怦怦的跳了。小D说了便走；阿Q却逃而又停的两三回。但他究竟是做过"这路生意"的人,格外胆大,于是蹩出路角,仔细的听,似乎有些嚷嚷,又仔细的看,似乎许多白盔白甲的人,络绎的将箱子抬出了,器具抬出了,秀才娘子的宁式床也抬出了,但是不分明,他还想上前,两只脚却没有动。

这一夜没有月,未庄在黑暗里很寂静,寂静到像羲皇时候一般太平。阿Q站着看到自己发烦,也似乎还是先前一样,在那里来来往往的搬,箱子抬出了,器具抬出了,秀才娘子的宁式床也抬出了,……抬得他自己有些不信他的眼睛了。但他决计不再上前,却回到自己的祠里去了。[44]

土谷祠里更漆黑;他关好大门,摸进自己的屋子里。他躺了好一会,这才定了神,而且发出关于自己的思想来:白盔白甲的人明明到了,并不来打招呼,搬了许多好东西,又没有自己的份,——这全是假洋鬼子可恶,不准我造反,否则,这次何至于没有我的份呢?阿Q越想越气,终于禁不住满心痛恨起来,毒毒的点一点头:"不准我造反,只准你造反?妈妈的假洋鬼子,——好,你造反!造反是杀头的罪名呵,我总要告一状,看你抓进县里去杀头,——满门抄斩,——嚓!嚓!"[45]

第九章　大团圆

赵家遭抢之后,未庄人大抵很快意而且恐慌,阿Q也很快意而且恐慌。[46]但四天之后,阿Q在半夜里忽被抓进县城里去了。那时恰是暗夜,一队兵,一队团丁,一队警察,五个侦探,悄悄地到了未庄,乘昏暗围住土谷祠,正对门架好机关枪;然而阿Q不冲出。许多时没有动静,把总焦急起来了,悬了二十千的赏,才有两个团丁冒了险,踰垣进去,里应外合,一拥而入,将阿Q抓出来;直待擒出祠外面的机关枪左近,他才有些清醒了。

到进城,已经是正午,阿Q见自己被搀进一所破衙门,转了五六个弯,便推在一间小屋里。他刚刚一踉跄,那用整株的木料做成的栅栏门便跟着他的脚跟阖上了,其余的三面都是墙壁,仔细看时,屋角上还有两个人。

[44] 两段话中用了六个"抬出了",强调阿Q因为没有被邀请革命而焦虑不安,更说明他革命动机低下,只是想分点东西而已。

[45] 阿Q要告假洋鬼子"造反"的状,一方面因为自己参加革命不成,心中不平,想要报复;另一方面说明阿Q的革命愿望经不起考验,因为他对革命的认识根本就不正确。

[46] 赵家遭抢,未庄人既"快意"又"恐慌"。"快意"是因为未庄人平时虽说敬畏赵太爷,但作为被压迫者,心底里也怨恨赵太爷这样的压迫者;"恐慌"是因为对形势不了解,怕危及自己的财产和生命。

阿Q虽然有些忐忑，却并不很苦闷，因为他那土谷祠里的卧室，也并没有比这间屋子更高明。那两个也仿佛是乡下人，渐渐和他兜搭起来了，一个说是举人老爷要追他祖父欠下来的陈租，一个不知道为了什么事。他们问阿Q，阿Q爽利的答道，"因为我想造反。"

他下半天便又被抓出栅栏门去了，到得大堂，上面坐着一个满头剃得精光的老头子。阿Q疑心他是和尚，但看见下面站着一排兵，两旁又站着十几个长衫人物，也有满头剃得精光像这老头子的，也有将一尺来长的头发披在背后像那假洋鬼子的，都是一脸横肉，怒目而视的看他；他便知道这人一定有些来历，膝关节立刻自然而然的宽松，便跪了下去了。

"站着说！不要跪！"长衫人物都吆喝说。

阿Q虽然似乎懂得，但总觉得站不住，身不由己的蹲了下去，而且终于趁势改为跪下了。[47]

"奴隶性！……"长衫人物又鄙夷似的说，但也没有叫他起来。

"你从实招来罢，免得吃苦。我早都知道了。招了可以放你。"那光头的老头子看定了阿Q的脸，沉静的清楚的说。

"招罢！"长衫人物也大声说。

"我本来要……来投……"阿Q胡里胡涂的想了一通，这才断断续续的说。

"那么，为什么不来的呢？"老头子和气的问。

"假洋鬼子不准我！"

"胡说！此刻说，也迟了。现在你的同党在那里？"

"什么？……"

"那一晚打劫赵家的一伙人。"

[47] 阿Q下跪，表明他身上的奴性根深蒂固。见官就跪，是中国几千年封建统治者对百姓压迫的结果，其实质是对国民人格的侮辱，但国民长期如此，已不觉受辱。作者描写这一情节，一方面是揭露统治者的愚民政策，另一方面是批评国民的奴性。

"他们没有来叫我。他们自己搬走了。"阿Q提起来便愤愤。

"走到那里去了呢？说出来便放你了。"老头子更和气了。

"我不知道，……他们没有来叫我……"

然而老头子使了一个眼色，阿Q便又被抓进栅栏门里了。他第二次抓出栅栏门，是第二天的上午。

大堂的情形都照旧。上面仍然坐着光头的老头子，阿Q也仍然下了跪。

老头子和气的问道，"你还有什么话说么？"

阿Q一想，没有话，便回答说，"没有。"

于是一个长衫人物拿了一张纸，并一支笔送到阿Q的面前，要将笔塞在他手里。阿Q这时很吃惊，几乎"魂飞魄散"了：因为他的手和笔相关，这回是初次。他正不知怎样拿；那人却又指着一处地方教他画花押。

"我……我……不认得字。"阿Q一把抓住了笔，惶恐而且惭愧的说。

"那么，便宜你，画一个圆圈！"

阿Q要画圆圈了，那手捏着笔却只是抖。于是那人替他将纸铺在地上，阿Q伏下去，使尽了平生的力画圆圈。他生怕被人笑话，立志要画得圆，但这可恶的笔不但很沉重，并且不听话，刚刚一抖一抖的几乎要合缝，却又向外一耸，画成瓜子模样了。

阿Q正羞愧自己画得不圆，那人却不计较，早已掣了纸笔去，许多人又将他第二次抓进栅栏门。[48]

[48]阿Q"画圆圈"说明阿Q死爱面子，死到临头还不觉悟。

他第二次进了栅栏，倒也并不十分懊恼。他以为人生天地之间，大约本来有时要抓进抓出，有时要在纸上画圆圈

171

的,惟有圈而不圆,却是他"行状"上的一个污点。但不多时也就释然了,他想:孙子才画得很圆的圆圈呢。于是他睡着了。

然而这一夜,举人老爷反而不能睡:他和把总呕了气了。举人老爷主张第一要追赃,把总主张第一要示众。把总近来很不将举人老爷放在眼里了,拍案打凳的说道,"惩一儆百!你看,我做革命党还不上二十天,抢案就是十几件,全不破案,我的面子在那里?破了案,你又来迕。不成!这是我管的!"举人老爷窘急了,然而还坚持,说是倘若不追赃,他便立刻辞了帮办民政的职务。而把总却道,"请便罢!"于是举人老爷在这一夜竟没有睡,但幸而第二天倒也没有辞。

阿Q第三次抓出栅栏门的时候,便是举人老爷睡不着的那一夜的明天的上午了。他到了大堂,上面还坐着照例的光头老头子;阿Q也照例的下了跪。

老头子很和气的问道,"你还有什么话么?"

阿Q一想,没有话,便回答说,"没有。"

许多长衫和短衫人物,忽然给他穿上一件洋布的白背心,上面有些黑字。阿Q很气苦:因为这很像是带孝,而带孝是晦气的。然而同时他的两手反缚了,同时又被一直抓出衙门外去了。

阿Q被抬上了一辆没有篷的车,几个短衣人物也和他同坐在一处。这车立刻走动了,前面是一班背着洋炮的兵们和团丁,两旁是许多张着嘴的看客,后面怎样,阿Q没有见。但他突然觉到了:这岂不是去杀头么?他一急,两眼发黑,耳朵里嗡的一声,似乎发昏了。然而他又没有全发昏,有时虽然着急,有时却也泰然;他意思之间,似乎觉得人生天地间,大约本来有时也未免要杀头的。[49]

  他还认得路,于是有些诧异了:怎么不向着法场走呢?他不知道这是在游街,在示众。但即使知道也一样,他不过便以为人生天地间,大约本来有时也未免要游街要示众罢了。

  他省悟了,这是绕到法场去的路,这一定是"嚓"的去杀头。他惘惘的向左右看,全跟着马蚁似的人,而在无意中,却在路旁的人丛中发见了一个吴妈。很久违,伊原来在城里做工了。阿Q忽然很羞愧自己没志气:竟没有唱几句戏。他的思想仿佛旋风似的在脑里一回旋:《小孤孀上坟》欠堂皇,《龙虎斗》里的"悔不该……"也太乏,还是"手执钢鞭将你打"罢。他同时想将手一扬,才记得这两手原来都捆着,于是"手执钢鞭"也不唱了。

  "过了二十年又是一个……"阿Q在百忙中,"无师自通"的说出半句从来不说的话。

  "好!!!"从人丛里,便发出豺狼的嗥叫一般的声音来。

  车子不住的前行,阿Q在喝采声中,轮转眼睛去看吴妈,似乎伊一向并没有见他,却只是出神的看着兵们背上的洋炮。

  阿Q于是再看那些喝采的人们。

  这刹那中,他的思想又仿佛旋风似的在脑里一回旋了。四年之前,他曾在山脚下遇见一只饿狼,永是不近不远的跟定他,要吃他的肉。他那时吓得几乎要死,幸而手里有一柄斫柴刀,才得仗这壮了胆,支持到未庄;可是永远记得那狼眼睛,又凶又怯,闪闪的像两颗鬼火,似乎远远的来穿透了他的皮肉。而这回他又看见从来没有见过的更可怕的眼睛了,又钝又锋利,不但已经咀嚼了他的话,并且还要咀嚼他

[49]阿Q死到临头,精神上还那么"泰然",表明其精神麻木到了极点。

[50]"狼"象征着那些麻木的看客,他们不仅充当看客,也充当刽子手的帮凶,一起来"吃掉"阿Q。

[51]这段话表明顽固的封建统治阶级本性不变。

[52]以未庄人和城里人对阿Q被枪毙的态度来结束全文,揭示了一个十分悲观的现实:社会仍是如此黑暗,国民仍是如此愚昧,国人何时才能得救?

皮肉以外的东西,永是不远不近的跟他走。

这些眼睛们似乎连成一气,已经在那里咬他的灵魂。[50]

"救命,……"

然而阿Q没有说。他早就两眼发黑,耳朵里嗡的一声,觉得全身仿佛微尘似的迸散了。

至于当时的影响,最大的倒反在举人老爷,因为终于没有追赃,他全家都号咷了。其次是赵府,非特秀才因为上城去报官,被不好的革命党剪了辫子,而且又破费了二十千的赏钱,所以全家也号咷了。从这一天以来,他们便渐渐的都发生了遗老的气味。[51]

至于舆论,在未庄是无异议,自然都说阿Q坏,被枪毙便是他的坏的证据;不坏又何至于被枪毙呢?而城里的舆论却不佳,他们多半不满足,以为枪毙并无杀头这般好看;而且那是怎样的一个可笑的死囚呵,游了那么久的街,竟没有唱一句戏:他们白跟一趟了。[52]

一九二一年十二月

兔和猫

住在我们后进院子里的三太太,在夏间买了一对白兔,是给伊的孩子们看的。

这一对白兔,似乎离娘并不久,虽然是异类,也可以看出他们的天真烂熳来。但也竖直了小小的通红的长耳朵,动着鼻子,眼睛里颇现些惊疑的神色,大约究竟觉得人地生疏,没有在老家时候的安心了。[1] 这种东西,倘到庙会日期自己出去买,每个至多不过两吊钱,而三太太却花了一元,因为是叫小使上店买来的。

孩子们自然大得意了,嚷着围住了看;大人也都围着看;还有一匹小狗名叫 S 的也跑来,闯过去一嗅,打了一个喷嚏,退了几步。三太太吆喝道,"S,听着,不准你咬他!"于是在他头上打了一掌,S 便退开了,从此并不咬。

这一对兔总是关在后窗后面的小院子里的时候多,听说是因为太喜欢撕壁纸,也常常啃木器脚。这小院子里有一株野桑树,桑子落地,他们最爱吃,便连喂他们的波菜也不吃了。乌鸦喜鹊想要下来时,他们便躬着身子用后脚在地上使劲的一弹,砉的一声直跳上来,像飞起了一团雪,鸦鹊吓得赶紧走,这样的几回,再也不敢近来了。[2] 三太太说,鸦鹊倒不打紧,至多也不过抢吃一点食料,可恶的是一匹大黑猫,常在矮墙上恶狠狠的看,这却要防的,幸而 S 和猫是对头,或者还不至于有什么罢。[3]

孩子们时时捉他们来玩耍;他们很和气,竖起耳朵,动

[1] 文首对两只白兔的描写生动形象,极富童趣。

[2] 生动传神的细节描写,显示了鲁迅的文字魅力。

[3] 在人与兔的欢乐中,提到大黑猫,为下文情节发展埋下伏笔。

着鼻子,驯良的站在小手的圈子里,但一有空,却也就溜开去了。他们夜里的卧榻是一个小木箱,里面铺些稻草,就在后窗的房檐下。

这样的几个月之后,他们忽而自己掘土了,掘得非常快,前脚一抓,后脚一踢,不到半天,已经掘成一个深洞。大家都奇怪,后来仔细看时,原来一个的肚子比别一个的大得多了。他们第二天便将干草和树叶衔进洞里去,忙了大半天。

大家都高兴,说又有小兔可看了;三太太便对孩子们下了戒严令,从此不许再去捉。[4]我的母亲也很喜欢他们家族的繁荣,还说待生下来的离了乳,也要去讨两匹来养在自己的窗外面。

他们从此便住在自造的洞府里,有时也出来吃些食,后来不见了,可不知道他们是预先运粮存在里面呢还是竟不吃。过了十多天,三太太对我说,那两匹又出来了,大约小兔是生下来又都死掉了,因为雌的一匹的奶非常多,却并不见有进去哺养孩子的形迹。伊言语之间颇气愤,然而也没有法。

有一天,太阳很温暖,也没有风,树叶都不动,我忽听得许多人在那里笑,寻声看时,却见许多人都靠着三太太的后窗看:原来有一个小兔,在院子里跳跃了。这比他的父母买来的时候还小得远,但也已经能用后脚一弹地,迸跳起来了。孩子们争着告诉我说,还看见一个小兔到洞口来探一探头,但是即刻便缩回去了,那该是他的弟弟罢。

那小的也捡些草叶吃,然而大的似乎不许他,往往夹口的抢去了,而自己并不吃。孩子们笑得响,那小的终于吃惊了,便跳着钻进洞里去;大的也跟到洞门口,用前脚推着他

[4] 用庄重的"戒严令"写出三太太对兔子的宠爱,略带调侃。

的孩子的脊梁,推进之后,又爬开泥土来封了洞。

从此小院子里更热闹,窗口也时时有人窥探了。[5]

然而竟又全不见了那小的和大的。这时是连日的阴天,三太太又虑到遭了那大黑猫的毒手的事去。我说不然,那是天气冷,当然都躲着,太阳一出,一定出来的。

太阳出来了,他们却都不见。于是大家就忘却了。

惟有三太太是常在那里喂他们波菜的,所以常想到。伊有一回走进窗后的小院子去,忽然在墙角上发现了一个别的洞,再看旧洞口,却依稀的还见有许多爪痕。这爪痕倘说是大兔的,爪该不会有这样大,伊又疑心到那常在墙上的大黑猫去了,伊于是也就不能不定下发掘的决心了。伊终于出来取了锄子,一路掘下去,虽然疑心,却也希望着意外的见了小白兔的,但是待到底,却只见一堆烂草夹些兔毛,怕还是临蓐时候所铺的罢,此外是冷清清的,全没有什么雪白的小兔的踪迹,以及他那只一探头未出洞外的弟弟了。[6]

气愤和失望和凄凉,使伊不能不再掘那墙角上的新洞了。一动手,那大的两匹便先窜出洞外面。伊以为他们搬了家了,很高兴,然而仍然掘,待见底,那里面也铺着草叶和兔毛,而上面却睡着七个很小的兔,遍身肉红色,细看时,眼睛全都没有开。[7]

一切都明白了,三太太先前的预料果不错。伊为预防危险起见,便将七个小的都装在木箱中,搬进自己的房里,又将大的也捺进箱里面,勒令伊去哺乳。

三太太从此不但深恨黑猫,而且颇不以大兔为然了。据说当初那两个被害之先,死掉的该还有,因为他们生一回,决不至于只两个,但为了哺乳不匀,不能争食的就先死了。这大概也不错的,现在七个之中,就有两个很

[5] 先写对小兔子死亡的推测,再写小兔子意外地出现,既使人惊喜,又使文章有跌宕起伏的吸引力。

[6] 时过境迁,即使对于生命的消逝,人们也会很快忘记,只有喂养它们的三太太还会时常想起,为下文做铺垫。

[7] 再次从失望中看到希望。可惜前胎生下的两只小白兔葬身猫腹,为下文"我"的做法做铺垫。

瘦弱。所以三太太一有闲空，便捉住母兔，将小兔一个一个轮流的摆在肚子上来喝奶，不准有多少。

母亲对我说，那样麻烦的养兔法，伊历来连听也未曾听到过，恐怕是可以收入《无双谱》的。[8]

白兔的家族更繁荣；大家也又都高兴了。

但自此之后，我总觉得凄凉。夜半在灯下坐着想，那两条小性命，竟是人不知鬼不觉的早在不知什么时候丧失了，生物史上不着一丝痕迹，并S也不叫一声。我于是记起旧事来，先前我住在会馆里，清早起身，只见大槐树下一片散乱的鸽子毛，这明明是膏于鹰吻的了，上午长班①来一打扫，便什么都不见，谁知道曾有一个生命断送在这里呢？我又曾路过西四牌楼，看见一匹小狗被马车轧得快死，待回来时，什么也不见了，搬掉了罢，过往行人憧憧的走着，谁知道曾有一个生命断送在这里呢？夏夜，窗外面，常听到苍蝇的悠长的吱吱的叫声，这一定是给蝇虎咬住了，然而我向来无所容心于其间，而别人并且不听到……

假使造物也可以责备，那么，我以为他实在将生命造得太滥，毁得太滥了。[9]

嗥的一声，又是两条猫在窗外打起架来。

"迅儿！你又在那里打猫了？"

"不，他们自己咬。他那里会给我打呢。"

我的母亲是素来很不以我的虐待猫为然的，现在大约疑心我要替小兔抱不平，下什么辣手，便起来探问了。而我在全家的口碑上，却的确算一个猫敌。我曾经害过猫，平时也常打猫，尤其是在他们配合的时候。但我之所以打的原

[8] 养兔法越是麻烦，越表现出三太太对兔子的疼爱。

[9] 由两只小兔子的被害，联想到许多生命骤然消失，却不在生物史上留下一丝痕迹，作者通过"我"的思绪，把作品的寓意提升到了哲理的高度。作者在这里写出他的怜爱，他的不平，他的反抗。

---

①长班：旧时官员的随身仆人，也用以称一般的"听差"。

因并非因为他们配合,是因为他们嚷,嚷到使我睡不着,我以为配合是不必这样大嚷而特嚷的。

况且黑猫害了小兔,我更是"师出有名"的了。我觉得母亲实在太修善,于是不由的就说出模棱的近乎不以为然的答话来。

造物太胡闹,我不能不反抗他了,虽然也许是倒是帮他的忙……

那黑猫是不能久在矮墙上高视阔步的了,我决定的想,于是又不由的一瞥那藏在书箱里的一瓶青酸钾②。[10]

一九二二年十月

[10] 表现出"我"对于生物界残害者的反击。既是对生命体恤的呼吁,也是对邪恶势力的抨击和抗争,更是对冷漠的人们的一种警示,这就是鲁迅的深刻、鲁迅的风骨。

---

② 青酸钾:即氰酸钾,一种剧毒的化学品。

社戏

　　我在倒数上去的二十年中,只看过两回中国戏,前十年是绝不看,因为没有看戏的意思和机会,那两回全在后十年,然而都没有看出什么来就走了。

　　第一回是民国元年我初到北京的时候,当时一个朋友对我说,北京戏最好,你不去见见世面么？我想,看戏是有味的,而况在北京呢。于是都兴致勃勃的跑到什么园,戏文已经开场了,在外面也早听到冬冬地响。我们挨进门,几个红的绿的在我的眼前一闪烁,便又看见戏台下满是许多头,再定神四面看,却见中间也还有几个空座,挤过去要坐时,又有人对我发议论,我因为耳朵已经喤喤的响着了,用了心,才听到他是说"有人,不行！"

　　我们退到后面,一个辫子很光的却来领我们到了侧面,指出一个地位来。这所谓地位者,原来是一条长凳,然而他那坐板比我的上腿要狭到四分之三,他的脚比我的下腿要长过三分之二。我先是没有爬上去的勇气,接着便联想到私刑拷打的刑具,不由的毛骨悚然的走出了。

　　走了许多路,忽听得我的朋友的声音道,"究竟怎的？"我回过脸去,原来他也被我带出来了。他很诧异的说,"怎么总是走,不答应？"我说,"朋友,对不起,我耳朵只在冬冬喤喤的响,并没有听到你的话。"

　　后来我每一想到,便很以为奇怪,似乎这戏太不好,——否则便是我近来在戏台下不适于生存了。

第二回忘记了那一年，总之是募集湖北水灾捐而谭叫天①还没有死。捐法是两元钱买一张戏票，可以到第一舞台去看戏，扮演的多是名角，其一就是小叫天。我买了一张票，本是对于劝募人聊以塞责的，然而似乎又有好事家乘机对我说了些叫天不可不看的大法要了。我于是忘了前几年的冬冬喤喤之灾，竟到第一舞台去了，但大约一半也因为重价购来的宝票，总得使用了才舒服。我打听得叫天出台是迟的，而第一舞台却是新式构造，用不着争座位，便放了心，延宕到九点钟才去，谁料照例，人都满了，连立足也难，我只得挤在远处的人丛中看一个老旦在台上唱。那老旦嘴边插着两个点火的纸捻子，旁边有一个鬼卒，我费尽思量，才疑心他或者是目连②的母亲，因为后来又出来了一个和尚。然而我又不知道那名角是谁，就去问挤小在我的左边的一位胖绅士。他很看不起似的斜瞥了我一眼，说道，"龚云甫③！"我深愧浅陋而且粗疏，脸上一热，同时脑里也制出了决不再问的定章，于是看小旦唱，看花旦唱，看老生唱，看不知什么角色唱，看一大班人乱打，看两三个人互打，从九点多到十点，从十点到十一点，从十一点到十一点半，从十一点半到十二点，——然而叫天竟还没有来。[1]

我向来没有这样忍耐的等候过什么事物，而况这身边的胖绅士的呼呼的喘气，这台上的冬冬喤喤的敲打，红红绿绿的晃荡，加之以十二点，忽而使我省悟到在这里不适于生存了。我同时便机械的拧转身子，用力往外只一挤，觉得背后便已满满的，大约那弹性的胖绅士早在我的空处胖开了他的右半身了。我后无回路，自然挤而又挤，终于出了大

[1] 运用反复手法，形象地写出了戏曲的拖沓冗长，毫无乐趣可言。与下文对社戏的描述形成鲜明对比。

---

①谭叫天：谭鑫培，又称"小叫天"，著名京剧演员。
②目连：释迦牟尼十大弟子之一。《目连救母》一剧旧时在民间很流行。
③龚云甫（1862—1932）：北京人，著名京剧演员，擅长老旦戏。

门。街上除了专等看客的车辆之外,几乎没有什么行人了,大门口却还有十几个人昂着头看戏目,别有一堆人站着并不看什么,我想:他们大概是看散戏之后出来的女人们的,而叫天却还没有来……

然而夜气很清爽,真所谓"沁人心脾",我在北京遇着这样的好空气,仿佛这是第一遭了。

这一夜,就是我对于中国戏告了别的一夜,此后再没有想到他,即使偶而经过戏园,我们也漠不相关,精神上早已一在天之南一在地之北了。

但是前几天,我忽在无意之中看到一本日本文的书,可惜忘记了书名和著者,总之是关于中国戏的。其中有一篇,大意仿佛说,中国戏是大敲,大叫,大跳,使看客头昏脑眩,很不适于剧场,但若在野外散漫的所在,远远的看起来,也自有他的风致。我当时觉着这正是说了在我意中而未曾想到的话,因为我确记得在野外看过很好的好戏,到北京以后的连进两回戏园去,也许还是受了那时的影响哩。可惜我不知道怎么一来,竟将书名忘却了。

至于我看那好戏的时候,却实在已经是"远哉遥遥"的了,其时恐怕我还不过十一二岁[2]。我们鲁镇的习惯,本来是凡有出嫁的女儿,倘自己还未当家,夏间便大抵回到母家去消夏。那时我的祖母虽然还康健,但母亲也已分担了些家务,所以夏期便不能多日的归省了,只得在扫墓完毕之后,抽空去住几天,这时我便每年跟了我的母亲住在外祖母的家里。那地方叫平桥村,是一个离海边不远,极偏僻的,临河的小村庄;住户不满三十家,都种田,打鱼,只有一家很小的杂货店。但在我是乐土:因为我在这里不但得到优待,又可以免念"秩秩斯干幽幽南山"了。

[2] 此句承上启下。

和我一同玩的是许多小朋友,因为有了远客,他们也都从父母那里得了减少工作的许可,伴我来游戏。在小村里,一家的客,几乎也就是公共的。我们年纪都相仿,但论起行辈来,却至少是叔子,有几个还是太公,因为他们合村都同姓,是本家。然而我们是朋友,即使偶而吵闹起来,打了太公,一村的老老少少,也决没有一个会想出"犯上"这两个字来,而他们也百分之九十九不识字。

我们每天的事情大概是掘蚯蚓,掘来穿在铜丝做的小钩上,伏在河沿上去钓虾。虾是水世界里的呆子,决不惮用了自己的两个钳捧着钩尖送到嘴里去的,所以不半天便可以钓到一大碗。这虾照例是归我吃的。其次便是一同去放牛,但或者因为高等动物了的缘故罢,黄牛水牛都欺生,敢于欺侮我,因此我也总不敢走近身,只好远远地跟着,站着。这时候,小朋友们便不再原谅我会读"秩秩斯干",却全都嘲笑起来了。[3]

至于我在那里所第一盼望的,却在到赵庄去看戏。赵庄是离平桥村五里的较大的村庄;平桥村太小,自己演不起戏,每年总付给赵庄多少钱,算作合做的。当时我并不想到他们为什么年年要演戏。现在想,那或者是春赛,是社戏④了。

就在我十一二岁时候的这一年,这日期也看看等到了。不料这一年真可惜,在早上就叫不到船。平桥村只有一只早出晚归的航船是大船,决没有留用的道理。其余的都是小船,不合用;央人到邻村去问,也没有,早都给别人定下了。外祖母很气恼,怪家里的人不早定,絮叨起来。母亲便宽慰伊,说我们鲁镇的戏比小村里的好得多,一年看几回,

[3] 写出了快乐的乡间生活以及"我"与农家孩子纯真的友谊。

---

④社戏:"社"原指土地神或土地庙。在绍兴,社是一种区域名称,社戏就是社中每年所演的"年规戏"。

今天就算了。只有我急得要哭,母亲却竭力的嘱咐我,说万不能装模装样,怕又招外祖母生气,又不准和别人一同去,说是怕外祖母要担心。

总之,是完了。到下午,我的朋友都去了,戏已经开场了,我似乎听到锣鼓的声音,而且知道他们在戏台下买豆浆喝。

这一天我不钓虾,东西也少吃。母亲很为难,没有法子想。到晚饭时候,外祖母也终于觉察了,并且说我应当不高兴,他们太怠慢,是待客的礼数里从来所没有的。吃饭之后,看过戏的少年们也都聚拢来了,高高兴兴的来讲戏。只有我不开口;他们都叹息而且表同情。忽然间,一个最聪明的双喜大悟似的提议了,他说,"大船?八叔的航船不是回来了么?"十几个别的少年也大悟,立刻撺掇起来,说可以坐了这航船和我一同去。我高兴了。然而外祖母又怕都是孩子们,不可靠;母亲又说是若叫大人一同去,他们白天全有工作,要他熬夜,是不合情理的。在这迟疑之中,双喜可又看出底细来了,便又大声的说道,"我写包票!船又大;迅哥儿向来不乱跑;我们又都是识水性的!"[4]

诚然!这十多个少年,委实没有一个不会凫水的,而且两三个还是弄潮的好手。

外祖母和母亲也相信,便不再驳回,都微笑了。我们立刻一哄的出了门。

我的很重的心忽而轻松了,身体也似乎舒展到说不出的大。一出门,便望见月下的平桥内泊着一只白篷的航船,大家跳下船,双喜拔前篙,阿发拔后篙,年幼的都陪我坐在舱中,较大的聚在船尾。母亲送出来吩咐"要小心"的时候,我们已经点开船,在桥石上一磕,退后几尺,即又上前出了

[4] 写看戏之前的波折。善良淳朴的小伙伴帮助"我"实现了看戏的愿望。

桥。于是架起两支橹,一支两人,一里一换,有说笑的,有嚷的,夹着潺潺的船头激水的声音,在左右都是碧绿的豆麦田地的河流中,飞一般径向赵庄前进了。[5]

两岸的豆麦和河底的水草所发散出来的清香,夹杂在水气中扑面的吹来;月色便朦胧在这水气里。淡黑的起伏的连山,仿佛是踊跃的铁的兽脊似的,都远远地向船尾跑去了,但我却还以为船慢。他们换了四回手,渐望见依稀的赵庄,而且似乎听到歌吹了,还有几点火,料想便是戏台,但或者也许是渔火。

那声音大概是横笛,宛转,悠扬,使我的心也沉静,然而又自失起来,觉得要和他弥散在含着豆麦蕴藻之香的夜气里。[6]

那火接近了,果然是渔火;我才记得先前望见的也不是赵庄。那是正对船头的一丛松柏林,我去年也曾经去游玩过,还看见破的石马倒在地下,一个石羊蹲在草里呢。过了那林,船便弯进了叉港,于是赵庄便真在眼前了。

最惹眼的是屹立在庄外临河的空地上的一座戏台,模胡[7]在远处的月夜中,和空间几乎分不出界限,我疑心画上见过的仙境,就在这里出现了。这时船走得更快,不多时,在台上显出人物来,红红绿绿的动,近台的河里一望乌黑的是看戏的人家的船篷。

"近台没有什么空了,我们远远的看罢。"阿发说。

这时船慢了,不久就到,果然近不得台旁,大家只能下了篙,比那正对戏台的神棚还要远。其实我们这白篷的航船,本也不愿意和乌篷的船在一处,而况并没有空地呢……

在停船的匆忙中,看见台上有一个黑的长胡子的背上插着四张旗,捏着长枪,和一群赤膊的人正打仗。双喜说,

---

[5] 一连串动词写出了孩子们去看社戏时的喜悦心情。

[6] 一幅"月夜行船图"映入读者眼帘。以动词"踊跃"写静山,把静物写活了。绿的豆麦和水草、黑的连山与远处的火,表现出充满活力的色彩美。"两岸的豆麦"为下文的"偷豆"埋下伏笔;"几点火"为写"夜渔的几个老渔父"做了铺垫;"都远远地向船尾跑去了,但我却还以为船慢"一句,既写出了船行之快,又写出了"我"想看社戏的急切心情。从视觉、嗅觉、听觉等方面来描写景物,同时运用比喻手法,声情并茂,情景交融。作者在把我们带到江南水乡的同时,也使我们感觉到他对农村生活的热爱,感受到孩子们的愉快心情。

[7] "模胡"一词写出了远处戏台的朦胧之感。

那就是有名的铁头老生,能连翻八十四个筋斗,他日里亲自数过的。

我们便都挤在船头上看打仗,但那铁头老生却又并不翻筋斗,只有几个赤膊的人翻,翻了一阵,都进去了,接着走出一个小旦来,咿咿呀呀的唱。双喜说,"晚上看客少,铁头老生也懈了,谁肯显本领给白地看呢?"我相信这话对,因为其时台下已经不很有人,乡下人为了明天的工作,熬不得夜,早都睡觉去了,疏疏朗朗的站着的不过是几十个本村和邻村的闲汉。乌篷船里的那些土财主的家眷固然在,然而他们也不在乎看戏,多半是专到戏台下来吃糕饼水果和瓜子的。所以简直可以算白地。

然而我的意思却也并不在乎看翻筋斗。我最愿意看的是一个人蒙了白布,两手在头上捧着一支棒似的蛇头的蛇精,其次是套了黄布衣跳老虎。但是等了许多时都不见,小旦虽然进去了,立刻又出来了一个很老的小生。我有些疲倦了,托桂生买豆浆去。他去了一刻,回来说,"没有。卖豆浆的聋子也回去了。日里倒有,我还喝了两碗呢。现在去舀一瓢水来给你喝罢。"

我不喝水,支撑着仍然看,也说不出见了些什么,只觉得戏子的脸都渐渐的有些稀奇了,那五官渐不明显,似乎融成一片的再没有什么高低。年纪小的几个多打呵欠了,大的也各管自己谈话。忽而一个红衫的小丑被绑在台柱子上,给一个花白胡子的用马鞭打起来了,大家才又振作精神的笑着看。在这一夜里,我以为这实在要算是最好的一折。

然而老旦终于出台了。老旦本来是我所最怕的东西,尤其是怕他坐下了唱。这时候,看见大家也都很扫兴,才知道他们的意见是和我一致的。那老旦当初还只是踱来踱去的唱,后来竟在中间的一把交椅上坐下了。我很担心;双喜他们却就破口喃喃的骂。我忍耐的等着,许多工夫,只见那老旦将手一抬,我以为就要站起来了,不料他却又慢慢的放下在原地方,仍旧唱。全船里几个人不住的吁气,其余的也打起阿欠来。双喜终于熬不住了,说道,怕他会唱到天明还不完,还是我们走的好罢。[8] 大家立刻都赞成,和开船时候一样踊跃,三四人径奔船尾,拔了篙,点退几丈,回转船头,驾起橹,骂着老旦,又向那松柏林前进了。

　　月还没有落,仿佛看戏也并不很久似的,而一离赵庄,月光又显得格外的皎洁。回望戏台在灯火光中,却又如初来未到时候一般,又漂渺得像一座仙山楼阁,满被红霞罩着了。吹到耳边来的又是横笛,很悠扬;我疑心老旦已经进去了,但也不好意思说再回去看。

　　不多久,松柏林早在船后了,船行也并不慢,但周围的黑暗只是浓,可知已经到了深夜。他们一面议论着戏子,或骂,或笑,一面加紧的摇船。这一次船头的激水声更其响亮了,那航船,就像一条大白鱼背着一群孩子在浪花里蹿,连夜渔的几个老渔父,也停了艇子看着喝采起来。[9]

　　离平桥村还有一里模样,船行却慢了,摇船的都说很疲乏,因为太用力,而且许久没有东西吃。这回想出来的是桂生,说是罗汉豆⑤正旺相,柴火又现成,我们可以偷一点来煮吃的。大家都赞成,立刻近岸停了船;岸上的田里,乌油油的便都是结实的罗汉豆。

　　"阿阿,阿发,这边是你家的,这边是老六一家的,我们偷那一边的呢?"双喜先跳下去了,在岸上说。

　　我们也都跳上岸。阿发一面跳,一面说道,"且慢,让我

[8] 详写孩子们看社戏的具体反应,略写戏台上演员的表演。详略得当,突出主题。

[9] 比喻的运用生动形象地写出了船行之快,也写出了"我"和小伙伴们看戏归来的愉快心情。

---
⑤罗汉豆:即蚕豆。

[10] 运用白描的手法，表现出小伙伴的憨厚无私。

来看一看罢，"他于是往来的摸了一回，直起身来说道，"偷我们的罢，我们的大得多呢。"[10] 一声答应，大家便散开在阿发家的豆田里，各摘了一大捧，抛入船舱中。双喜以为再多偷，倘给阿发的娘知道是要哭骂的，于是各人便到六一公公的田里又各偷了一大捧。

我们中间几个年长的仍然慢慢的摇着船，几个到后舱去生火，年幼的和我都剥豆。不久豆熟了，便任凭航船浮在水面上，都围起来用手撮着吃。吃完豆，又开船，一面洗器具，豆荚豆壳全抛在河水里，什么痕迹也没有了。双喜所虑的是用了八公公船上的盐和柴，这老头子很细心，一定要知道，会骂的。然而大家议论之后，归结是不怕。他如果骂，我们便要他归还去年在岸边拾去的一枝枯桕树，而且当面叫他"八癞子"。

"都回来了！那里会错。我原说过写包票的！"双喜在船头上忽而大声的说。

我向船头一望，前面已经是平桥。桥脚上站着一个人，却是我的母亲，双喜便是对伊说着话。我走出前舱去，船也就进了平桥了，停了船，我们纷纷都上岸。母亲颇有些生气，说是过了三更了，怎么回来得这样迟，但也就高兴了，笑着邀大家去吃炒米。

大家都说已经吃了点心，又渴睡，不如及早睡的好，各自回去了。

第二天，我向午才起来，并没有听到什么关系八公公盐柴事件的纠葛，下午仍然去钓虾。

"双喜，你们这班小鬼，昨天偷了我的豆了罢？又不肯好好的摘，踏坏了不少。"我抬头看时，是六一公公棹着小船，卖了豆回来了，船肚里还有剩下的一堆豆。

"是的。我们请客。我们当初还不要你的呢。你看,你把我的虾吓跑了!"双喜说。

六一公公看见我,便停了楫,笑道,"请客?——这是应该的。"于是对我说,"迅哥儿,昨天的戏可好么?"

我点一点头,说道,"好。"

"豆可中吃呢?"

我又点一点头,说道,"很好。"

不料六一公公竟非常感激起来,将大拇指一翘,得意的说道,"这真是大市镇里出来的读过书的人才识货!我的豆种是粒粒挑选过的,乡下人不识好歹,还说我的豆比不上别人的呢。我今天也要送些给我们的姑奶奶尝尝去……"他于是打着楫子过去了。[11]

待到母亲叫我回去吃晚饭的时候,桌上便有一大碗煮熟了的罗汉豆,就是六一公公送给母亲和我吃的。听说他还对母亲极口夸奖我,说"小小年纪便有见识,将来一定要中状元。姑奶奶,你的福气是可以写包票的了。"但我吃了豆,却并没有昨夜的豆那么好。

真的,一直到现在,我实在再没有吃到那夜似的好豆,——也不再看到那夜似的好戏了。[12]

一九二二年十月

[11] 简单的对话描写,塑造了六一公公质朴、热情、好客的形象。

[12] 看戏、偷豆是"我"童年生活中的乐事,现在回忆起来,依旧洋溢着温馨的气息。只是,这些只能在记忆中品味了,遗憾之情油然而生。

风波

　　临河的土场上,太阳渐渐的收了他通黄的光线了。场边靠河的乌桕树叶,干巴巴的才喘过气来,几个花脚蚊子在下面哼着飞舞。面河的农家的烟突里,逐渐减少了炊烟,女人孩子们都在自己门口的土场上泼些水,放下小桌子和矮凳;人知道,这已经是晚饭时候了。

　　老人男人坐在矮凳上,摇着大芭蕉扇闲谈,孩子飞也似的跑,或者蹲在乌桕树下赌玩石子。女人端出乌黑的蒸干菜和松花黄的米饭,热蓬蓬冒烟。河里驶过文人的酒船,文豪见了,大发诗兴,说,"无思无虑,这真是田家乐呵!"[1]

　　但文豪的话有些不合事实,就因为他们没有听到九斤老太的话。这时候,九斤老太正在大怒,拿破芭蕉扇敲着凳脚说:

　　"我活到七十九岁了,活够了,不愿意眼见这些败家相,——还是死的好。立刻就要吃饭了,还吃炒豆子,吃穷了一家子!"

　　伊的曾孙女儿六斤捏着一把豆,正从对面跑来,见这情形,便直奔河边,藏在乌桕树后,伸出双丫角的小头,大声说,"这老不死的!"

　　九斤老太虽然高寿,耳朵却还不很聋,但也没有听到孩子的话,仍旧自己说,"这真是一代不如一代!"

　　这村庄的习惯有点特别,女人生下孩子,多喜欢用秤称了轻重,便用斤数当作小名。九斤老太自从庆祝了五

[1] 典型的江南农村风俗画卷和封闭落后、传统守旧的生活方式有机地结合起来,有力地配合了小说的主题。正是如此狭小的空间和平凡的小人物,才将国民的劣根性一展无余。

十大寿以后，便渐渐的变了不平家，常说伊年青的时候，天气没有现在这般热，豆子也没有现在这般硬：总之现在的时世是不对了。何况六斤比伊的曾祖，少了三斤，比伊父亲七斤，又少了一斤，这真是一条颠扑不破的实例。所以伊又用劲说，"这真是一代不如一代！"

伊的儿媳①七斤嫂子正捧着饭篮走到桌边，便将饭篮在桌上一摔，愤愤的说，"你老人家又这么说了。六斤生下来的时候，不是六斤五两么？你家的秤又是私秤，加重称，十八两秤；用了准十六，我们的六斤该有七斤多哩。我想便是太公和公公，也不见得正是九斤八斤十足，用的秤也许是十四两……"

"一代不如一代！"

七斤嫂还没有答话，忽然看见七斤从小巷口转出，便移了方向，对他嚷道，"你这死尸怎么这时候才回来，死到那里去了！不管人家等着你开饭！"

七斤虽然住在农村，却早有些飞黄腾达的意思。从他的祖父到他，三代不捏锄头柄了；他也照例的帮人撑着航船，每日一回，早晨从鲁镇进城，傍晚又回到鲁镇，因此很知道些时事：例如什么地方，雷公劈死了蜈蚣精；什么地方，闺女生了一个夜叉之类。他在村人里面，的确已经是一名出场人物了。但夏天吃饭不点灯，却还守着农家习惯，所以回家太迟，是该骂的。[2]

七斤一手捏着象牙嘴白铜斗六尺多长的湘妃竹烟管，低着头，慢慢地走来，坐在矮凳上。六斤也趁势溜出，坐在他身边，叫他爹爹。七斤没有应。

"一代不如一代！"九斤老太说。

---

①伊的儿媳：从上下文看，这里的"儿媳"应是"孙媳"。

[2] 讽刺是本文的一大特色。把七斤看作村里的"一名出场人物"，似乎是褒奖，但与七斤受人尊敬的原因结合起来看，却是讽刺。从侧面表现民众的愚昧落后。

七斤慢慢地抬起头来，叹一口气说，"皇帝坐了龙庭了。"

七斤嫂呆了一刻，忽而恍然大悟的道，"这可好了，这不是又要皇恩大赦了么！"

七斤又叹一口气，说，"我没有辫子。"

"皇帝要辫子么？"

"皇帝要辫子。"

"你怎么知道呢？"七斤嫂有些着急，赶忙的问。

"咸亨酒店里的人，都说要的。"

七斤嫂这时从直觉上觉得事情似乎有些不妙了，因为咸亨酒店是消息灵通的所在。伊一转眼瞥见七斤的光头，便忍不住动怒，怪他恨他怨他；忽然又绝望起来，装好一碗饭，搡在七斤的面前道，"还是赶快吃你的饭罢！哭丧着脸，就会长出辫子来么？"

太阳收尽了他最末的光线了，水面暗暗地回复过凉气来；土场上一片碗筷声响，人人的脊梁上又都吐出汗粒。七斤嫂吃完三碗饭，偶然抬起头，心坎里便禁不住突突地发跳。伊透过乌桕叶，看见又矮又胖的赵七爷正从独木桥上走来，而且穿着宝蓝色竹布的长衫。

赵七爷是邻村茂源酒店的主人，又是这三十里方圆以内的唯一的出色人物兼学问家；因为有学问，所以又有些遗老的臭味。他有十多本金圣叹批评的《三国志》，时常坐着一个字一个字的读；他不但能说出五虎将姓名，甚而至于还知道黄忠表字汉升和马超表字孟起。革命以后，他便将辫子盘在顶上，像道士一般；常常叹息说，倘若赵子龙在世，天下便不会乱到这地步了。七斤嫂眼睛好，早望见今天的赵七爷已经不是道士，却变成光滑头皮，乌黑发顶；伊便知道这一定是皇帝坐了龙庭,而且一定须有辫子,而且七斤一定是非常危险。因为赵七爷的这件竹布长衫,轻易是不常穿的,三年以来,只穿过两次:一次是和他呕气的麻子阿四病了的时候,一次是曾经砸烂他酒店的鲁大爷死了的时候;现在是第三次了,这一定又是于他有庆,于他的仇家有殃了。[3]

七斤嫂记得,两年前七斤喝醉了酒,曾经骂过赵七爷是"贱胎",所以这时便立刻直觉到七斤的危险,心坎里突突地发起跳来。

赵七爷一路走来,坐着吃饭的人都站起身,拿筷子点着自己的饭碗说,"七爷,请在我们这里用饭!"七爷也一路点头,说道"请请",却一径走到七斤家的桌旁。七斤们连忙招呼,七爷也微笑着说"请请",一面细细的研究他们的饭菜。

"好香的干菜,——听到了风声了么?"赵七爷站在七斤的后面七斤嫂的对面说。

"皇帝坐了龙庭了。"七斤说。

七斤嫂看着七爷的脸,竭力陪笑道,"皇帝已经坐了龙庭,几时皇恩大赦呢?"

"皇恩大赦?——大赦是慢慢的总要大赦罢。"七爷说到这里,声色忽然严厉起来,"但是你家七斤的辫子呢,辫子?这倒是要紧的事。你们知道:长毛时候,留发不留头,留头不留发,……"[4]

七斤和他的女人没有读过书,不很懂得这古典的奥妙,但觉得有学问的七爷这么说,事情自然非常重大,无可挽回,便仿佛受了死刑宣告似的,耳朵里嗡的一声,再也说不出一句话。

"一代不如一代,——"九斤老太正在不平,趁这机会,

[3] 人物的语言、穿着反映了人物的思想与身份:赵七爷是一个不学无术、精神贫乏、时刻梦想着复辟的封建遗老。这样的人物却被视为出色人物,被人尊敬,从另一角度说明了辛亥革命的不彻底性。

[4] 赵七爷将清初入关以后推行的"留发不留头,留头不留发"政策说成是"长毛时候",表明他是一个对学问一窍不通的伪学者。加在他头上的"学问家"的头衔也成了一种绝妙的讽刺。

便对赵七爷说,"现在的长毛,只是剪人家的辫子,僧不僧,道不道的。从前的长毛,这样的么?我活到七十九岁了,活够了。从前的长毛是——整匹的红缎子裹头,拖下去,拖下去,一直拖到脚跟;王爷是黄缎子,拖下去,黄缎子;红缎子,黄缎子,——我活够了,七十九岁了。"[5]

　　七斤嫂站起身,自言自语的说,"这怎么好呢?这样的一班老小,都靠他养活的人,……"

　　赵七爷摇头道,"那也没法。没有辫子,该当何罪,书上都一条一条明明白白写着的。不管他家里有些什么人。"

　　七斤嫂听到书上写着,可真是完全绝望了;自己急得没法,便忽然又恨到七斤。伊用筷子指着他的鼻尖说,"这死尸自作自受!造反的时候,我本来说,不要撑船了,不要上城了。他偏要死进城去,滚进城去,进城便被人剪去了辫子。从前是绢光乌黑的辫子,现在弄得僧不僧道不道的。这囚徒自作自受,带累了我们又怎么说呢?这活死尸的囚徒……"

　　村人看见赵七爷到村,都赶紧吃完饭,聚在七斤家饭桌的周围。七斤自己知道是出场人物,被女人当大众这样辱骂,很不雅观,便只得抬起头,慢慢地说道:

　　"你今天说现成话,那时你……"

　　"你这活死尸的囚徒……"

　　看客中间,八一嫂是心肠最好的人,抱着伊的两周岁的遗腹子,正在七斤嫂身边看热闹;这时过意不去,连忙解劝说,"七斤嫂,算了罢。人不是神仙,谁知道未来事呢?便是七斤嫂,那时不也说,没有辫子倒也没有什么丑么?况且衙门里的大老爷也还没有告示,……"

　　七斤嫂没有听完,两个耳朵早通红了;便将筷子转过向

[5] 九斤老太的口头禅"一代不如一代"不仅表现了她不满的情绪,还揭示了陈旧腐朽的保守观念,从中也能看出农民的狭隘性。作者把国粹家"一代不如一代"的论调折射在九斤老太的身上,表达了对复古家、国粹家的嘲讽。

来,指着八一嫂的鼻子,说,"阿呀,这是什么话呵!八一嫂,我自己看来倒还是一个人,会说出这样昏诞胡涂话么?那时我是,整整哭了三天,谁都看见;连六斤这小鬼也都哭,……"六斤刚吃完一大碗饭,拿了空碗,伸手去嚷着要添。七斤嫂正没好气,便用筷子在伊的双丫角中间,直扎下去,大喝道,"谁要你来多嘴!你这偷汉的小寡妇!"

扑的一声,六斤手里的空碗落在地上了,恰巧又碰着一块砖角,立刻破成一个很大的缺口。七斤直跳起来,检起破碗,合上了检查一回,也喝道,"入娘的!"一巴掌打倒了六斤。六斤躺着哭,九斤老太拉了伊的手,连说着"一代不如一代",一同走了。

八一嫂也发怒,大声说,"七斤嫂,你'恨棒打人'……"[6]

赵七爷本来是笑着旁观的;但自从八一嫂说了"衙门里的大老爷没有告示"这话以后,却有些生气了。这时他已经绕出桌旁,接着说,"'恨棒打人',算什么呢。大兵是就要到的。你可知道,这回保驾的是张大帅②,张大帅就是燕人张翼德的后代,他一支丈八蛇矛,就有万夫不当之勇,谁能抵挡他,"他两手同时捏起空拳,仿佛握着无形的蛇矛模样,向八一嫂抢进几步道,"你能抵挡他么!"[7]

八一嫂正气得抱着孩子发抖,忽然见赵七爷满脸油汗,瞪着眼,准对伊冲过来,便十分害怕,不敢说完话,回身走了。赵七爷也跟着走去,众人一面怪八一嫂多事,一面让开路,几个剪过辫子重新留起的便赶快躲在人丛后面,怕他看见。赵七爷也不细心察访,通过人丛,忽然转入乌桕树后,说道"你能抵挡他么!"跨上独木桥,扬长去了。

---

②张大帅:指张勋(1854—1923),江西奉新人,北洋军阀之一。

[6] 七斤嫂泼辣粗俗,尖酸刻薄,好胜压人,强词夺理,不为人后,毫无一般农妇的诚厚。她自私落后,愚昧麻木,生活在浑浑噩噩的不觉悟状态之中。

[7] 赵七爷的咄咄逼人、恫吓、欺骗表明了封建复辟势力企图卷土重来的野心。赵七爷虽与七斤等人处于不同的社会阶层,但在一定意义上,他与七斤等人一样,同是封建专制统治下无信仰、"无特操"的子民。

村人们呆呆站着，心里计算，都觉得自己确乎抵不住张翼德，因此也决定七斤便要没有性命。七斤既然犯了皇法，想起他往常对人谈论城中的新闻的时候，就不该含着长烟管显出那般骄傲模样，所以对七斤的犯法，也觉得有些畅快。他们也仿佛想发些议论，却又觉得没有什么议论可发。嗡嗡的一阵乱嚷，蚊子都撞过赤膊身子，闯到乌桕树下去做市；他们也就慢慢地走散回家，关上门去睡觉。七斤嫂咕哝着，也收了家伙和桌子矮凳回家，关上门睡觉了。

七斤将破碗拿回家里，坐在门槛上吸烟；但非常忧愁，忘却了吸烟，象牙嘴六尺多长湘妃竹烟管的白铜斗里的火光，渐渐发黑了。他心里但觉得事情似乎十分危急，也想想些方法，想些计划，但总是非常模糊，贯穿不得："辫子呢辫子？丈八蛇矛。一代不如一代！皇帝坐龙庭。破的碗须得上城去钉好。谁能抵挡他？书上一条一条写着。入娘的！……"

第二日清晨，七斤依旧从鲁镇撑航船进城，傍晚回到鲁镇，又拿着六尺多长的湘妃竹烟管和一个饭碗回村。他在晚饭席上，对九斤老太说，这碗是在城内钉合的，因为缺口大，所以要十六个铜钉，三文一个，一总用了四十八文小钱。

九斤老太很不高兴的说，"一代不如一代，我是活够了。三文钱一个钉；从前的钉，这样的么？从前的钉是……我活了七十九岁了，——"

此后七斤虽然是照例日日进城，但家景总有些黯淡，村人大抵回避着，不再来听他从城内得来的新闻。七斤嫂也没有好声气，还时常叫他"囚徒"。

过了十多日，七斤从城内回家，看见他的女人非常高兴，问他说，"你在城里可听到些什么？"

"没有听到些什么。"

"皇帝坐了龙庭没有呢?"

"他们没有说。"

"咸亨酒店里也没有人说么?"

"也没人说。"

"我想皇帝一定是不坐龙庭了。我今天走过赵七爷的店前,看见他又坐着念书了,辫子又盘在顶上了,也没有穿长衫。"

"…………"

"你想,不坐龙庭了罢?"

"我想,不坐了罢。"

现在的七斤,是七斤嫂和村人又都早给他相当的尊敬,相当的待遇了。到夏天,他们仍旧在自家门口的土场上吃饭;大家见了,都笑嘻嘻的招呼。九斤老太早已做过八十大寿,仍然不平而且康健。六斤的双丫角,已经变成一支大辫子了;伊虽然新近裹脚,却还能帮同七斤嫂做事,捧着十八个铜钉③的饭碗,在土场上一瘸一拐的往来。[8]

一九二〇年十月④

[8] 以风波过后的平静景象作为结尾。七斤又重新受到人们的尊敬,好像什么风波也没发生一样,村民依然麻木、软弱、不觉悟。有点变化的就是六斤裹起了小脚,重新走前辈的老路。作者通过这样的结尾描写,揭示了一场辫子风波过后,农村依然照旧的社会现实,从而启发人们思考,如果不唤醒民众,就无法改变农民的悲剧命运,就不能取得民主革命的真正胜利。结尾部分加深了小说的反封建意识。

---

③十八个铜钉:据上文应是"十六个"。作者曾说,他也记不清是十六还是十八了。
④据鲁迅日记,本篇当作于1920年8月5日。

头发的故事

星期日的早晨,我揭去一张隔夜的日历,向着新的那一张上看了又看的说:

"阿,十月十日,——今天原来正是双十节。这里却一点没有记载!"[1]

我的一位前辈先生 N,正走到我的寓里来谈闲天,一听这话,便很不高兴的对我说:

"他们对!他们不记得,你怎样他;你记得,又怎样呢?"

这位 N 先生本来脾气有点乖张,时常生些无谓的气,说些不通世故的话。当这时候,我大抵任他自言自语,不赞一辞;他独自发完议论,也就算了。

他说:

"我最佩服北京双十节的情形。早晨,警察到门,吩咐道'挂旗!''是,挂旗!'各家大半懒洋洋的踱出一个国民来,撅起一块斑驳陆离的洋布。这样一直到夜,——收了旗关门;几家偶然忘却的,便挂到第二天的上午。

"他们忘却了纪念,纪念也忘却了他们!

"我也是忘却了纪念的一个人。倘使纪念起来,那第一个双十节前后的事,便都上我的心头,使我坐立不稳了。

"多少故人的脸,都浮在我眼前。几个少年辛苦奔走了十多年,暗地里一颗弹丸要了他的性命;几个少年一击不中,在监牢里身受一个多月的苦刑;几个少年怀着远志,忽然踪影全无,连尸首也不知那里去了。——

[1]"双十节"是辛亥革命的纪念日,在日历上却没有任何记载,可见这次革命在不少国民的心目中毫无价值。

"他们都在社会的冷笑恶骂迫害倾陷里过了一生;现在他们的坟墓也早在忘却里渐渐平塌下去了。[2]

"我不堪纪念这些事。

"我们还是记起一点得意的事来谈谈罢。"[3]

N忽然现出笑容,伸手在自己头上一摸,高声说:

"我最得意的是自从第一个双十节以后,我在路上走,不再被人笑骂了。

"老兄,你可知道头发是我们中国人的宝贝和冤家,古今来多少人在这上头吃些毫无价值的苦呵!

"我们的很古的古人,对于头发似乎也还看轻。据刑法看来,最要紧的自然是脑袋,所以大辟是上刑;次要便是生殖器了,所以宫刑和幽闭也是一件吓人的罚;至于髡,那是微乎其微了,然而推想起来,正不知道曾有多少人们因为光着头皮便被社会践踏了一生世。

"我们讲革命的时候,大谈什么扬州十日,嘉定屠城,其实也不过一种手段;老实说:那时中国人的反抗,何尝因为亡国,只是因为拖辫子。

"顽民杀尽了,遗老都寿终了,辫子早留定了,洪杨①又闹起来了。我的祖母曾对我说,那时做百姓才难哩,全留着头发的被官兵杀,还是辫子的便被长毛杀!

"我不知道有多少中国人只因为这不痛不痒的头发而吃苦,受难,灭亡。"[4]

N两眼望着屋梁,似乎想些事,仍然说:

"谁知道头发的苦轮到我了。

"我出去留学,便剪掉了辫子,这并没有别的奥妙,只为

---

① 洪杨:洪,指洪秀全(1814—1864);杨,指杨秀清(约1820—1856)。二人都是太平天国的领袖。他们领导的起义军都留发而不结辫,被称为"长毛"。

[2] 社会记忆中的辛亥革命在一般群众眼中已经成了听令而挂的"一块斑驳陆离的洋布"。一场革命与"一块斑驳陆离的洋布",烈士的献身与"平塌"的坟墓,形成触目惊心的对比。

[3] 还能想起一些事,说明N先生的血并未冷,他说忘却纪念,乃激愤之语。

[4] 在特定的时代背景下,头发的式样即是民族的存亡和人们政治态度的标志,本文以辫子做文章,颇具象征意味。然而反抗仅是为了一条辫子,也很可悲。

他不太便当罢了。不料有几位辫子盘在头顶上的同学们便很厌恶我;监督也大怒,说要停了我的官费,送回中国去。

"不几天,这位监督却自己被人剪去辫子逃走了。去剪的人们里面,一个便是做《革命军》的邹容②,这人也因此不能再留学,回到上海来,后来死在西牢里。你也早忘却了罢?

"过了几年,我的家景大不如前了,非谋点事做便要受饿,只得也回到中国来。我一到上海,便买定一条假辫子,那时是二元的市价,带着回家。我的母亲倒也不说什么,然而旁人一见面,便都首先研究这辫子,待到知道是假,就一声冷笑,将我拟为杀头的罪名;有一位本家,还预备去告官,但后来因为恐怕革命党的造反或者要成功,这才中止了。

"我想,假的不如真的直截爽快,我便索性废了假辫子,穿着西装在街上走。[5]

"一路走去,一路便是笑骂的声音,有的还跟在后面骂:'这冒失鬼!''假洋鬼子!'

"我于是不穿洋服了,改了大衫,他们骂得更利害。

"在这日暮途穷的时候,我的手里才添出一支手杖来,拼命的打了几回,他们渐渐的不骂了。只是走到没有打过的生地方还是骂。

"这件事很使我悲哀,至今还时时记得哩。我在留学的时候,曾经看见日报上登载一个游历南洋和中国的本多博士③的事;这位博士是不懂中国和马来语的,人问他,你不懂话,怎么走路呢?他拿起手杖来说,这便是他们的话,他们都懂!我因此气愤了好几天,谁知道我竟不知不觉的自己

[5] 群众因暴力而接受辫子,因遗忘与习惯而守护辫子。辫子反映的正是群众的守旧与善忘。这一段中国历史上的辫子谈,与上文辛亥革命的被忘却是呼应的关系。

---

② 邹容(1885—1905):字蔚丹,中国民主革命者。
③ 本多博士:本多静六(1866—1952),日本林学家、造园学家。

也做了,而且那些人都懂了。……

"宣统初年,我在本地的中学校做监学,同事是避之惟恐不远,官僚是防之惟恐不严,我终日如坐在冰窖子里,如站在刑场旁边,其实并非别的,只因为缺少了一条辫子!

"有一日,几个学生忽然走到我的房里来,说,'先生,我们要剪辫子了。'我说,'不行!''有辫子好呢,没有辫子好呢?''没有辫子好……''你怎么说不行呢?''犯不上,你们还是不剪上算,——等一等罢。'他们不说什么,撅着嘴唇走出房去;然而终于剪掉了。

"呵!不得了了,人言啧啧了;我却只装作不知道,一任他们光着头皮,和许多辫子一齐上讲堂。

"然而这剪辫病传染了;第三天,师范学堂的学生忽然也剪下了六条辫子,晚上便开除了六个学生。这六个人,留校不能,回家不得,一直挨到第一个双十节之后又一个多月,才消去了犯罪的火烙印。[6]

"我呢?也一样,只是元年冬天到北京,还被人骂过几次,后来骂我的人也被警察剪去了辫子,我就不再被人辱骂了;但我没有到乡间去。"

N显出非常得意模样,忽而又沉下脸来:

"现在你们这些理想家,又在那里嚷什么女子剪发了,又要造出许多毫无所得而痛苦的人!

"现在不是已经有剪掉头发的女人,因此考不进学校去,或者被学校除了名么?

"改革么,武器在那里?工读么,工厂在那里?

"仍然留起,嫁给人家做媳妇去:忘却了一切还是幸福,倘使伊记着些平等自由的话,便要苦痛一生世![7]

[6] N自己去辫与他不同意学生剪辫子形成对比。前辈以自己痛苦的经历为鉴,劝后辈不要轻举妄动,但激进的后辈大多听不进这类劝告,反而以为劝告者胆怯,或言行不一。

[7] 辛亥革命虽革去了一条辫子,但限制发式仍是统治者的统治手段之一。

"我要借了阿尔志跋绥夫④的话问你们:你们将黄金时代的出现豫约给这些人们的子孙了,但有什么给这些人们自己呢?

"阿,造物的皮鞭没有到中国的脊梁上时,中国便永远是这一样的中国,决不肯自己改变一支毫毛!

"你们的嘴里既然并无毒牙,何以偏要在额上帖起'蝮蛇'两个大字,引乞丐来打杀?……"

N愈说愈离奇了,但一见到我不很愿听的神情,便立刻闭了口,站起来取帽子。

我说,"回去么?"

他答道,"是的,天要下雨了。"

我默默的送他到门口。

他戴上帽子说:

"再见!请你恕我打搅,好在明天便不是双十节,我们统可以忘却了。"[8]

一九二〇年十月

[8]"我们统可以忘却了"是作者激愤之语,作者结合历史教训,沉痛地提出了思想启蒙尚未完成这一十分重要的问题。

④阿尔志跋绥夫(1878—1927):俄国作家,早期作品主要写精神堕落者的生活,十月革命后流亡国外。

明天

"没有声音,——小东西怎了?"

红鼻子老拱手里擎了一碗黄酒,说着,向间壁努一努嘴。蓝皮阿五便放下酒碗,在他脊梁上用死劲的打了一掌,含含糊糊嚷道:

"你……你你又在想心思……。"

原来鲁镇是僻静地方,还有些古风:不上一更,大家便都关门睡觉。深更半夜没有睡的只有两家:一家是咸亨酒店,几个酒肉朋友围着柜台,吃喝得正高兴;一家便是间壁的单四嫂子,他自从前年守了寡,便须专靠着自己的一双手纺出棉纱来,养活他自己和他三岁的儿子,所以睡的也迟。[1]

这几天,确凿没有纺纱的声音了。但夜深没有睡的既然只有两家,这单四嫂子家有声音,便自然只有老拱们听到,没有声音,也只有老拱们听到。

老拱挨了打,仿佛很舒服似的喝了一大口酒,呜呜的唱起小曲来。

这时候,单四嫂子正抱着他的宝儿,坐在床沿上,纺车静静的立在地上。黑沉沉的灯光,照着宝儿的脸,绯红里带一点青。单四嫂子心里计算:神签也求过了,愿心也许过了,单方也吃过了,要是还不见效,怎么好?——那只有去诊何小仙了。但宝儿也许是日轻夜重,到了明天,太阳一出,热也会退,气喘也会平的:这实在是病人常有的事。[2]

[1] 深更半夜没有睡的两家皆为生计而忙。但前者衣食无忧,后者凄苦无助。这种对比不仅显现出贫苦人家的艰辛,更显现出邻里之间的冷漠与麻木。

[2] 儿子病了,单四嫂子才得以早歇。但她面对孩子的病,不是先去看医生,而是在求签、许愿、吃单方都不灵后,才寄希望于医生——何小仙,封建社会中底层民众的迷信、愚昧被作者表现得淋漓尽致。

单四嫂子是一个粗笨女人,不明白这"但"字的可怕:许多坏事固然幸亏有了他才变好,许多好事却也因为有了他都弄糟。夏天夜短,老拱们呜呜的唱完了不多时,东方已经发白;不一会,窗缝里透进了银白色的曙光。

单四嫂子等候天明,却不像别人这样容易,觉得非常之慢,宝儿的一呼吸,几乎长过一年。现在居然明亮了;天的明亮,压倒了灯光,——看见宝儿的鼻翼,已经一放一收的扇动。

单四嫂子知道不妙,暗暗叫一声"阿呀!"心里计算:怎么好?只有去诊何小仙这一条路了。他虽然是粗笨女人,心里却有决断,便站起身,从木柜子里掏出每天节省下来的十三个小银元和一百八十铜钱,都装在衣袋里,锁上门,抱着宝儿直向何家奔过去。

天气还早,何家已经坐着四个病人了。他摸出四角银元,买了号签,第五个便轮到宝儿。何小仙伸开两个指头按脉,指甲足有四寸多长,单四嫂子暗地纳罕,心里计算:宝儿该有活命了。但总免不了着急,忍不住要问,便局局促促的说:

"先生,——我家的宝儿什么病呀?"

"他中焦塞着①。"

"不妨事么?他……"

"先去吃两帖。"

"他喘不过气来,鼻翅子都扇着呢。"

"这是火克金②……"

何小仙说了半句话,便闭上眼睛;单四嫂子也不好意思

---

①中焦塞着:中医用语。指消化不良一类的病症。
②火克金:中医用语,是说"心火"克制了"肺金",引起了呼吸系统的疾病。

204

明 天

再问。[3]在何小仙对面坐着的一个三十多岁的人,此时已经开好一张药方,指着纸角上的几个字说道:

"这第一味保婴活命丸,须是贾家济世老店才有!"[4]

单四嫂子接过药方,一面走,一面想。他虽是粗笨女人,却知道何家与济世老店与自己的家,正是一个三角点;自然是买了药回去便宜了。于是又径向济世老店奔过去。店伙也翘了长指甲慢慢的看方,慢慢的包药。单四嫂子抱了宝儿等着;宝儿忽然擎起小手来,用力拔他散乱着的一绺头发,这是从来没有的举动,单四嫂子怕得发怔。

太阳早出了。单四嫂子抱了孩子,带着药包,越走觉得越重;孩子又不住的挣扎,路也觉得越长。没奈何坐在路旁一家公馆的门槛上,休息了一会,衣服渐渐的冰着肌肤,才知道自己出了一身汗;宝儿却仿佛睡着了。他再起来慢慢地走,仍然支撑不得,耳朵边忽然听得人说:

"单四嫂子,我替你抱勃罗!"似乎是蓝皮阿五的声音。

他抬头看时,正是蓝皮阿五,睡眼朦胧的跟着他走。

单四嫂子在这时候,虽然很希望降下一员天将,助他一臂之力,却不愿是阿五。但阿五有些侠气,无论如何,总是偏要帮忙,所以推让了一会,终于得了许可了。他便伸开臂膊,从单四嫂子的乳房和孩子之间,直伸下去,抱去了孩子。单四嫂子便觉乳房上发了一条热,刹时间直热到脸上和耳根。[5]

他们两人离开了二尺五寸多地,一同走着。阿五说些话,单四嫂子却大半没有答。走了不多时候,阿五又将孩子还给他,说是昨天与朋友约定的吃饭时候到了;单四嫂子便接了孩子。幸而不远便是家,早看见对门的王九妈在街边坐着,远远地说话:

[3] 对单四嫂子为儿子看病的不易及宝儿严重病情的无视,显示了当时这些"名医"虚伪、冷漠、不负责任的丑恶嘴脸。

[4] 说明何、贾两家有经济利益关系。

[5] 在单四嫂子盼望着有人能在他们孤儿寡母最艰难之际帮一把的时候,有些"侠气"的阿五竟为了趁机占她便宜而出手相助。人情的冷漠由此可见一斑。

"单四嫂子,孩子怎了?——看过先生了么?"

"看是看了。——王九妈,你有年纪,见的多,不如请你老法眼看一看,怎样……"

"唔……"

"怎样……?"

"唔……"王九妈端详了一番,把头点了两点,摇了两摇。

宝儿吃下药,已经是午后了。单四嫂子留心看他神情,似乎仿佛平稳了不少;到得下午,忽然睁开眼叫一声"妈!"又仍然合上眼,像是睡去了。他睡了一刻,额上鼻尖都沁出一粒一粒的汗珠,单四嫂子轻轻一摸,胶水般粘着手;慌忙去摸胸口,便禁不住呜咽起来。

宝儿的呼吸从平稳变到没有,单四嫂子的声音也就从呜咽变成号咷。这时聚集了几堆人:门内是王九妈蓝皮阿五之类,门外是咸亨的掌柜和红鼻老拱之类。王九妈便发命令,烧了一串纸钱;又将两条板凳和五件衣服作抵,替单四嫂子借了两块洋钱,给帮忙的人备饭。

第一个问题是棺木。单四嫂子还有一副银耳环和一支裹金的银簪,都交给了咸亨的掌柜,托他作一个保,半现半赊的买一具棺木。蓝皮阿五也伸出手来,很愿意自告奋勇;王九妈却不许他,只准他明天抬棺材的差使,阿五骂了一声"老畜生",怏怏的努了嘴站着。掌柜便自去了;晚上回来,说棺木须得现做,后半夜才成功。

掌柜回来的时候,帮忙的人早吃过饭;因为鲁镇还有些古风,所以不上一更,便都回家睡觉了。[6] 只有阿五还靠着咸亨的柜台喝酒,老拱也呜呜的唱。

这时候,单四嫂子坐在床沿上哭着,宝儿在床上躺着,

[6]单四嫂子的悲剧丝毫没有影响鲁镇人的日常生活,鲁镇的"古风"恐怕是人情淡薄的古风吧!

纺车静静的在地上立着。许多工夫,单四嫂子的眼泪宣告完结了,眼睛张得很大,看看四面的情形,觉得奇怪:所有的都是不会有的事。他心里计算:不过是梦罢了,这些事都是梦。明天醒过来,自己好好的睡在床上,宝儿也好好的睡在自己身边。他也醒过来,叫一声"妈",生龙活虎似的跳去玩了。

老拱的歌声早经寂静,咸亨也熄了灯。单四嫂子张着眼,总不信所有的事。——鸡也叫了;东方渐渐发白,窗缝里透进了银白色的曙光。

银白的曙光又渐渐显出绯红,太阳光接着照到屋脊。单四嫂子张着眼,呆呆坐着;听得打门声音,才吃了一吓,跑出去开门。门外一个不认识的人,背了一件东西;后面站着王九妈。

哦,他们背了棺材来了。

下半天,棺木才合上盖:因为单四嫂子哭一回,看一回,总不肯死心塌地的盖上;幸亏王九妈等得不耐烦,气愤愤的跑上前,一把拖开他,才七手八脚的盖上了。[7]

但单四嫂子待他的宝儿,实在已经尽了心,再没有什么缺陷。昨天烧过一串纸钱,上午又烧了四十九卷《大悲咒》;收敛的时候,给他穿上顶新的衣裳,平日喜欢的玩意儿,——一个泥人,两个小木碗,两个玻璃瓶,——都放在枕头旁边。后来王九妈掐着指头仔细推敲,也终于想不出一些什么缺陷。

这一日里,蓝皮阿五简直整天没有到;咸亨掌柜便替单四嫂子雇了两名脚夫,每名二百另十个大钱,抬棺木到义冢地上安放。王九妈又帮他煮了饭,凡是动过手开过口的人都吃了饭。太阳渐渐显出要落山的颜色;吃过饭的人也不

[7]"不耐烦""气愤愤""一把拖开"形象地写出了王九妈的冷酷无情。

觉都显出要回家的颜色,——于是他们终于都回了家。

单四嫂子很觉得头眩,歇息了一会,倒居然有点平稳了。但他接连着便觉得很异样:遇到了平生没有遇到过的事,不像会有的事,然而的确出现了。他越想越奇,又感到一件异样的事——这屋子忽然太静了。

他站起身,点上灯火,屋子越显得静。他昏昏的走去关上门,回来坐在床沿上,纺车静静的立在地上。他定一定神,四面一看,更觉得坐立不得,屋子不但太静,而且也太大了,东西也太空了。太大的屋子四面包围着他,太空的东西四面压着他,叫他喘气不得。

他现在知道他的宝儿确乎死了;不愿意见这屋子,吹熄了灯,躺着。他一面哭,一面想:想那时候,自己纺着棉纱,宝儿坐在身边吃茴香豆,瞪着一双小黑眼睛想了一刻,便说,"妈!爹卖馄饨,我大了也卖馄饨,卖许多许多钱,——我都给你。"那时候,真是连纺出的棉纱,也仿佛寸寸都有意思,寸寸都活着。但现在怎么了?现在的事,单四嫂子却实在没有想到什么。——我早经说过:他是粗笨女人。他能想出什么呢?他单觉得这屋子太静,太大,太空罢了。

但单四嫂子虽然粗笨,却知道还魂是不能有的事,他的宝儿也的确不能再见了。叹一口气,自言自语的说,"宝儿,你该还在这里,你给我梦里见见罢。"于是合上眼,想赶快睡去,会他的宝儿,苦苦的呼吸通过了静和大和空虚,自己听得明白。

单四嫂子终于朦朦胧胧的走入睡乡,全屋子都很静。这时红鼻子老拱的小曲,也早经唱完;跄跄踉踉出了咸亨,却又提尖了喉咙,唱道:

"我的冤家呀!——可怜你,——孤另另的……"

蓝皮阿五便伸手揪住了老拱的肩头,两个人七歪八斜的笑着挤着走去。

单四嫂子早睡着了,老拱们也走了,咸亨也关上门了。这时的鲁镇,便完全落在寂静里。只有那暗夜为想变成明天,却仍在这寂静里奔波;另有几条狗,也躲在暗地里呜呜的叫。[8]

一九二〇年六月③

[8] 深受封建礼教和封建迷信思想毒害的单四嫂子逆来顺受、愚昧麻木、毫无抗争意识。她对自己所遭受的一切打击和不幸,只是通过寄托于如梦幻般的"明天"来逃避。明天,给人带来的应该是美好和希望,但是单四嫂子的"明天",带给她的只能是更沉重的打击和失望。

---

③据鲁迅日记,本篇写作时间应当为1919年6月末或7月初。

白光

陈士成看过县考的榜,回到家里的时候,已经是下午了。他去得本很早,一见榜,便先在这上面寻陈字。陈字也不少,似乎也都争先恐后的跳进他眼睛里来,然而接着的却全不是士成这两个字。他于是重新再在十二张榜的圆图①里细细地搜寻,看的人全已散尽了,而陈士成在榜上终于没有见,单站在试院的照壁的面前。[1]

凉风虽然拂拂的吹动他斑白的短发,初冬的太阳却还是很温和的来晒他。但他似乎被太阳晒得头晕了,脸色越加变成灰白,从劳乏的红肿的两眼里,发出古怪的闪光。这时他其实早已不看到什么墙上的榜文了,只见有许多乌黑的圆圈,在眼前泛泛的游走。[2]

隽了秀才,上省去乡试,一径联捷上去,……绅士们既然千方百计的来攀亲,人们又都像看见神明似的敬畏,深悔先前的轻薄,发昏,……赶走了租住在自己破宅门里的杂姓——那是不劳说赶,自己就搬的,——屋宇全新了,门口是旗竿和扁额,……要清高可以做京官,否则不如谋外放。……[3]他平日安排停当的前程,这时候又像受潮的糖塔一般,刹时倒塌,只剩下一堆碎片了。他不自觉的旋转了觉得涣散了的身躯,惘惘的走向归家的路。

他刚到自己的房门口,七个学童便一齐放开喉咙,吱的念起书来。他大吃一惊,耳朵边似乎敲了一声磬,只见七个

---

[1] 寥寥几笔,写出了陈士成已经历过多次落第的现状,也写出了他这次落第时的失魂落魄。

[2] 再次落第的他已神情恍惚,出现了幻觉。

[3] 这些都是陈士成想象的自己考中之后的情景,与他的现实处境形成了鲜明的对比,反衬他在现实生活中的穷困、落魄。

①圆图:科举时代县考初试公布的名榜,也叫团榜。一般不计名次。

头拖了小辫子在眼前幌,幌得满房,黑圈子也夹着跳舞。他坐下了,他们送上晚课来,脸上都显出小觑他的神色。

"回去罢。"他迟疑了片时,这才悲惨的说。

他们胡乱的包了书包,挟着,一溜烟跑走了。

陈士成还看见许多小头夹着黑圆圈在眼前跳舞,有时杂乱,有时也排成异样的阵图,然而渐渐的减少了,模胡了。

"这回又完了!"

他大吃一惊,直跳起来,分明就在耳朵边的话,回过头去却并没有什么人,仿佛又听得嗡的敲了一声磬,自己的嘴也说道:

"这回又完了!"

他忽而举起一只手来,屈指计数着想,十一,十三回,连今年是十六回,竟没有一个考官懂得文章,有眼无珠,也是可怜的事,便不由嘻嘻的失了笑。[4]然而他愤然了,蓦地从书包布底下抽出誊真的制艺和试帖②来,拿着往外走,刚近房门,却看见满眼都明亮,连一群鸡也正在笑他,便禁不住心头突突的狂跳,只好缩回里面了。[5]

他又就了坐,眼光格外的闪烁;他目睹着许多东西,然而很模胡,——是倒塌了的糖塔一般的前程躺在他面前,这前程又只是广大起来,阻住了他的一切路。

别家的炊烟早消歇了,碗筷也洗过了,而陈士成还不去做饭。寓在这里的杂姓是知道老例的,凡遇到县考的年头,看见发榜后的这样的眼光,不如及早关了门,不要多管事。[6]最先就绝了人声,接着是陆续的熄了灯火,独有月亮,却缓缓的出现在寒夜的空中。

空中青碧到如一片海,略有些浮云,仿佛有谁将粉笔洗

---

②制艺和试帖:科举考试规定的公式化的文体。

[4]十六次落第,从黑发到白首,一次次考,一次次败。陈士成的遭遇和孔乙己如出一辙,科举制度"吃人"的本质可见一斑。

[5]连续的失败已使他接近崩溃的边缘。

[6]邻居已对陈士成"这样的眼光"熟视无睹。冷漠、麻木的民众是鲁迅小说里常见的群像。

在笔洗里似的摇曳。月亮对着陈士成注下寒冷的光波来,当初也不过像是一面新磨的铁镜罢了,而这镜却诡秘的照透了陈士成的全身,就在他身上映出铁的月亮的影。[7]

他还在房外的院子里徘徊,眼里颇清净了,四近也寂静。但这寂静忽又无端的纷扰起来,他耳边又确凿听到急促的低声说:

"左弯右弯……"

他耸然了,倾耳听时,那声音却又提高的复述道:

"右弯!"

他记得了。这院子,是他家还未如此雕零的时候,一到夏天的夜间,夜夜和他的祖母在此纳凉的院子。那时他不过十岁有零的孩子,躺在竹榻上,祖母便坐在榻旁边,讲给他有趣的故事听。伊说是曾经听得伊的祖母说,陈氏的祖宗是巨富的,这屋子便是祖基,祖宗埋着无数的银子,有福气的子孙一定会得到的罢,然而至今还没有现。至于处所,那是藏在一个谜语的中间:

"左弯右弯,前走后走,量金量银不论斗。"

对于这谜语,陈士成便在平时,本也常常暗地里加以揣测的,可惜大抵刚以为可通,却又立刻觉得不合了。有一回,他确有把握,知道这是在租给唐家的房底下的了,然而总没有前去发掘的勇气;过了几时,可又觉得太不相像了。至于他自己房子里的几个掘过的旧痕迹,那却全是先前几回下第以后的发了怔忡的举动,后来自己一看到,也还感到惭愧而且羞人。

但今天铁的光罩住了陈士成,又软软的来劝他了,他或者偶一迟疑,便给他正经的证明,又加上阴森的摧逼,使他不得不又向自己的房里转过眼光去。

[7] 这是陈士成在院子里寻求"清净"时出现的现象。这种"铁的月亮的影"也是白的光,后文还有"今天铁的光罩住了陈士成"。白光最初的形象就是月光。月光本无特别之处,但陈士成在失落甚至绝望的心理状态下看过去,却感到月光是铁一般的光。"铁的光"给了陈士成一种凄清寒冷的感觉,但同时"铁的光"也有着对象征财富的银的预示。

白光如一柄白团扇,摇摇摆摆的闪起在他房里了。[8]

"也终于在这里!"

他说着,狮子似的赶快走进那房里去,但跨进里面的时候,便不见了白光的影踪,[9]只有莽苍苍的一间旧房,和几个破书桌都没在昏暗里。他爽然的站着,慢慢的再定睛,然而白光却分明的又起来了,这回更广大,比硫黄火更白净,比朝雾更霏微,而且便在靠东墙的一张书桌下。[10]

陈士成狮子似的奔到门后边,伸手去摸锄头,撞着一条黑影。他不知怎的有些怕了,张惶的点了灯,看锄头无非倚着。他移开桌子,用锄头一气掘起四块大方砖,蹲身一看,照例是黄澄澄的细沙,揎了袖爬开细沙,便露出下面的黑土来。他极小心的,幽静的,一锄一锄往下掘,然而深夜究竟太寂静了,尖铁触土的声音,总是钝重的不肯瞒人的发响。

土坑深到二尺多了,并不见有瓮口,陈士成正心焦,一声脆响,颇震得手腕痛,锄尖碰着什么坚硬的东西了;他急忙抛下锄头,摸索着看时,一块大方砖在下面。他的心抖得很利害,聚精会神的挖起那方砖来,下面也满是先前一样的黑土,爬松了许多土,下面似乎还无穷。但忽而又触着坚硬的小东西了,圆的,大约是一个锈铜钱;此外也还有几片破碎的磁片。[11]

陈士成心里仿佛觉得空虚了,浑身流汗,急躁的只爬搔;这其间,心在空中一抖动,又触着一种古怪的小东西了,这似乎约略有些马掌形的,但触手很松脆。他又聚精会神的挖起那东西来,谨慎的撮着,就灯光下仔细的看时,那东西斑斑剥剥的像是烂骨头,上面还带着一排零落不全的牙齿。他已经悟到这许是下巴骨了,而那下巴骨也便在他手里索索的动弹起来,而且笑吟吟的显出笑影,终于听得他开

[8] "白光"在文中第一次正面出现。白光从月光而来,化为祖母手中曾有的白团扇形象,象征祖宗的恩泽,是指引陈士成走向发达的祥瑞之光。

[9] 第一次出现的"白光"转瞬即逝,吉光的短暂似乎昭示着某种易灭而难以达成的愿望。

[10] "白光"第二次亮起引得陈士成像狮子似的赶过去。在他的眼中,这"白光"已经变成了埋在地下的银子发出来的光。此时,白光不再是祖母手中的白团扇了,不再是祥瑞之光,它使陈士成渐渐疯狂。

[11] "锈铜钱"和"破碎的磁片"的出现,使陈士成燃起了新的希望。

口道：

"这回又完了！"

他栗然的发了大冷，同时也放了手，下巴骨轻飘飘的回到坑底里不多久，他也就逃到院子里了。他偷看房里面，灯火如此辉煌，下巴骨如此嘲笑，异乎寻常的怕人，便再不敢向那边看。他躲在远处的檐下的阴影里，觉得较为安全了；但在这平安中，忽而耳朵边又听得窃窃的低声说：

"这里没有……到山里去……"

陈士成似乎记得白天在街上也曾听得有人说这种话，他不待再听完，已经恍然大悟了。他突然仰面向天，月亮已向西高峰这方面隐去，远想离城三十五里的西高峰正在眼前，朝笏③一般黑魆魆的挺立着，周围便放出浩大闪烁的白光来。[12]

而且这白光又远远的就在前面了。

"是的，到山里去！"

他决定的想，惨然的奔出去了。几回的开门声之后，门里面便再不闻一些声息。灯火结了大灯花照着空屋和坑洞，毕毕剥剥的炸了几声之后，便渐渐的缩小以至于无有，那是残油已经烧尽了。

"开城门来～～"

含着大希望的恐怖的悲声，游丝似的在西关门前的黎明中，战战兢兢的叫喊。

第二天的日中，有人在离西门十五里的万流湖里看见一个浮尸，当即传扬开去，终于传到地保的耳朵里了，便叫乡下人捞将上来。那是一个男尸，五十多岁，"身中面白无须"，浑身也没有什么衣裤。或者说这就是陈士成。但邻居

[12]"白光"第三次出现，"浩大闪烁"，却引陈士成走向死亡。

---

③朝笏：古代臣子朝见皇帝时所执的狭长板子，用玉、象牙或竹片制成，以为指画、记事之用。

懒得去看,也并无尸亲认领,于是经县委员相验之后,便由地保抬埋了。至于死因,那当然是没有问题的,剥取死尸的衣服本来是常有的事,够不上疑心到谋害去;而且仵作也证明是生前的落水,因为他确凿曾在水底里挣命,所以十个指甲里都满嵌着河底泥。[13]

一九二二年六月

[13] 本来是要"到山里去"的陈士成,为什么会死在湖里?——"白光"一直在引导着他。月亮在湖里的倒影被陈士成看成了"白光"的所在。他的"十个指甲里都满嵌着河底泥"恰恰说明他在河底也曾对着"白光"的所在疯狂地挖掘,最终溺水而亡。陈士成到底是为财而死,还是为了追求前程而亡,耐人寻味。

名著导读

一、作者简介

鲁迅（1881—1936），中国文学家、思想家和革命家，原名周树人，字豫才，浙江绍兴人。出身于破落封建家庭，青年时代受进化论思想影响。1902年去日本学医，后从事文艺工作，企图用以改变国民精神。1907年起发表《摩罗诗力说》《文化偏至论》等重要论文。1909年回国，先后在杭州、绍兴任教。辛亥革命后，曾任南京临时政府和北洋政府教育部部员、佥事等职，兼在北京大学、北京女子师范大学等校授课。1918年5月，首次用笔名"鲁迅"发表中国现代文学史上第一篇白话小说《狂人日记》，揭露人性的阴暗与旧礼教"吃人"的本质，奠定了新文学运动的基石。五四运动前后，发表多篇小说与杂感，猛烈抨击封建文化与封建道德，批判愚昧落后的国民性，坚持启蒙立场，成为新文化运动的伟大旗手。20世纪20年代陆续出版了《呐喊》《坟》《热风》《彷徨》《野草》《朝花夕拾》《华盖集》《华盖集续编》等作品集，表现出彻底革命民主主义的思想特色。其中，中篇小说《阿Q正传》是中国现代文学史上的杰作。

1926年8月，鲁迅因支持北京学生爱国运动，为北洋政府所迫害，南下厦门大学任教。1927年1月到广州中山大学任教，不久因国共分裂与大革命失败，愤而辞去教职。同年10月到达上海，在"革命文学"论争中开始学习研究马列主义理论。1930年起，先后参加中国自由运动大同盟、中国左翼作家联盟和中国民权保障同盟，积极参加左翼文艺运动，介绍马克思主义文艺理论，和其他革命文艺工作者一起同国民党御用文人进行不懈的斗争。1936年初左联解散后，拥护中国共产党关于建立抗日民族统一战线的政治主张，并提出"民族革命战争的大众文学"口号。1927—1935年，创作了《故事新编》中的大部分作品和《而已集》《三闲集》《二心集》《南腔北调集》《伪自由书》《准风月谈》《花边文学》《且介亭杂文》等杂文集。这时期的杂文深刻地分析了各种社会问题，表现出卓越的政治远见和韧性的战斗精神,对中国革命文化事业做出了巨大贡献。

鲁迅还领导和支持了"未名社""朝花社"等进步文学团体;主编《莽原》《奔流》《萌芽月刊》《译文》等文艺期刊;热忱关怀、积极培养青年作者;大力翻译外国进步文学作品并介绍国内外著名的绘画、木刻;搜集、研究、整理了大量古典文学作品,编著《中国小说史略》《汉文学史纲要》,整理《嵇康集》,辑录《会稽郡故书杂集》《古小说钩沉》《唐宋传奇集》《小说旧闻钞》等。1936年10月19日,鲁迅病逝于上海。

二、《朝花夕拾》简介

《朝花夕拾》是鲁迅创作的散文集,1928年由北京未名社出版,收入其1926年所作的回忆性散文10篇。这些散文在《莽原》杂志上连载时题名为《旧事重提》。其中《阿长与〈山海经〉》和《从百草园到三味书屋》等生动地描画出作者美好的童年岁月;《藤野先生》和《范爱农》等通过记怀师友写出了作者人生道路的转折;《二十四孝图》和《狗·猫·鼠》等则针对现实直抒己见,具有辛辣的杂文风格和强烈的批判性。作品采用白描笔法,在平静的叙述中蕴含深长的韵味。

三、《呐喊》简介

《呐喊》是鲁迅的短篇小说集,收录了鲁迅于1918—1922年所作的14篇短篇小说和一篇自序,1923年由北京新潮社出版。集中收入《狂人日记》《阿Q正传》《孔乙己》《药》《风波》《故乡》等作品。小说集从各个侧面反映了辛亥革命以后中国的社会生活,具有鲜明的反封建色彩。作者从革命民主主义出发,抱着启蒙主义目的和人道主义精神,揭示了种种深层次的社会矛盾,对旧时中国的制度及部分陈腐的传统观念进行了深刻的剖析,表现出对民族生存浓重的忧患意识和对社会变革的强烈希望。作品以其思想上的深刻性在五四运动时期堪称独步,对五四运动以后的中国启蒙运动产生了深远影响,也是中国现代小说最早、最成熟的作品之一,不但在文体上确立了叙事文学的典范样式,而且具有强烈的批判精神和鲜明的个人特色。

《朝花夕拾》巩固训练

一、填空题

1. 鲁迅原名周树人，字_____，_____（原籍），是中国现代伟大的文学家、思想家和_____。《藤野先生》一文讲述了他在_____留学时的学习生活，在这段经历中出现了他一生最重要的转变：_____。回国后，他将先生的照片挂在寓居的东墙上，深切表达了对没有民族偏见的、正直热诚的先生的怀念。

2.《朝花夕拾》是鲁迅 1926 年所作的一本_____（体裁）集，共 10 篇。最初在《莽原》杂记发表时，总题目为《_____》，1928 年编集成书，改为现名。

3. 请用一句话概括《朝花夕拾》的内容：_____

4.《朝花夕拾》中：

（1）温馨的回忆表现在：《_____》描述孩子们在百草园的雪地上捕鸟的情景；《_____》中孩子们买"吹都都"，呗呗地吹上两天，享受一份游戏的快乐；《_____》一文中无常是个具有人情味的鬼，去勾魂的时候，看到一位母亲为死去的儿子哭得伤心，就放他儿子还阳片刻。

（2）理性的批判表现在：《_____》中去看赛会前，父亲强迫"我"背书，让"我"感到扫兴和痛苦；《_____》一文中人们在现实生活中找不到公理，反被要求到阴间寻求公正的裁判。

5. 第一篇作品《狗·猫·鼠》是针对"正人君子"的攻击引发的。作者在文中还追忆童年时救养的一只可爱的隐鼠遭到摧残的经历和感受，表现了_____。

6.《二十四孝图》着重分析了_____、_____、_____等孝道故事，指斥这类封建孝道不顾儿童的性命，将"肉麻当作有趣"，"诬蔑了古人，教坏了后人"，揭示_____。

7.《五猖会》中，父亲让我背《_____》，让我感到痛苦。

8.《五猖会》中作者回忆童年往事，含蓄地表达了对父母毫不顾及孩子心理的无奈与厌烦,这件事是:_____。

9.《五猖会》记述了作者儿时盼望观看_____的急切兴奋的心情,揭露了封建教育对儿童天性的压制。

10."迎神赛会"中"我"和许多人喜欢看_____。

11.鲁迅在《无常》一文中,通过对_____的描述,指出"公正的裁判是在阴间",以讽刺当时社会上的"_____"之流。

12.鲁迅小时候最喜欢在_____玩耍。

二、选择题

1."无常"这个"鬼而人,理而情"的形象受到民众的喜爱,主要原因是(　　)。

A. 形象好看　　　　　　　　B. 活泼诙谐

C. 能勾摄恶人魂魄　　　　　D. 公正的裁判是在阴间

2.《藤野先生》中作者弃医从文的原因是(　　)。

A. 受到日本同学歧视　　　　B. 先生不重视自己

C. 要拯救国民的精神　　　　D. 学医太难

3.《琐记》一文中写了(　　)件事,表达了对衍太太的不满。

A.1　　　　　B.2　　　　　C.3　　　　　D.4

4.《朝花夕拾》中,阿长的性格给我们留下了深刻的印象,下列哪一个不是阿长的性格特点?(　　)

A. 迷信　　　B. 不拘小节　　C. 马虎　　　D. 朴实

5.阿莲河给鲁迅的父亲看病时所开的药引是(　　)。

A. 一对蚂蚁　　B. 一对蟋蟀　　C. 一包苦菜　　D. 都不是

6.下列说法正确的是(　　)

A. 鲁迅写《范爱农》只为了回忆过去,记住以及想念范爱农。

B. 范爱农不喜欢甚至讨厌自己的先生,因此在先生死时不主张发电报。

C. 鲁迅记忆中的范爱农很坏。

D.《范爱农》记叙的是鲁迅在日本留学时和回国后与范爱农接触的几个生活

片段。

7. 下列文章不属于《朝花夕拾》的是(   )。

   A.《风筝》   B.《无常》   C.《父亲的病》   D.《藤野先生》

8. 《朝花夕拾》中记叙鲁迅为了寻"另一类的人们"而到南京求学的经过的是(   )。

   A.《五猖会》   B.《琐记》   C.《父亲的病》   D.《无常》

9. 鲁迅早年留学学习医学的国家是(   )。

   A. 日本   B. 美国   C. 苏联   D. 英国

10. 范爱农和鲁迅初次相识的地点是(   )。

    A. 东京   B. 北平   C. 横滨   D. 绍兴

11. 《朝花夕拾》中,鲁迅借众鬼嘲弄人生,用阴间讽刺阳世,对"正人君子"们进行了淋漓尽致的嘲弄和鞭挞的是哪篇文章?(   )

    A.《琐记》   B.《无常》   C.《二十四孝图》   D.《狗猫鼠》

12. 下列文章中不曾提及"长妈妈"的篇目是(   )。

    A.《狗·猫·鼠》 B.《五猖会》   C.《二十四孝图》   D.《琐记》

13. "这是一个高大身材,长头发,眼球白多黑少的人,看人总像在渺视。"这段文字描写的是(   )

    A. 孔乙己   B. 范爱农   C. 藤野先生   D. 寿镜吾老先生

14. 下列关于文学名著的表述有误的一项是(   )

    A.《狗·猫·鼠》表现了对弱小者的同情和对暴虐者的憎恨,《二十四孝图》揭示了封建孝道的虚伪与残酷。

    B.《五猖会》记述了作者儿时盼望观看迎神赛会时的急切、兴奋的心情,并借此对"正人君子"予以辛辣的嘲讽。

    C.《从百草园到三味书屋》描述了作者儿时在家中百草园玩耍时的无限乐趣和在三味书屋读书的乏味生活。

    D.《琐记》《藤野先生》《范爱农》3篇记述了鲁迅远离故乡到南京、日本求学

5

和回国后的一段生活,留下了鲁迅追寻真理的足迹。

15. 下列关于文学名著的表述有误的一项是( )

A.《朝花夕拾》是鲁迅的唯一一部回忆性散文集,我们可借此了解鲁迅从幼年到青年时期的生活道路和心路历程。

B.鲁迅在《琐记》中回忆了在正月初一清晨,长妈妈让他吃福橘的往事。

C.《五猖会》选自《朝花夕拾》,文章描述了"我"对五猖会的热切盼望和父亲的阻拦,写出了孩子在父亲毫不顾及自己心理时的无奈和厌烦。

D.《朝花夕拾》中写了不少孩童之事,语言简洁明快,形象生动,令人读来兴味盎然。

16. 下列关于文学名著的表述有误的一项是( )

A.《朝花夕拾》抒发了对往日亲友和师长的怀念之情。

B.《朝花夕拾》批判了当时社会封建思想习俗的不合理。

C.《朝花夕拾》写出了强制性的封建教育对儿童天性的压制和摧残。

D.《朝花夕拾》表现了中国农民的生命和活力被扼杀的过程。

17. 下列关于文学名著《朝花夕拾》内容及常识的表达正确的一项是( )

A.《从百草园到三味书屋》是《朝花夕拾》中的名篇。《朝花夕拾》是鲁迅回忆童年、少年和青年时期不同生活经历与体验的一部小说集。

B.《二十四孝图》写我儿时就不喜欢"老莱娱亲"和"子路负米"的故事,进而引发了对那种不顾人情甚至灭绝人性的所谓"孝道"的批判。

C.《藤野先生》写"看电影事件",不仅揭露了那些日本"爱国青年"的丑恶面目,也写出了自己"弃医从文"的动因。

D.《琐记》中的衍太太是一个有爱心、关怀孩子健康成长的农村妇女,她不允许我们冬天吃冰块,不允许我们站在原地打旋,都是有力的证明。

18. 下列表述有误的一项是( )

A.《朝花夕拾》原名《旧事重提》,是现代文学家鲁迅的散文集。

B.《朝花夕拾》中揭露了封建孝道的虚伪和残酷、揭示了封建社会中国儿童的悲惨处境的文章是《二十四孝图》。

C.《父亲的病》《社戏》《琐记》《藤野先生》均选自《朝花夕拾》。

D.《朝花夕拾》中《阿长与〈山海经〉》记述作者儿时与阿长相处的情景,表达了对她的怀念、感激之情。

三、判断题

1.《狗·猫·鼠》是针对"正人君子"的攻击引发的,嘲讽了他们散布的"流言",表达了对狗"尽情玩弄"弱者、对人又是一副媚态的憎恶。（   ）

2.《父亲的病》中为父亲看病的第2个医生是叶天士。（   ）

3. 鲁迅不喜欢《天演论》。（   ）

4. 藤野先生对学生诲人不倦,对研究一丝不苟。（   ）

5. 藤野先生向鲁迅询问中国女人裹脚的事,是对中国人的轻视。（   ）

6. 范爱农常常从乡下搭船进城,是因为他向往城市生活。（   ）

7. 范爱农对辛亥革命是非常欢迎的。（   ）

8.《琐记》中有"肚子疼"绰号的是衍太太。（   ）

9. 陈莲河是《琐记》中的人物。（   ）

10.《无常》是对保姆阿长的回忆。（   ）

四、简答题

1.《父亲的病》一文的最后,叙述了父亲临终时"我"在衍太太的催促下不断大声呼叫父亲的一幕,结尾处,作者为什么说"我现在还听到那时的自己的这声音,每听到时,就觉得这却是我对于父亲的最大的错处"？表达了作者怎样的感情？

2. 你怎么评价范爱农？

7

3.作者憎恨猫的哪些特性?

4.起初鲁迅认为范爱农是怎样一个人?

5.《朝花夕拾》中描写了两位极具特色、性格迥异的女性人物形象——《阿长与〈山海经〉》中的长妈妈,《琐记》《父亲的病》中写到的衍太太。请你任选其中的一位谈谈你对她的看法。

6.《五猖会》的主要内容是什么?

7.《父亲的病》主要讲的是什么内容?

8.鲁迅在《二十四孝图》一文中对古时的所谓"孝"持有怎样的态度?

9. 鲁迅写《无常》是为了表达什么思想？

10. 你认为藤野先生是个怎样的老师？鲁迅回忆藤野先生的目的是什么？

11. 鲁迅为什么对范爱农是失足落水还是投水自杀表示怀疑？

12. 请写出两个《朝花夕拾》中《二十四孝图》里关于"孝"的典故。

五、语段赏析题

（一）阅读《五猖会》片段，回答问题。

因为东关离城远，大清早大家就起来。昨夜预定好的三道明瓦窗的大船，已经泊在河埠头，船椅、饭菜、茶炊、点心盒子，都在陆续搬下去了。我笑着跳着，催他们要搬得快。忽然，工人的脸色很谨肃了，我知道有些蹊跷，四面一看，父亲就站在我背后。

"去拿你的书来。"他慢慢地说。

这所谓"书"，是指我开蒙时候所读的《鉴略》。因为我再没有第二本了。我们那里上学的岁数是多拣单数的，所以这使我记住我其时是七岁。

我忐忑着，拿了书来了。他使我同坐在堂中央的桌子前，教我一句一句地读下去。我担着心,一句一句地读下去。

两句一行,大约读了二三十行罢,他说:

"给我读熟。背不出,就不准去看会。"

他说完,便站起来,走进房里去了。

我似乎从头上浇了一盆冷水。但是,有什么法子呢?自然是读着,读着,强记着,——而且要背出来。

粤自盘古,生于太荒,

首出御世,肇开混茫。

就是这样的书,我现在只记得前四句,别的都忘却了;那时所强记的二三十行,自然也一齐忘却在里面了。记得那时听人说,读《鉴略》比读《千字文》《百家姓》有用得多,因为可以知道从古到今的大概。知道从古到今的大概,那当然是很好的,然而我一字也不懂。"粤自盘古"就是"粤自盘古",读下去,记住它,"粤自盘古"呵!"生于太荒"呵!……

应用的物件已经搬完,家中由忙乱转成静肃了。朝阳照着西墙,天气很清朗。母亲,工人,长妈妈即阿长,都无法营救,只默默地静候着我读熟,而且背出来。在百静中,我似乎头里要伸出许多铁钳,将什么"生于太荒"之流夹住;也听到自己急急诵读的声音发着抖,仿佛深秋的蟋蟀,在夜中鸣叫似的。

他们都等候着;太阳也升得更高了。

1.选文开头写家人为看五猖会做准备的忙碌场景和结尾部分"家中由忙乱转成静肃了"形成鲜明的对比,这样写的作用是什么?

2.从选文中可以看出父亲是一个什么样的人?

3.读后你有什么感受?

(二)阅读下面一段文字,回答问题

其实人禽之辨,本不必这样严。在动物界,虽然并不如古人所幻想的那样舒适自由,可是噜苏做作的事总比人间少。它们适性任情,对就对,错就错,不说一句分辩话。虫蛆也许是不干净的,但它们并没有自鸣清高;鸷禽猛兽以较弱的动物为饵,不妨说是凶残的罢,但它们从来就没有竖过"公理""正义"的旗子,使牺牲者直到被吃的时候为止,还是一味佩服赞叹它们。人呢,能直立了,自然是一大进步;能说话了,自然又是一大进步;能写字作文了,自然又是一大进步。然而也就堕落,因为那时也开始了说空话。说空话尚无不可,甚至于连自己也不知道说着违心之论,则对于只能嗥叫的动物,实在免不得"颜厚有忸怩"。假使真有一位一视同仁的造物主,高高在上,那么,对于人类的这些小聪明,也许倒以为多事,正如我们在万生园里,看见猴子翻筋斗,母象请安,虽然往往破颜一笑,但同时也觉得不舒服,甚至于感到悲哀,以为这些多余的聪明,倒不如没有的好罢。然而,既经为人,便也只好"党同伐异",学着人们的说话,随俗来谈一谈,——辩一辩了。

1.这段文字选自《　　　　》一文。该文选自《　　　　》。

2.作者在文中写"虫蛆""鸷禽猛兽"的目的是什么?

3.这段文字表达了作者怎样的思想感情?

11

4.读过这段文字后,你受到什么启示?

(三)

照例还有一个同乡会,吊烈士,骂满洲;此后便有人主张打电报到北京,痛斥满政府的无人道。会众即刻分成两派:一派要发电,一派不要发。我是主张发电的,但当我说出之后,即有一种钝滞的声音跟着起来:

"杀的杀掉了,死的死掉了,还发什么屁电报呢。"

这是一个高大身材,长头发,眼球白多黑少的人,看人总像在渺视。他蹲在席子上,我发言大抵就反对;我早觉得奇怪,注意着他的了,到这时才打听别人:说这话的是谁呢,有那么冷?……

1.文段选自_____(书名),作者是_____。

2.文中的"他"指的是_____,他是一个_____的人。

《朝花夕拾》实战演练

一、选择题

1.【2018·四川初三期中】对名著分析不正确的是(　　)

A.《朝花夕拾》是1926年鲁迅先后撰写的10篇回忆性散文。

B.《朝花夕拾》中的散文是鲁迅作品中最富生活情趣的篇章,我们可借此了解鲁迅从幼年到青年时期的生活道路和心路历程。

C.鲁迅,原名周建人,是我国伟大的思想家、文学家、革命家。小说集有《朝花夕拾》《呐喊》,散文诗集有《野草》。

D.《朝花夕拾》以简洁舒缓的文字描述往事,又不时夹杂着有趣的议论或犀利的批判;既有温情与童趣,也有对人情世故的洞察。

2.【2018·天津初三月考】下列关于《朝花夕拾》的表述不正确的一项是(　　)

A.《朝花夕拾》全书由《风筝》《从百草园到三味书屋》《父亲的病》《五猖会》等10篇文章组成。

B.《范爱农》追叙作者在日本留学时和回国后与范爱农接触的几个生活片段。

C.《朝花夕拾》阿长的性格给我们留下深刻的印象,她的性格特点是迷信、不拘小节、朴实。

D.《朝花夕拾》中,鲁迅借众鬼嘲弄人生,用阴间讽刺阳世,对"正人君子"们进行了淋漓尽致的嘲弄和鞭挞的文章是《无常》。

3.【2018·山西初三期中】下面对《朝花夕拾》理解有误的一项是(　　)

A.《朝花夕拾》原书名《旧事重提》,以散文的形式写了鲁迅从幼年到青年时期的生活和心路历程。

B.《从百草园到三味书屋》《阿长与〈山海经〉》《藤野先生》《五猖会》写的都是鲁迅的童年生活。

C.《朝花夕拾》塑造了长妈妈、藤野先生、范爱农等栩栩如生的人物形象,表

13

现出作者对他们的深切怀念之情。

D.《五猖会》中父亲强迫背书,给年幼的"我"留下心理阴影,揭示了封建家长制对于儿童天性的压制和摧残。

4.【2018·广东初三期中】对名著《朝花夕拾》内容理解不正确的一项是(　　)

A.《朝花夕拾》是鲁迅先生于1926年所作的一部回忆性小说集。

B.在《无常》一文中,鲁迅提到:无常有黑白两种,白无常又叫活无常,黑无常又叫死无常,人们喜爱的是白无常。

C.《五猖会》记叙作者儿时父子之间一场微妙的冲突——我对五猖会的热切盼望和父亲的阻难。

D.《朝花夕拾》中女性形象的刻画不多,最突出的是长妈妈,刻画了一个文化水平低但善良、质朴的农村妇女形象。

5.【2018·天津初三期末】下面关于《朝花夕拾》表述不正确的两项是(　　)(　　)

A.《朝花夕拾》是鲁迅所作的回忆散文集,共10篇。

B.《朝花夕拾》中鲁迅说起儿时生活常常出现对迎神赛会,看戏等情节的回忆,如《无常》《琐记》。

C.鲁迅在《二十四孝图》里,针对"卧冰求鲤""老莱娱亲""郭巨埋儿"等孝道故事做了分析,揭示了封建孝道的虚伪和残酷。

D."在我所认为我师的之中,他是最使我感激,给我鼓励的一个。"这句话中的"他"是寿镜吾先生。

E.《范爱农》记叙的是鲁迅在日本留学时和回国后与范爱农接触的几个生活片段。

6.【2018·江苏省泰兴市中考模拟】下列关于文学名著内容及常识的表述,完全正确的一项是(　　)

A.《朝花夕拾》中,许多篇章都写出儿童天然的兴趣和爱好,读长妈妈买的《山海经》,冬天雪地捕鸟,到赵庄看社戏归来偷吃罗汉豆,在百草园中拔何首乌,摘覆盆子……这些内容表达了作者对童年时代美好生活的留恋。

B.《琐记》中,鲁迅回忆几位"名医"为父亲治病时的种种表现,并由此感叹:这是中国人的"命",连名医也无从医治的。

C.《无常》中,从无常也有老婆和孩子的事实中,作者既写出了无常富于人情味的特点,又巧妙地讽刺了打着"公理、正义"旗号的"正人君子"。

D.《朝花夕拾》中《琐记》《藤野先生》《范爱农》3篇主要记述了鲁迅在故乡、到日本求学和回国后的经历。

7.【2018·中考江苏无锡卷】下列对名著有关内容的表述不正确的一项是（　　）

A.《汤姆·索亚历险记》"铁钳甲虫戏弄小狗"的故事中,汤姆觉得去教堂做礼拜若能碰到点新鲜事儿还是挺有趣的。

B.《范爱农》一文中的范爱农和鲁迅是同乡,都在日本留过学,但他们在对徐锡麟等人被杀要不要打电报到北京痛斥清政府的无人道时持不同意见。

C.《西游记》中唐僧师徒受阻于火焰山,土地交代了此山的来历,说是当年大圣"蹬倒丹炉,落了几个砖来,内有余火,到此处化为火焰山"。

D.《水浒传》塑造的被逼上梁山的众多好汉中,林冲的经历最为典型,他曾因误入白虎堂而被发配沧州,途中大闹野猪林,最终一步步被逼上梁山。

8.【2018·中考江苏宿迁卷】下列有关名著的表述不正确的一项是（　　）

A.《钢铁是怎样炼成的》中的保尔是一个有血有肉的人物,他做过傻事、错事,陷入绝境时曾一度动摇、绝望,但最终成长为百折不挠的钢铁战士。

B.《格列佛游记》中"慧骃"们教育子女学习克制、勤勉以及整洁等课程,还训练子女沿着陡峭山坡上下奔跑,以提高它们的力量、速度和耐力。

C.《骆驼祥子》叙写了旧北京人力车夫的辛酸故事,小说大量使用北京口语,还有一些关于老北京风土人情的描写,是现代白话小说的经典作品。

D.《阿长与〈山海经〉》中阿长是我们家保姆,她姓长,又高又瘦,她迷信唠叨,令人厌烦,但她为我买来了《山海经》,让我对她产生了新的敬意。

9.【2018·中考江苏无锡卷】下列对名著有关内容的表述不正确的一项是( )

A.《汤姆·索亚历险记》中汤姆在学校想专心看书却总是走神,他和乔玩弄壁虱,为此两人打了起来,以至于没有注意到老师走过来。

B.智取生辰纲的关键在于下蒙汗药的时间和方式,宋江、吴用、刘唐等好汉引诱对方上钩,全然不露痕迹,杨志虽极精细,仍然中了计。

C."老迅,我们今天不喝酒了,我要去看看光复绍兴,我们同去。"这是范爱农在绍兴光复后的第二天上城时对鲁迅说的话,可见革命胜利后他内心无比喜悦。

D.罗刹捶着胸膛骂道:"那泼猴赚了我的宝贝,现出原身走了!气杀我也!"罗刹女生气的原因是孙悟空假扮了牛魔王,从她手上骗走了芭蕉扇。

10.【2018·中考贵州遵义卷】下列关于名著和文化常识的表述正确的一项是( )

A.《朝花夕拾·阿长与〈山海经〉》中,"我"讨厌阿长的絮叨和繁琐规矩,但她对"我"讲述"长毛"的故事让"我"也对她产生过空前的敬意。

B.《简·爱》中,简·爱正沉浸在筹备自己婚礼的喜悦中,梅森突然出现了,他揭露了一个让人震惊的秘密——丹特上校的妻子还活着!

C.《水浒传》中,林冲不满王伦的做法,在宋江等人智激与协力下,一举杀死了王伦。这一精彩的情节突出了王伦的小肚鸡肠和宋江的老谋深算。

D."诸子百家"是先秦至汉初各学派的代表人物及其著作。儒家的"仁",道家的"无为而治",兵家的"兼爱""非攻",法家的"法治"……对后世产生了深远的影响。

11.【2018·中考江苏泰州卷】下列关于文学名著内容的表述,错误的两项是( )

A.汤姆、乔和哈克3个小"海盗"在杰克逊岛的清晨生活自由自在,无拘无束,充满了乐趣。

B.《水浒传》中,高俅被梁山好汉擒捉上山,宋江安排筵会给他压惊,请他促成招安。高俅回京后,立即奏请招安。于是,皇帝派人去梁山泊招抚。

C. 看着面对困难依然干劲冲天的筑路队员们,朱赫来感慨:"钢铁就是这样炼成的!"

D. 飞岛国国王迫使地上人民归顺的极端手段是让飞岛直接落到他们头上,将人和房屋一起毁灭。

E.《阿长与〈山海经〉》中的长妈妈是作者儿时的保姆。祖母叫她阿长,是因她身材高大。

12.【2018·中考江苏盐城卷】下列选项中表述正确的一项是(　　)

A. 许云峰在狱中经受了严刑拷打,宁死不屈,写下《我的"自白书"》。

B.《水浒传》中宋江成为梁山寨主之后,将"忠义堂"改名为"聚义厅"。

C.《童年》中的外祖父自私冷酷、专横暴戾,他残忍地打死了把布染错了颜色的小茨冈。

D. 鲁迅在《朝花夕拾》中描写了迷信啰嗦却善良真诚的"长妈妈",表达了对她的深切怀念之情。

13.【2019·天津一中初三月考】下列对名著内容表述有误的两项是(　　)

A.《骆驼祥子》讲述的是一个普通的人力车夫祥子的故事。祥子最初老实坚忍、自尊好强、吃苦耐劳,到小说结尾却变成了麻木、狡猾、好占便宜的行尸走肉。祥子的这一变化无情地批判了当时的社会现实——不让好人有出路。

B. 鲁迅的散文集《朝花夕拾》不仅抒发了对往日亲友和师长的怀念之情,而且批判了摧残儿童天性的强制性的封建教育和当时社会不合理的封建思想、习俗,揭示出中国农民的生命和活力被扼杀的根源。

C.《西游记》中孙悟空拜的第一个师傅是菩提祖师,用的兵器原是大禹治水的定海神针,大闹天宫后被如来佛祖压在五行山下,后皈依佛门,唐僧为他取名孙行者。

D.《海底两万里》是凡尔纳科幻三部曲小说的第2部,主要讲述鹦鹉螺号(诺第留斯号)潜艇的故事,艇长尼摩带领大家从太平洋出发,一路上经历了很多险情,曾在印度洋遭遇巨型章鱼,在红海击杀儒艮,在大西洋肉搏鲨鱼。

E.尼摩船长说"大海就是一切"。"鹦鹉螺号"利用海水发电,潜艇上的人用大叶藻做床,用贝壳类的足丝做衣服,甚至用鲸的触须做写字的笔,用墨鱼或乌贼的分泌物做墨水。

14.【2019·广西钦州九年级下学科素养测试】下列关于文学名著表述有误的一项是( )

A.在《水浒传》中,"太尉喝道:'_____(人名),你又无呼唤,安敢辄入白虎节堂……'。横线处的人名应是黑旋风李逵。

B.《西游记》中,唐僧先后在五行山收了孙悟空,在鹰愁涧收了白龙马,在高老庄收了猪八戒,在流沙河收了沙和尚。师徒历尽磨难,最终取得真经。

C.《朝花夕拾》是鲁迅的一部回忆性散文集,体现了鲁迅从幼年到青年时期的生活经历和体验。《从百草园到三味书屋》《阿长与〈山海经〉》《藤野先生》都是其中的作品。

D.《钢铁是怎样炼成的》的主人公保尔·柯察金从小就在社会最底层饱受折磨和侮辱,后来在朱赫来的影响下逐步走上了革命道路。

15.【2019·湖北孝感初中学业水平调研】下列情节叙述符合原著内容的一项是( )

A.简·爱在舅妈家曾倍受折磨,经常被从早晨骂到晚上,所以到舅妈临死时,简·爱依然讨厌她,而且最终也没有原谅她。

B."大闹天宫"表现了孙悟空敢作敢当、不畏强权;"三打白骨精"表现了他嫉恶如仇、除恶务尽;"三借芭蕉扇"表现了他有勇有谋、藐视权威。

C.傅雷素来主张教育的原则是:先为人,次为艺术家,再为音乐家,终为钢琴家。

D.《朝花夕拾》中,有对严谨治学、无民族偏见的藤野先生的由衷敬意;有对范爱农的永久恨意;有对阿长的深切感激与怀念。

16.【2019·江苏泰州中考模拟】下列关于名著《朝花夕拾》内容的表述,没有错误的一项是(　　)

A. 阿长是"我"家的一个女工,她行为粗俗,睡觉时常在床上摆"大"字,又有太多的规矩礼节,让"我"对她烦不胜烦;可是后来,她千方百计为"我"寻买来《山海经》(她把它叫作"三哼经"),于是"我"就原谅了她的粗俗。

B.《朝花夕拾》中有许多理性的批判,如《二十四孝图》抨击了封建孝道的虚伪性,《狗·猫·鼠》讽刺了打着"公理正义"旗号的所谓"正人君子"的不公平性,《琐记》用看似平稳的笔调陈述新式学堂的教学内容、班级差异,批判了新式学堂的乌烟瘴气。

C. "父亲"在《朝花夕拾》中也屡屡被作者提及,在文中,"父亲"总是强悍而专制的,"我"对"父亲"是又怨又惧。

D. "冷嘲"是《朝花夕拾》中经常出现的笔法,它能在不动声色中给人、事、物以冷峻的讽刺,如《父亲的病》开篇写庸医误人性命之后开第2张药方,讽刺庸医草菅人命酿成恶果后被迫赔偿的实质。

17.【2019·山东济宁】下面所列名著与信息,对应正确的一项是(　　)

A	《朝花夕拾》	散文集	《阿长与〈山海经〉》	闰土
B	《简·爱》	英国文学	罗切斯特	第一人称
C	《水浒传》	章回体	鲁智深醉打蒋门神	农民起义
D	《海底两万里》	凡尔纳	基地三部曲	诺第留斯号

18.【2019·湖南张家界初三期中】下列对名著《朝花夕拾》的表述中,错误的一项是(　　)

A. 鲁迅的《朝花夕拾》不全是为少年儿童写的,全书10篇文章,其中《二十四孝图》批判了"老莱娱亲"和"郭巨埋儿"式的孝道。

B.《朝花夕拾》的序言《小引》采用散文式的笔法介绍了全书的内容、写作过程以及书名的含义等。

C.《朝花夕拾》中《父亲的病》一文叙写了当地几个医生为"我"父亲治病的情形,医生开的药方里常有奇特的药引。

D.《朝花夕拾》原名《旧事重提》,是鲁迅最具代表性的小说集。这组作品主要记录了作者从幼年到青年的生活道路和心理历程,富有生活情趣。

19.【2019·湖南初三期中】下列关于名著的说法正确的一项是(　　)

A. 1926年,鲁迅先后撰写了10篇回忆性散文,并以《朝花夕拾》为总题目陆续发表于《莽原》半月刊上。

B.《朝花夕拾》是鲁迅最富生活情趣的作品,我们可以借此了解鲁迅从幼年到中年时期的生活道路和心路历程。

C.《二十四孝图》写"我"儿时就不喜欢"老莱娱亲"和"郭巨埋儿"的故事,进而引发了对那种不顾人情甚至灭绝人性的所谓"孝道"的批判。

D.《朝花夕拾》中的10篇文章,比较好读的是写人记事的文章,描写生动有趣,如《无常》,作者抓住阿长的性格特征如实来写,把一个纯朴善良但在某些方面颇为愚昧的农村妇女写活了。

20.【2019·江苏初三期中】名著赏读。

(1)有关《朝花夕拾》的描述,错误的一项是(　　)

A.《朝花夕拾》是鲁迅唯一一本回忆性散文集,共有10篇散文。通过阅读《朝花夕拾》,我们可以了解到鲁迅从幼年到青年时期的生活道路和心路历程。

B.《朝花夕拾》的作者是鲁迅,原名周树人,字豫才,浙江绍兴人,文学家、思想家、革命家。代表作有小说集《呐喊》《彷徨》《故事新编》,散文集《朝花夕拾》,散文诗集《野草》和杂文集《坟》《热风》《且介亭杂文》。

C.在《朝花夕拾》中,鲁迅提到了3本在他人生中留下深刻印记的书:一本是长妈妈为他买的《山海经》,一本是想去看五猖会,父亲偏要他背的《天演论》,一本是在矿路学堂如饥似渴阅读的《鉴略》。

D. 鲁迅的启蒙老师是寿镜吾老先生,他在《从百草园到三味书屋》一文中出现过。该文写了鲁迅儿时的乐园是百草园,回忆了长妈妈给"我"讲的美女蛇的故事,闰土的父亲教我冬天雪地捕鸟和枯燥乏味的三味书屋的学习生活。

（2）下列关于名著《朝花夕拾》内容及常识的表述,完全正确的两项是(　　)(　　)

A. 长妈妈给"我"买来了绣像本的《山海经》,从此,"我"对她就有了特别的敬意。

B.《五猖会》里的父亲责令"我"在去看五猖会前背书,让"我"无比沮丧;《无常》中,"我"在乡间迎神赛会上最愿见的是活无常。

C.《父亲的病》中多次写医生开出的奇特药引,如陈莲河医生开出的最平常的药引是"蟋蟀一对",而且"要原配",目的是说明名医看病的独特。

D. 鲁迅的《朝花夕拾》文笔隽永,是中国现代散文的经典作品之一。《狗·猫·鼠》《阿长与〈山海经〉》《故乡》都是其中的作品。

E.《二十四孝图》中"老莱娱亲"和"郭巨埋儿"两个故事揭露了封建孝道的虚伪和残酷,揭示了旧中国儿童可怜的悲惨处境。

二、填空题

1.【2018·中考四川乐山卷】学好语文,就要"多读书,好读书,读好书,读整本的书"。请根据要求填空。

（1）鲁迅在《＿＿＿＿》一文中,以饱含深情的笔触,书写了对一位潦倒的同乡旧友的真切同情与怀念。该文收录到他的散文集《朝花夕拾》中。

（2）"德行犹如宝石,朴素最美;其于人也,则有德者但须形体悦目,不必面貌俊秀,与其貌美,不若气度恢宏。"这段话出自《培根随笔》中的《＿＿＿＿》,阐明了美德比美貌更重要的道理。

（3）罗曼·罗兰指出,人生是艰苦的,生活里充满了贫困、忧虑、孤独和辛劳,人们却彼此隔膜,不懂得互相安慰,所以他要撰写《＿＿＿＿》,要把伟大的心灵献给受苦受难的人们,使他们得到安慰和鼓舞。

2.【2018·中考天津卷】根据阅读积累,在下面文段的空缺处填写相应的人物。

作品	文段
《名人传》	当(1)出场的时候,他受到了群众五次鼓掌的欢迎。这在当时是至高无上的荣誉。因为当时,对皇族的出场,人们也只是习惯地鼓掌三次,为此警察不得不出面干涉。
《钢铁是怎样炼成的》	(2)注视着走过来的朱赫来和那个士兵,心里非常乱,想不出主意。"怎么办呢?"在最后一分钟,他骤然想起了他衣袋里的手枪。
《西游记》	(3)见他言言语语,越添恼怒,滚鞍下马来,叫沙僧包袱内取出纸笔,即于涧下取水,石上磨墨,写了一纸贬书,递于行者道:"猴头执此为照!再不要你做徒弟了!如再与你相见,我就堕了阿鼻地狱!"
《朝花夕拾》	(4)曾经讲给我一个故事听:先前,有一个读书人住在古庙里用功,晚间,在院子里纳凉的时候,突然听到有人在叫他。答应着,四面看时,却见一个美女的脸露在墙头上。

(1)_____ (2)_____ (3)_____ (4)_____

3.【2018·中考浙江杭州卷】名著阅读。

在横线上填写与名著内容概述相对应的书名(范围为指定的名著阅读书目)。

《_____》记叙了作者童年的生活和青年时求学的历程,追忆那些难以忘怀的人和事,抒发了对亲友和师长的怀念之情。

4.【2019·重庆重点中学】阅读《朝花夕拾》,完成下面两道题。

(1)"好。那么,走罢!""寻别一类人们去"出自《_____》。在南京矿务学堂一有空闲,就照例地吃侉饼,花生米,辣椒,看《_____》,表现出鲁迅探求真理的强烈欲望。

(2)根据以下提示写出人物名称。

①这是一个高大身材,长头发,眼球白多黑少的人,看人总像在渺视。(_____)

②他是一个高而瘦的老人,须发都花白了,还戴着大眼镜。(_____)

③ 她对自己的儿子虽然狠,对别家的孩子却好的,无论闹出什么乱子来,也决不去告诉各人的父母。(　　)

④ 他的脸是圆而胖的,一张药方上,总兼有一种特别的丸散和一种奇特的药引。(　　)

5.【2019·重庆七名校联合模拟】按要求填写相关内容。

作品名称	作品中写作对象的美称	表达的情感	语言特点
《朝花夕拾》	藤野先生:_____	_____	_____

6.【2019·重庆三模】名著阅读。

（1）鲁迅的《朝花夕拾》回忆了以前的人和事,也夹杂一些讥讽和议论。文中写道,"我"十来岁时是仇猫的,因为_____；《五猖会》中迎神赛会时父亲让我背《_____》的痛苦,让"我"记忆犹新；"无常"这个"鬼而人,理而情,可怖而可爱"的形象深受民众喜爱,是因为_____。

三、简答题

1.【2018·中考浙江衢州卷】

请以《朝花夕拾》和《名人传》为例,探究回忆性散文和传记的不同特点。(可以从选材、人称、写作目的、表达方式等角度思考。)

2.【2018·中考四川成都卷】鲁迅小说《故乡》中的"杨二嫂"最有可能是根据《朝花夕拾》中的哪位女性塑造的？理由是什么？

3.【2019·江苏淮安】阅读下面的《朝花夕拾》选段,完成相关题目。

选段(一)	但那是我最为心爱的宝书,看起来,确是人面的兽;九头的蛇;一脚的牛;袋子似的帝江;没有头而"以乳为目,以脐为口",还要"执干戚而舞"的刑天。
选段(二)	哦,原来世界上竟还有一个赫胥黎坐在书房里那么想,而且想得那么新鲜?一口气读下去,"物竞""天择"也出来了,苏格拉第,柏拉图也出来了,斯多噶也出来了。
选段(三)	每当夜间疲倦,正想偷懒时,仰面在灯光中瞥见他黑瘦的面貌,似乎正要说出抑扬顿挫的话来,便使我忽又良心发现,而且增加勇气了,于是点上一枝烟,再继续写些为"正人君子"之流所深恶痛疾的文字。

(1)鲁迅非常喜欢选段(一)(二)中提及的两部书,请写出两部书的名称。

(2)《朝花夕拾》中"为'正人君子'之流所深恶痛疾的文字"有许多,你觉得他们最"深恶痛疾"的可能是书中的哪一篇?请简要说明理由。

(3)"写作"是鲁迅和保尔·柯察金(《钢铁是怎样炼成的》)的人生转折点,请分别概述他们走上写作道路的原因。

4.【2019·江苏扬州】散文集《朝花夕拾》记录了鲁迅从童年到青年时期的生活经历。阅读下面语段,回答问题。

　　我的保姆,长妈妈即阿长,辞了这人世,大概也有了三十年了罢。我终于不知道她的姓名,她的经历;仅知道有一个过继的儿子,她大约是青年守寡的孤孀。

　　(1)语段中,鲁迅对"她"有不同的称呼。因"她"谋害隐鼠等,幼年的鲁迅憎恶地称"她"为"＿＿＿＿＿＿";多年后,当回想＿＿＿＿＿＿这件事时,鲁迅对她充满敬意和怀念,深情地称她为"我的保姆""长妈妈"。

　　(2)《朝花夕拾》中还有许多美好的回忆,请从其余篇目中自选两篇,各列举一个情节。

5.【2019·重庆A卷】名著阅读。

　　(1)以下文字是对鲁迅《朝花夕拾》相关内容的概述,请据此填空。

　　这是一场让人渴盼的盛事,"我"伸长了脖子遥望,久候,却总是匆匆一眼;这是场让人痴念的盛事,"我"宁愿生场重病,也想满足"扮犯人"的心愿……

　　这场充满地方民俗风情的"盛事"是指＿＿＿＿＿＿,这些情境出现在鲁迅《朝花夕拾》中的《＿＿＿＿》里。

　　(2)《父亲的病》和《琐记》都写到衍太太。请任选一篇,写一件与衍太太相关的事,并说说她是一个什么样的人。

25

6.【2019·重庆B卷】名著阅读。

《朝花夕拾》里除了有对人和事的颂扬,还有冷静的批判。请从《五猖会》或《二十四孝图》中举出一例,指出作者批判的内容。

7.【2019·重庆七名校模拟】从下列题目中选一个作答。

(1)《昆虫记》是长篇科普文学作品,《朝花夕拾》是回忆性散文,根据这些特点,可以采用哪些方法阅读?

(2)请以《朝花夕拾》和《昆虫记》为例,探究回忆性散文和科学小品文的不同特点。(可以从选材、人称、写作目的、表达方式等角度思考。)

8.【2019·湖南初三期中】名著阅读。

(1)《朝花夕拾》是鲁迅唯一的一本回忆散文集,共收录了他的10篇回忆散文。下列文章不属于《朝花夕拾》的一篇是(　　)

A.《父亲的病》　　B.《琐记》　　C.《故乡》　　D.《无常》

(2)《朝花夕拾》中有一篇散文提到谋死隐鼠一事,你知道鲁迅的隐鼠究竟是怎么死的吗?写谋死隐鼠的是哪篇文章呢?

《朝花夕拾》参考答案

【巩固训练】

一、

1.豫才　浙江绍兴人　革命家　日本仙台　弃医从文　2.回忆性散文　旧事重提　3.温馨的回忆与理性的批判　4.（1）从百草园到三味书屋　五猖会　无常；（2）五猖会　无常　5.对弱小者的同情和对暴虐者的憎恨　6.卧冰求鲤、老莱娱亲、郭巨埋儿　封建孝道的虚伪和残酷　7.鉴略　8.当我兴高采烈地计划前往看五猖会时,却突然被父亲叫住要求背书　9.迎神赛会　10.活无常　11.无常　正人君子　12.百草园

二、

1.D　2.C　3.C　4.C　5.B　6.D　7.A　8.B　9.A　10.C　11.B　12.D　13.B　14.B　15.B　16.D　17.C　18.C

三、

1.×　2.×　3.×　4.√　5.×　6.×　7.√　8.×　9.×　10.×

四、

1.因为作者懊悔并自责于没有让父亲安静地离去。表达了作者每念及此的不安、痛苦以及对父亲的爱和痛惜。

2.爱憎分明,为人正直。

3.猫偷鱼肉,深夜在树上大叫。

4.非常冷漠,十分胆小,对师长无情,与人背道而驰。

5.长妈妈——有愚昧迷信的一面,但她身上保存着朴实善良的爱,令作者永生难忘。从长妈妈的身上我们看到了鲁迅对底层劳动人民的感情:他既揭示他们身上愚昧麻木的一面,也歌颂他们身上美好善良的一面。

衍太太——给鲁迅看不健康的画,唆使鲁迅偷母亲的首饰变卖。而衍太太自己的孩子顽皮弄脏了自己的衣服,衍太太却是要打骂的。这是个心术不正、自私

自利、多嘴多舌、喜欢使坏的妇人。(任选一人,意思对即可。)

6. 没有具体写东关五猖会的盛况,而是写作者盼望观看迎神赛会的急切、兴奋的心情和被父亲逼迫背诵《鉴略》扫兴、痛苦的感受,形成强烈的对比,反映了强制的封建教育对儿童天性的压制和摧残,父亲对儿童心理的无知和与孩子之间的隔膜。

7. 作者回忆儿时为父亲治病的情景,描述了几位"名医"的行医态度、作风、开方等种种表现,揭示了这些人巫医不分、故弄玄虚、勒索钱财、草菅人命的实质。

8. 斥责封建孝道不顾人命、教坏后人,揭示其虚伪和残酷。

9. 讽刺人间没有公正,恶人不得恶报,所谓的"正人君子"根本不是公正的代表。

10. 藤野先生治学严谨,认真负责,不拘小节,没有民族歧视,关爱年轻人,为人正直。鲁迅回忆他的目的是从藤野先生高尚的品格中吸取力量,来继续与"正人君子"们作斗争。

11. 鲁迅对范爱农之死的怀疑实质上是鲁迅对黑暗的社会现实的控诉,揭露了辛亥革命的不彻底性。

12. 子路贡米、董香扇枕、老莱娱亲、郭巨埋儿、卧冰求鲤。(任选两个。)

五、

(一)

1. 烘托父亲让我背书给我带来的痛苦感受,突出文章的主题思想。

2. 父亲是一个专制、不了解儿童心理的封建家长。

3. 家长应了解孩子的心理,要注重培养孩子的学习兴趣,强制学习是收不到预期的效果的……(类似即可。)

(二)

1. 狗·猫·鼠 朝花夕拾

2. 目的是将"正人君子"们与"虫蛆和鸷禽猛兽"作对比,将"正人君子"们虚伪、丑恶的灵魂暴露在光天化日之下。

3.作者对"正人君子"们辛辣的嘲骂,表现了作者强烈的愤慨之情。

4.答案略。

(三)

1.朝花夕拾 鲁迅 2.范爱农 倔强耿直、愤世嫉俗、负责任但穷困潦倒

【实战演练】

一、

1.C 2.A 3.B 4.A 5.BD 6.C 7.D 8.D 9.B 10.A 11.BE 12.D 13.BD 14.A 15.C 16.D 17.B 18.D 19.C 20.(1)C (2)BE

二、

1.(1)范爱农 (2)谈美 (3)名人传 2.(1)贝多芬 (2)保尔 (3)唐僧 (4)长妈妈 3.朝花夕拾 4.(1)琐记 天演论 (2)①范爱农 ②寿镜吾先生 ③衍太太 ④陈莲河 5.没有民族偏见的老师 表达了对藤野先生的尊敬、爱戴和真挚的怀念之情。 语言朴素含蓄,精练深刻,富有浓厚的感情色彩。 6.(1)它吃了"我"饲养的隐鼠 鉴略 人间没有公正,恶人得不到恶报(或公正的裁判是在阴间)

三、

1.① 选材不同。回忆性散文选材自由,如《藤野先生》不仅写了藤野先生的事迹,也写了中国留学生看樱花、学跳舞等事件;传记必须围绕传主选材。散文的材料是经过作者过滤的事实,带有主观色彩;传记的材料基于书信、日记等,比较客观。

②人称不同。回忆性散文用第一人称"我"讲述故事,有双重叙述视角,如《五猖会》既有童年的"我"对五猖会的热切期盼,也有成年的"我"对封建教育的理性批判。传记有自传和他传,他传采用第三人称叙述。

③写作目的不同,回忆性散文的写作目的是表达作者自己的情思,如通过对藤野先生的回忆,鲁迅表达了对藤野先生的情感以及对祖国的忧思。传记的目

的是表现传主的性格品质,如《名人传》彰显的是3个传主的精神品质,而不是罗曼·罗兰的态度或思考。

④ 表达方式不同,回忆性散文可以根据需要,自由运用记叙、描写、抒情、议论等多种表达方式。传记主要是用事实本身表现传主形象,所用描写有限,很少抒情或议论,如对贝多芬最后一次演奏的描写,只用了寥寥数笔。

⑤ 想象的空间不同。回忆性散文想象自由。传记中也有想象,但传记中的想象只用于填补事实的空隙,如贝多芬的一生主要事件源自书信、对话录等原始材料,想象只局限于一些小细节。

2. 衍太太。两者都心术不正、自私自利、爱搬弄是非,是典型的庸俗、市侩的小市民形象。

3.（1）《山海经》《天演论》

（2）《狗·猫·鼠》。理由:这篇文章以动物写人,表面上写讨厌猫,实际上却鞭挞了具有与猫类似习性的一类人,如当时社会上的一些"正人君子"、军阀统治者的帮凶。

（3）鲁迅:①他在日本的时候,作为在日本人眼里弱小的中国人被高度歧视。国外留学生看不起中国学生,认为中国人考到60分就不是自己的本事,认为藤野给鲁迅泄题。②当他看到一部关于中国人被斩首的幻灯片的时候,发现中国人看日本人杀给俄国人做奸细的中国人时拍手称快、表情麻木,意识到改变中国人的精神和灵魂才能真真正正地救国。于是他决定回国弃医从文,文学救国。

保尔:①身体原因:保尔完全瘫痪,继而双目失明。②坚强的革命信念又使他重新回到革命工作的队伍中去。

4.（1）阿长;长妈妈利用告假的时间给"我"买了"我"念念不忘的《山海经》

（2）如《五猖会》一文中迎神赛会时,孩子们买一个"吹都都",吡吡地吹上两天,享受一份游戏的快乐。《从百草园到三味书屋》一文描述孩子们在百草园的雪地上捕鸟的情景。《无常》一文中无常看到一位母亲为死去的儿子哭得伤心,放她的儿子还阳半刻。

5.（1）迎神赛会　五猖会

（2）示例：《父亲的病》中，衍太太让我在父亲临终之际大声呼唤父亲，表现出她的迷信与愚昧；或衍太太怂恿"我们"在冬天吃冰，打旋子以及怂恿"我"私拿母亲的钱并散播流言，表现出她的虚伪、阴险（或狡诈、心术不正）。

6.示例：《二十四孝图》中鲁迅对于"老莱娱亲"和"郭巨埋儿"两个故事有强烈反感，他用此来揭露了封建孝道的虚伪和残酷，揭示了旧中国儿童可怜的悲惨处境。

7.（1）示例：《昆虫记》是长篇科普文学作品，是一本讲昆虫生活的书，涉及蚂蚁等多种昆虫，独立成篇，可以根据自己的兴趣选择性阅读。《朝花夕拾》是回忆性散文，回忆性散文选材自由，可用通读法。

（2）示例：①选材不同。回忆性散文选材自由，如《藤野先生》不仅写了藤野先生的事迹，也写了中国留学生看樱花、学跳舞等事件；传记必须围绕传主选材。散文的材料是经过作者过滤的事实，带有主观色彩；《昆虫记》是长篇科普文学作品，其选材着眼于一些常见的小昆虫，着眼于对这些小昆虫的习性进行细致入微的观察和客观地描述。

②人称不同。回忆性散文用第一人称"我"讲述故事，有双重叙述视角，如《五猖会》既有童年的"我"对五猖会的热切期盼，也有成年的"我"对封建教育的理性批判。《昆虫记》是科普文学作品，主要采用第三人称叙述。

8.（1）C

（2）被阿长踩死的　《狗·猫·鼠》

31

《呐喊》巩固训练

一、选择题

1. 《呐喊·自序》第1段最后说"到现在便成了《呐喊》的来由"。下面说法中对"《呐喊》的来由"理解正确的一项是(　　)

　　A. 年轻时的理想和追求至今没有泯灭。

　　B. 过去的经历不能忘怀,一吐为快。

　　C. 借以消除寂寞时光的记忆,获得新生。

　　D. 避免将残存在记忆中的梦全部忘却。

2. 下面有关名著名篇的说明,不正确的两项是(　　)

　　A. 鲁迅的《狂人日记》是他创作的第一篇白话小说,也是中国现代文学史上的第一篇白话小说,与俄国作家果戈理的一部小说同名。

　　B. 鲁迅一共有3部小说集。《呐喊》是他的第一部小说集,共由14篇小说组成。

　　C. 在《呐喊》收录的小说中,原有一篇《不周山》,后被收录到《故事新编》中,并改名为《铸剑》。

　　D. 《呐喊》收录了鲁迅1918—1922年间的小说作品,对腐朽的封建专制制度进行了勇猛的抨击和无情的批判。其中《祝福》更是揭露了封建宗法制度对妇女的迫害。

　　E. 阿Q的革命目的之一就是讨老婆,这是他自然本能的要求,说明他有着明确的革命目标。

3. 下面有关名著名篇的说明,不正确的两项是(　　)

　　A. 鲁迅塑造阿Q这个形象的意图就是要画出这样的国民的魂灵来,是想暴露国民的弱点,以引起疗救的注意。

　　B. 阿Q的"精神胜利法"是当时中国底层劳动人民普遍具有的性格特征,它是在统治者的压迫下形成的,在今天这种性格已经不存在了。

　　C. 《药》是作者以光复会的重要成员之一秋瑾被杀于绍兴城内古轩亭口事件

为背景创作的小说。小说主题就是通过夏瑜被杀这一线索,艺术地总结资产阶级民主革命失败的教训。

D. 鲁迅小说取材于病态社会中不幸的人们。他善于抓住他们的思想精神的不觉悟、不抗争的这些病态的灵魂进行剖析。每一篇小说都反映了社会的本质,社会的各个层面,为改良社会、改变国民性而呐喊。

E.《呐喊》中的小说大多数采用截取横断面的写法,"取法外国",但也注意了首尾照应交代等写法,融合了民族形式的神韵。

4. 下面有关名著名篇的说明,不正确的两项是( )

A.《阿Q正传》运用了幻觉、梦境来揭示人物的内心活动,刻画了人物的性格。

B.《药》以双线结构组织全篇,通过华、夏两家悲剧命运的表现,表明中国当时民众的愚昧和革命者不发动群众而招致失败的悲哀。

C."孔乙己是站着喝酒而穿长衫的唯一的人"揭示了孔乙己的特殊身份,刻画了他穷困潦倒却又想保住读书人的自尊、虚荣心十足的性格特点。

D. 小说标题《药》有概括情节、连接明暗两线、刻画人物、揭示主题的作用。

E. 闰土要香炉烛台,表明他日后将在求神拜佛中进一步麻醉自己,说明他在生活的压迫下有了自甘沉沦、不愿抗争的性格变化。

5. 下面有关名著名篇的说明,不正确的两项是( )

A. 在鲁迅的作品中,许多就是写他小时候的真人真事,如《从百草园到三味书屋》《社戏》《阿长与〈山海经〉》等。

B.《社戏》中的景物描写细致逼真,充满江南水乡的诗情画意。

C.《风波》通过1917年张勋复辟事件在江南水乡所引起的一场辫子风波,真实地反映了当时中国农村的社会现实,深刻地说明了辛亥革命并没有给中国农村带来根本变革,农民们仍然缺乏民主主义觉悟,政治上、经济上、精神上依然处于被压迫、被剥削、被奴役的境地。

D. 鲁迅的小说《明天》通过主人公爱姑年轻守寡、丧子给她带来的精神上的孤独与空虚,揭露了封建贞烈观念"吃人"的罪恶。

E.《社戏》是描写农民善良、淳朴、豪爽、真挚的美好性格的一面的小说。

6. 下面对《孔乙己》的说明,不正确的两项是(　　)

A.《孔乙己》选自小说集《呐喊》。这是鲁迅创作的第一篇白话小说,和《狂人日记》一样都是反封建主义的小说力作。

B. 这篇小说以刻画人物形象为中心,通过完整的故事情节和具体的环境描写来展示人物性格,表现中心思想。小说选取了几个生活片段,展示了生活在畸形社会中的孔乙己的畸形性格,有力地批判了黑暗社会及其伦理制度。

C. 这篇小说用第一人称——作者的口吻来写发生在家乡绍兴鲁镇咸亨酒店里的真实的故事,使全文产生强烈的感染力量,表达作者冷峻而热烈的思想感情。

D. "大约孔乙己的确死了。"小说结尾以这一含蓄语句作结尾,让读者自己去想象孔乙己的悲惨结局,并思索造成悲剧的社会根源,言虽尽而意无穷。

E. 以笑贯穿全文,孔乙己在笑声中出场,最后在笑声中离开生活舞台,既是对孔乙己的性格的批判,也是对社会的冷酷、群众的麻木的批判,更是对罪恶的封建制度的无情鞭挞。

二、填空题

1. 鲁迅一生创作的小说收在3个集子中,它们分别是_____、_____、_____。

2. 鲁迅创作的第一篇白话小说,同时也是中国现代文学史上的第一篇白话小说是_____,这部小说写在_____年,与俄国作家_____的一部小说同名。

3. 鲁迅的散文集是_____,散文诗集是_____。

4.《呐喊》是中国现代小说的_____的标志,开创了_____的先河。作品通过_____、_____、_____等多种手法,以传神的笔触和"_____""_____"的艺术技巧,形象生动地塑造了_____、_____等一批不朽的艺术形象,深刻反映了19世纪末到20世纪20年代间中国社会生活的现状,有力揭露和鞭挞了_____,表达了作者渴望_____,为时代_____,希望_____的思想。

5. 小说集《呐喊》收录了_____、_____、_____等14篇小说,

描绘了_____前后到"_____"时期的中国社会现实,总结了辛亥革命的历史经验教训,深刻地揭露了_____和_____吃人的本质和虚伪,痛苦地解剖了中国沉默的国民灵魂,批判了_____。

6. 作者鲁迅在《呐喊·自序》中清楚表明了写作这组小说的用意,就是以大声的_____惊起被密闭在"_____"里熟睡而不知死亡将至的民众,呼唤大家齐心合力毁坏这"_____",以争取_____。为达此目的,作者鲁迅自觉地接受在写作中"须听将令"的要求,更多地表现出热血的_____、畅快的_____,尽量在阴暗的色调中给前进的人留有一线希望。

7. 《呐喊》的主题思想:

(1)_____;
(2)_____;
(3)_____;
(4)_____;
(5)_____。

8. 《呐喊》喊出了_____的最强音,站在_____、_____、_____的立场上对_____、_____、_____的中国封建文化传统进行了最深刻的批判。

9. 改造"_____"是鲁迅一生的奋斗目标,他对中华民族及国民普遍的劣根性给予强烈的关注。对于国民,作者一方面"_____",另一方面又"_____"。《_____》是揭示这一思想主题的最为典型的作品,阿Q身上的_____更是普遍存在于民族各阶层的一种国民性弱点:寻求精神上的自我满足的病态心理。还如《药》《风波》《孔乙己》《头发的故事》等,都从不同角度、不同层次揭示出国民_____、_____、_____、_____等思想劣根性。

10. 作为一名知识分子,进行灵魂上的_____是鲁迅崇高的精神品质之一。他的这一品质也反映在他所创作的作品中。鲁迅在创作中对这一类知识分子重在剖析他们的灵魂,表现他们的_____,如《一件小事》中的_____、《头发的故事》中的_____、《药》中的_____等。而对于封建制度、封建礼教奴役下的_____,鲁迅则重点展现了他们_____和_____,以达到_____的目的,如《孔乙己》中的_____,《白光》中的_____,《端午节》中的_____。

11. 农村生活和农民形象在《呐喊》中也占有显著的地位,尤其是_____背景下的农村生活和农民形象。_____、_____、_____等都是典型的农民形象。

12. 在人物创作上,鲁迅运用了多种手法来刻画人物,塑造了一批具有鲜明个性特征的典型人物。首先作者善于用"_____"的典型化方法来塑造典型形象。典型化的方法,既表现了人物的_____,又重点突出了人物鲜明的_____,使之成为"_____"。其次是运用"_____"和_____的手法来刻画人物。

13. 《呐喊》中的《一件小事》《鸭的喜剧》《兔和猫》《社戏》等,矛盾冲突不那么激烈,内容也相对轻松,似乎与"呐喊"关系不大,风格、题材皆和集子中的其他小说有相当距离,但其中也贯穿共同点,即对_____、_____、_____的呼唤。《一件小事》歌颂了一个世俗眼光中的渺小者的灵魂同样可以_____;《兔和猫》等作品充满了_____,借儿童天真烂漫的天性和特殊的体验事物的视角,抒发了热爱_____、热爱_____、_____、_____弱小者和为了被扼杀的生命_____的情怀。这几篇小说更多的是从正面抒写生命的可贵,为奋斗的人树立前进的希望和目标。

14. 《呐喊》小说在结构上打破了中国旧章回体小说的格式,创造了被誉为"_____"的多种形式;另一方面又继承了中国传统小说的艺术精华。它的主要特点是通过人物的_____,去表现他的_____。

15. 《呐喊》小说的语言在富有鲜明的_____的同时又形成了独特的_____,创造了现代文学语言的典范。鲁迅的艺术语言_____,_____,_____,增强了小说的艺术表现力和感染力。

三、判断题

1. 鲁迅的《呐喊》中的很多篇章运用外貌、语言、动作和心理描写,塑造了典

型环境中的典型人物,比如阿 Q、孔乙己、祥林嫂等。（　　）

2.《呐喊》是鲁迅 1918 年至 1922 年所写的 14 个短篇小说的结集。取名为"呐喊",意在为革命"喊几声助助威",以鼓舞"奔驰的猛士,使他不惮于前驱"。
（　　）

3.《呐喊》是鲁迅的一部短篇小说集。其中《狂人日记》描写了一个"迫害狂"患者的精神状态和心理活动,狂人说的每一句话都是疯话,但是话里又蕴含着深刻的道理。（　　）

4. 鲁迅的《狂人日记》收录在小说集《彷徨》中,是中国现代文学史上第一部白话小说,作品鲜明地表现了对愚弱国民"哀其不幸,怒其不争"的态度。（　　）

5.《呐喊》真实地描绘了从辛亥革命到五四时期的社会生活,揭示了种种深层次的社会矛盾,对中国旧有制度及陈腐的传统观念进行了深刻的剖析和彻底的否定,表现出对民族生存浓重的忧患意识和对社会变革的强烈渴望。（　　）

6.《故乡》通过贫苦农民闰土父子两代的童年对比,反映了自辛亥革命至"五四"前后中国农村走向全面崩溃以及农民的悲惨生活。《明天》通过皇帝复辟的传闻在一个偏僻农村的反响,反映了辛亥革命前后各阶级在复辟与反复辟斗争中的动向。（　　）

7. 周树人首次以"鲁迅"这一笔名发表的作品是《狂人日记》,它被看作我国现代文学史上的第一部白话小说。（　　）

8. 鲁迅在《狂人日记》中以"吃人"这一审美命题赋予它以具象,确实产生了深远的警示作用:中国要有希望,必须从政治、思想、精神和心理结构等方面,彻底毁坏这"吃人的筵宴"。（　　）

9.《阿 Q 正传》成功地塑造了一个落后不觉悟的可怜人阿 Q 的形象,他的"自欺欺人""精神胜利法""欺软怕硬""自我作贱"都具有相当大的普遍性。把中国人的深层人物性格揭示得淋漓尽致,这是鲁迅的一个巨大贡献。（　　）

10. 恃强凌弱、"精神胜利法"、善于投机,夸大狂与自尊癖都属于《阿 Q 正传》所影射的中国民族劣根性的内容。（　　）

11.《一件小事》的特点是短小精悍,内容警策深邃。全文仅 1000 字左右,作者描写的是日常生活中的一件小事。在歌颂下层劳动人民崇高品质的同时,还反映了知识分子的自我反省,表现出真诚向劳动人民学习的新思想。（　　）

12.《药》有一明一暗两条线索,明线是华老栓一家,暗线是夏瑜一家。明线是次线,突出群众的愚昧麻木;暗线是主线,揭示革命者的悲哀。两条线从并行到融合,突出因群众的冷漠而带来的革命者的悲哀。（　　）

13.《明天》是鲁迅着力反映妇女悲惨命运的小说之一。作品通过寡妇单四嫂子痛失独子宝儿的描写,展示了一幅中国妇女孤立无助的图景,同时抨击了黑暗社会的吃人本质和没落社会中人们的无情和冷漠。（　　）

14.《孔乙己》用第一人称"我"——作者本人耳闻目睹的情况来写孔乙己,他的肖像刻画,对话经历,都通过"我"的概括叙述来表现,由此塑造的人物显得真实可信。（　　）

15.孔乙己是封建社会中的没落知识分子,穷困、潦倒、迂腐、麻木,在封建科举制度的毒害、摧残下终被封建社会所吞噬。而狂人则是具有抗争意识的无产阶级战士。（　　）

四、简答题

1.根据《呐喊·自序》回答,作者写把自己将要结集付印的小说集命名为《呐喊》的原因是什么。

2."曲笔"是指不拘泥于事物真实情况的写法,《呐喊》中就有一些"曲笔",试举一例加以分析说明。

3. 在鲁迅的小说里,帮闲是一个非常重要的群体,他们无处不在。请结合《呐喊》有关篇目的具体人物简析帮闲形象。

4. 结合具体事例简析阿Q的"精神胜利法"。

5. 阿Q虽是极卑微的人物,却也有"夸大狂与自尊癖"的毛病。请简述。

6.《药》的明线是主线,突出地描写了群众的愚昧和麻木。暗线则突出地描写了革命者的悲哀。请解说文中的暗线。

7. 怎样理解小说以"药"为标题的深刻含义。

8. 请简要归纳小说《孔乙己》的主题思想。

9. 文章结尾处,狂人发出了一声震彻心扉的呐喊:"救救孩子……"这句话是说吃人者太多,孩子在这样的社会中会遭遇被吃的可能,因此要求人们救孩子呢,还是有别的原因?

10.《狂人日记》中狂人有怎样的性格特点?

11. 请简述《呐喊》的艺术特点。

12.《故乡》主要表现了什么内容?

五、语段阅读

(一)说说下面语段中画横线词语的含义。

假如一间<u>铁屋子</u>,是绝无窗户而万难破毁的,里面有许多<u>熟睡的人们</u>,不久都要闷死了,然而是从昏睡入死灭,并不感到就死的悲哀。现在你<u>大嚷起来</u>,惊起了较为清醒的几个人,使这不幸的少数者来受无可挽救的临终的苦楚,你倒以为对得起他们么?

  1. "铁屋子"指的是 _____。
  2. "熟睡的人们"指的是 _____。

3. "大嚷起来"指的是_____。

(二)将下面的句子画线部分改写成意思比较直露、通俗的句子。

在我自己,本以为现在是<u>已经并非一个切迫而不能已于言的人了</u>,但或者也还未能忘怀于当日自己的寂寞的悲哀罢,所以有时候仍不免呐喊几声,<u>聊以慰藉那在寂寞里奔驰的猛士,使他不惮于前驱</u>。

改写:_____

(三)对《呐喊·自序》语言的揣摩。

1.《呐喊·自序》第2段记叙作者少年时出入质铺和药铺的情形。试分析下面一段话是否可以去掉。

我从一倍高的柜台外送上衣服或首饰去,在侮蔑里接了钱,再到一样高的柜台上给我久病的父亲去买药。

答:_____。

2. 对《呐喊·自序》第2部分开始有关S会馆的环境描写在文中所起的作用的分析,合乎文意的一项是(　　)

A. 这里的环境描写表现了作者当时生活的艰难,为下文接受朋友邀请开始写小说做了很好的铺垫。正因为处境如此,所以双方一拍即合。

B. S会馆的环境是悲凉的、寂寞的,这里着力写这种环境,为的是烘托作者当时在屡经挫折之后的心境。这种心境就是感到未尝经历过的无聊和寂寞。

C. 作者在S会馆里不怕环境的艰苦,坚定地研究古碑,并逐步使自己的心态趋于平和,这表明当时作者屡经挫折之后,已经心如死水。

D. S会馆的荒凉、寂寞、衰败,含蓄地表明作者当时生活的落寞,作为年轻人,他多么渴望与人交流!这段描写在文中使下面的情节出现得十分自然而合理。

(四)阅读下段文字,完成1—3题。

我在年青时候也曾经做过许多梦,后来大半忘却了,但自己也并不以为可惜。所谓回忆者,虽说可以使人欢欣,有时也不免使人寂寞,使精神的丝缕还牵着已逝的寂寞的时光,又有什么意味呢,而我偏苦于不能全忘却,这不能全忘的一部分,

41

现在便成了《呐喊》的来由。

1. 文中的"梦"的含义正确的一项（　　）

A. 寻求真理的种种理想　　B. 对国家民族抱有美好的憧憬

C. 青年时代救国救民的理想　　D. 喻指对前途的打算

2. 既然回忆"梦"使人寂寞,为什么又"偏苦于不能全忘却"？理解正确的一项（　　）

A. 当年那救国救民壮志,虽未实现,但到底令人欣慰,不免常回想起来。

B. 用"苦于不能全忘却"来反衬当年寂寞的经历实在刻骨铭心。

C. 虽想摆脱当年理想破灭的痛苦惆怅,但实在难于摆脱。

D. 当年的"梦"虽然破灭了,回想起来,仍令人痛苦惆怅,但救国救民的愿望,是强烈而不能忘却的。

3. 这节文字的中心是（　　）

A. 具体说明《呐喊》成书的原因　　B. 总括地写《呐喊》的创作缘由

C. 叙述自己年轻时所做的"梦"　　D. 写自己被回忆所牵扯着的痛苦、惆怅

（五）阅读下文,回答下面问题。

甲

中国是弱国,所以中国人当然是低能儿,分数在六十分以上,便不是自己的能力了：也无怪他们疑惑。但我接着便有参观枪毙中国人的命运了。第二年添教霉菌学,细菌的形状全用电影来显示的,一段落已完而还没有到下课的时候,便映几片时事的片子,自然都是日本战胜俄国的情形。但偏有中国人夹在里边：给俄国人做侦探,被日本军捕获,要枪毙了,围着看的也是一群中国人；在讲堂里的还有一个我。

"万岁！"他们都拍掌欢呼起来。

这种欢呼,是每看一片都有的,但在我,这一声却特别听得刺耳。此后回到中国来,我看见那些闲看枪毙犯人的人们,他们也何尝不酒醉似的喝采,——呜呼,无法可想！但在那时那地,我的意见却变化了。

到第二学年的终结,我便去寻藤野先生,告诉他我将不学医学,并且离开这仙台。他的脸色仿佛有些悲哀,似乎想说话,但竟没有说。

乙

因为这些幼稚的知识,后来便使我的学籍列在日本一个乡间的医学专门学校里了。我的梦很美满,预备卒业回来,救治像我父亲似的被误的病人的疾苦,战争时候便去当军医,一面又促进了国人对于维新的信仰。我已不知道教授微生物学的方法,现在又有了怎样的进步了,总之那时是用了电影,来显示微生物的形状的,因此有时讲义的一段落已完,而时间还没有到,教师便映些风景或时事的画片给学生看,以用去这多余的光阴。其时正当日俄战争的时候,关于战事的画片自然也就比较的多了,我在这一个讲堂中,便须常常随喜我那同学们的拍手和喝彩。有一回,我竟在画片中忽然会见我那久违的许多中国人了。一个绑在中间,许多站在左右,一样是强壮的体格,而显出麻木的神情。据解说,则绑着的是替俄国做了军事上的侦探,正要被日军砍下头颅来示众,而围着的便是来赏鉴这示众的盛举的人们。

这一学年没有完毕,我已经到了东京了,[ ]从那一回以后,我便觉得医学并非一件紧要事,[ ]愚弱的国民,[ ]体格如何健全,如何茁壮,[ ]做毫无意义的示众的材料和看客,病死多少是不必以为不幸的。所以我们的第一要著,是在改变他们的精神,而善于改变精神的是,我那时以为当然要推文艺,于是想提倡文艺运动了。

1. 第1段文字出自鲁迅的(　　)。

A.《野草》　　B.《朝花夕拾》　　C.《彷徨》　　D.《华盖集续》

2. 第1段文字中"在讲堂里的还有一个我"一句的作用是(　　)

A. 连留学生的"我"也看了,极说影片流毒之广。

B. 对上句加以补充,说明看影片的中国人之多。

C. 自己无可奈何,被迫观看,表示一种被愚弄的愤怒、憎恶的思想感情。

D. 把自己同"围着看"的"一群中国人"相类比,表现严于解剖自己的可贵

43

品质。

3.甲段文字"自然都是日本战胜俄国"一句中的"自然"的表达作用是( )。

A.表肯定语气　　B.表否定语气

C.表合乎情理　　D.表示不完全相信的一种反感情绪,含有讽刺意味

4.乙段文字"我竟在画片上忽然会见我久违的许多中国人了"一句中"久违"表现的作者的思想感情是( )。

A.无限思念　　B.十分热爱　　C.厌恶痛心　　D.憎恨鄙视

5.选出对"维新"一词结构意义分析正确的一项( )

A.并列关系合成词,"维""新"同义,"革新"的意思。

B.偏正关系合成词,"维","在"的意思。"新","革新"的意思。

C.带有附加成分的合成词,"维",助词,无实义。"新",动词,"革新"。

D.动补关系合成词,"维",变动的意思。"新",新旧之"新"的意思。

6.为乙段文字4处[ ]选择一组关联词,应是( )。

A.终于　即使　无论　都只是

B.因为　凡是　即使　也只能

C.因而　既然　不管　都不过

D.所以　假若　尽管　而只是

7.甲段文字中破折号的作用是( )。

A.表解释说明　　　B.表语意递进

C.表语意转折　　　D.表总结上文

8.乙段中"我的梦很美满"中的"梦"的解释应是( )

A.实指睡眠中对前途的梦幻。

B.运用借代手法,代指对自己前途的设计打算。

C."梦"是反语,诙谐地否定了自己当年不切实际的想法。

D.运用比喻的手法,喻指当年自己不切实际的想法。

44

《呐喊》实战演练

1.【2019·四川凉山中考】请选出下列说法正确的一项(　　)

A.海伦·凯勒是英国女作家、教育家,代表作是《假如给我三天光明》。其老师莎莉文被其尊称为"再塑生命的人"。

B.《诗经》是我国第一部诗歌总集,收录了从西周到春秋时期的诗歌305篇。这些诗歌分"风""雅""颂"3个部分,开篇第一首即为《关雎》。

C.吴敬梓,明代小说家,代表作《儒林外史》。《范进中举》通过写范进突如其来的命运变化引出一幕幕令人啼笑皆非的悲喜剧,无情地揭露了封建科举制度的罪恶,画尽了世态的炎凉。

D.《呐喊》是我国现代文学家鲁迅所著的小说集,其中塑造的闰土、双喜、藤野先生、孔乙己等人物形象栩栩如生,令人难忘。

2.【2019·江苏无锡中考模拟】下列文学常识及课文内容的表述有误的是(　　)

A.鲁迅作品的主题有的轻松,如《朝花夕拾》中的《从百草园到三味书屋》《社戏》叙写的是童趣;有的沉重,如《呐喊》中的《故乡》《孔乙己》反映的则是社会病态。

B.《观刈麦》是唐代现实主义诗人白居易的诗作,诗中描写农民冒着酷暑割麦子的情景,并借一位农妇之口诉说当时租税的沉重和农民生活的痛苦。

C.莎士比亚的《威尼斯商人》这部喜剧通过尖锐的矛盾冲突,反映了资本主义早期商业资产阶级与高利贷者之间的矛盾,歌颂了仁爱、友谊和爱情,表现了人文主义理想。

D.《送东阳马生序》的"序"是临别赠言性质的文体;《马说》的"说"是古代一种叙事兼议论的文体,通常借某一事物说明道理;《与朱元思书》的"书"是指书信。

3.【2019·四川中考模拟】下列关于文学常识的说法有错误的一项是(　　)

A.《傅雷家书》中傅雷希望儿子不惧怕孤独,能更坚强。曹文轩的《孤独之旅》中杜小康也是忍受孤独逐渐成长的。

B.《水浒传》生动描写了梁山好汉们从起义到兴盛再到最终失败的全过程,它讲述了鲁智深倒拔垂杨柳、林冲雪夜上梁山、燕青义救卢俊义等一个个生动传神的故事,这些奇人奇事构成了一个异彩纷呈的艺术世界。

C.《故乡》选自鲁迅的小说集《呐喊》,我们学过的《藤野先生》也选自《呐喊》。

D.《骆驼祥子》中,祥子最大的梦就是拥有一辆属于自己的车,但希望一次又一次破灭,他的命运终以惨败告终。

4.【2019·江苏省泰州市】现代文阅读。

甲

①中国是弱国,所以中国人当然是低能儿,分数在六十分以上,便不是自己的能力了:也无怪他们疑惑。②但我接着便有参观枪毙中国人的命运了。③第二年添教霉菌学,细菌的形状是全用电影来显示的,一段落已完而还没有到下课的时候,便映几片时事的片子,自然都是日本战胜俄国的情形。④但偏有中国人夹在里边:给俄国人做侦探,被日本军捕获,要枪毙了,围着看的也是一群中国人;在讲堂里的还有一个我。

⑤"万岁!"他们(A)都拍掌欢呼起来。

⑥这种欢呼,是每看一片都有的,但在我,这一声却特别听得刺耳。⑦此后回到中国来,我看见那些闲看枪毙犯人的人们,他们(B)也何尝不酒醉似的喝采,——呜呼,无法可想!⑧但在那时那地,我的意见却变化了。

乙

这一学年没有完毕,我已经到了东京了,因为从那一回以后,我便觉得医学并非一件紧要事,凡是愚弱的国民,即使体格如何健全,如何茁壮,也只能做毫无意义的示众的材料和看客,病死多少是不必以为不幸的。所以,我们的第一要著,是在改变他们的精神,而善于改变精神的是,我那时以为当然要推文艺,于是想提倡文艺运动了。

（1）文段甲中第①句话"所以"连接的两个分句之间有必然的因果关系吗？作者为什么要这样说呢？

（2）文段甲中（A）（B）前面的两个"他们"各指的是什么人？

（3）文段甲中第⑧句"那时那地"指的_____，"我的意见却变化了"指的是_____。

（4）在文段乙中用波浪线画出（甲）段中"我的意见却变化了"的具体心理变化。

（5）联系两则材料看乙文中的"那一回"指什么。为什么"那一回"之后，作者的认识有了改变？请用自己的语言简洁回答。

47

《呐喊》参考答案

【巩固训练】

一、

1.A 2.DE 3.BC 4.DE 5.AD 6.AC

二、

1.《呐喊》《彷徨》《故事新编》 2.《狂人日记》 1918年 果戈理 3.《朝花夕拾》《野草》 4.开端与成熟 现代现实主义文学 写实主义 象征主义 浪漫主义 画眼睛 写灵魂 狂人 孔乙己 阿Q 封建旧恶势力 变革 呐喊 唤醒国民 5.《狂人日记》《孔乙己》《药》《阿Q正传》 辛亥革命 五四 封建宗法制度 封建礼教 国民的劣根性 6.呐喊 铁屋子 铁屋子 新的生命 愤怒与激情 讽刺和揶揄 7.（1）控诉践踏生命的封建传统；（2）深刻揭露封建制度、封建礼教的"吃人"本质；（3）深入剖析国民及民族的劣根性；（4）描写激烈的社会矛盾下苦苦挣扎的知识分子的命运；（5）反映辛亥革命背景下的农村生活和农民的精神风貌。 8.新文化运动反封建 人道主义 个性解放 思想启蒙 压制人 扭曲人 奴化人 摧残人 9.国民精神 哀其不幸 怒其不争 阿Q正传 精神胜利法 愚昧落后 因循守旧 麻木无知 冷漠自私 10.自我剖析 思想矛盾和苦闷 "我" N先生 夏瑜 旧知识分子 被扭曲的人性 卑劣的灵魂 反封建 孔乙己 陈士成 方玄绰 11.辛亥革命 阿Q 华老栓 闰土 单四嫂子 12.杂取种种人,合成一个 共性 个性特征 熟悉的陌生人 画眼睛 白描 13.人的尊严 生命尊严 生命价值 高大 童趣 生命 自然 友善待人 同情扶助 除暴复仇 14.格式特别 自身行动 内心情绪 15.民族特色 个人风格 精炼纯净 生动传神 真实朴素

三、

1.× 2.√ 3.√ 4.× 5.√ 6.× 7.√ 8.√ 9.√ 10.× 11.√

12. ×　13. √　14. ×　15. ×

四、

1. 聊以慰藉那些在寂寞中奔驰的猛士,使他们不惮于前驱,不愿将自以为苦的寂寞,再来传染给也如我那年青时候似的正做着好梦的青年。

2. 在《药》的瑜儿的坟上"平添"上一个花环。《药》这篇小说既写了华、夏两家由于愚昧麻木所造成的家破人亡的悲剧,也写了革命者由于脱离群众而不被理解的悲哀,整个作品带有一种凄清、阴冷、窒息、压抑的色调,尤其是结尾关于坟场环境的描写,更是让人感到恐惧。可是,"瑜儿坟上"的一圈花环却给作品增添了一点热度和亮色,暗示着革命者流血牺牲,后继有人,给人以信心和希望,人们有理由相信,夏瑜的同情者和继承者们会发扬夏瑜精神,光明终究有到来的时候。另一方面也不可讳言,这"花圈"是"平添"上去的。所谓"平添"不仅指小说前面无伏笔可寻,清末也没有用花环寄托哀思的习俗,还指不够恰当地拔高了严重脱离群众的旧民主主义革命者的历史地位。

3. 在鲁迅的小说里,帮闲是一个非常重要的群体,他们无处不在,像苍蝇一样嗡嗡乱响,让人心烦,但又挥之不去。《药》里的"驼背五少爷""花白胡子",《阿Q正传》里"未庄的闲人们",《明天》里的"红鼻子老拱"和"蓝皮阿五",《祝福》里的"卫老婆子"等都是闲人。帮闲既可以是帮凶,也可以是庸众,反正他们是没有什么大的主见的,永远都是应声虫,随大溜,有他们不多,没他们不少。正是这样的一些帮闲人构成了"压迫者"的随从众多的表象。鲁迅对于帮闲的厌恶由来已久。这些帮闲作为一个群体,具有相当大的黏滞性,而且目标非常不明显,不容易打击。他们对于革命者自然是具有伤害性的,但是同时,革命者对于这些帮闲还真是没有太好的办法。

4. "精神胜利法"就是指人在现实社会中处于失败者的地位,却不正视现实,以妄自尊大等种种方法,自欺欺人,求得"精神上的胜利"。表现在妄自尊大、自轻自贱、欺凌弱者、健忘、忌讳缺点甚至以丑为荣等方面。例如阿Q在赌博时,他的一堆"很白很亮的洋钱"被人家抢走了,他却"擎起右手,用力地在自己脸上连打了两个嘴巴",虽然"热辣辣的有些痛,打完之后,便心平气和起来,似乎打的是自己,被打的是另一个自己,不久也就仿佛是自己打了别人一般",他又"胜利"了。"精神胜利法"不是阿Q固有的,它是反抗—失败—再反抗—再失败后的一种自我解脱剂,有麻痹斗志的作用。今天,阿Q式"精神胜利法"仍然存在,可结合实例分析。

5. 阿Q虽是极卑微的人物,而未庄人全不在他眼里,甚至赵太爷的儿子进了学,阿Q在精神上也不表示尊崇,以为"我的儿子将比他阔得多",加之进了几回城更觉自负,"但为了城里油煎大头鱼的加葱法和条凳的称呼异于未庄,他又瞧不起城里人了"。具有夸大与自尊癖性的人,也最容易变成过分的谦逊与自轻自贱。阿Q被未庄闲人揪住辫子在墙上碰头而且要他自认为"人打畜生"时,他就说:"打虫豸,好不好?我是虫豸——还不放么!"

6. 革命者忧国忘家,却被族人告发;在狱中仍然宣传革命,却招来一阵毒打;在刑场被杀只招来一帮"看客";鲜血还被别人当"药"吃。他的母亲上坟,还感到"羞愧",也不理解他为之牺牲的革命大业。可见他是多么寂寞,多么悲哀。

7. 小说标题为《药》,寓意深刻。穷苦的城市贫民以革命者的鲜血作为治病的良药,这是何等可悲的社会现实!革命者应该吸取历史教训,克服脱离群众的弱点,发动群众起来共同斗争,这对于革命者来说是一剂良药。一个"药"字,不仅简明而集中地揭示了作品的思想内容,也尖锐地向读者提出了一个严重的社会问题。

8. 小说通过对孔乙己后半生几个悲惨生活片段的描述,成功地塑造了封建末世备受科举制度摧残的下层知识分子的形象,控诉了封建制度的罪恶,揭示了国民冷漠、麻木的状态。

9. 很显然,在这里,鲁迅或者狂人的喊声是另外的意思。我们知道,治标必须先治本,否则一切就是妄谈,改变国民的精神面貌首先就得改变人的思想意识和精神境界。在文中,作者提到了那些小孩,他们也同那些成年人一样,是充满罪恶的,在他们身上存在邪恶的因子,那么在这个时候必须给他们不断换血,在新思想的熏陶之下,一点一点地改变他们身上存在的邪恶的因子,从而最终实现国民的救赎。

10.狂人具有清醒的头脑和科学的态度,充满了义勇和正气,充满理想和信念。狂人在未狂之前便是一位敢于斗争的战士,致狂之后,他那彻底的不妥协的反封建精神更加昂扬。

11.《呐喊》的艺术特点主要表现在以下3个方面:一是以革命现实主义反映时代,二是以典型化的方法塑造人物,三是以体裁家的姿态不断创新。

12.《故乡》主要表现了两方面的内容:一方面是对客观现实的反映,作品通过记忆中的故乡和现实目睹的故乡对比,揭露帝国主义的侵略、封建主义的压榨给人民造成的苦难,反映了辛亥革命前后农村破产、农民痛苦生活的现实。另一方面,集中体现了鲁迅对"人性"探索的意义。作品深刻指出,由于受封建社会传统观念的影响,劳苦大众精神上受到极大束缚,古训筑成的高墙使人与人隔膜起来,突出反映了鲁迅对"国民性"的拯救。

五、

(一)1.半殖民地半封建的旧中国

2.当时中华民族的绝大多数人思想麻木

3.朋友们通过办《新青年》杂志宣传革命真理

(二)意思对即可。

(三)1.去掉这段话似乎语言更简练了,但表现力却差了很多。这段话中特别强调质铺的柜台高1倍,药铺的柜台一样高,就是要突出"我"的年龄小,而突出年龄小,就能强调"我"的感受,就能为下文所说的"看见世人的真面目"做更充分的铺垫。

2.B

(四)1.C 2.D 3.B

(五)1.B 2.C 3.D 4.C 5.C 6.D 7.B 8.D

【实战演练】

1.B 2.A 3.C

4.（1）没有必然的因果关系，这是借荒谬推理表现日本人对中国人的歧视，表达作者内心的激愤。

（2）A.他们：围着看枪毙给俄国人做侦探的中国人的电影的中国人。

B.他们：国内那些闲看枪毙犯人的人们。

（3）日本仙台讲堂里看影片时　鲁迅决定弃医从文

（4）我便觉得医学并非一件紧要事……于是想提倡文艺运动了。

（5）"那一回"指在医学课上看幻灯片的经历。在那次的事件里，中国人表现出的麻木与漠然深深地刺痛了作者，使作者认识到对于愚弱的国民来说，思想的医治远比身体的医治更为重要和紧迫。